마탄의 사수

마탄의 사수 17

이수백 게임판타지 장편소설

초판 1쇄 찍은 날 | 2018년 6월 20일
초판 1쇄 펴낸 날 | 2018년 6월 27일

지은이 | 이수백
펴낸이 | 예경원

기획 | (주)인타임 김명국
편집책임 | (주)인타임 백선혜
편집 | 이즈플러스

펴낸곳 | 예원북스
등록번호 | 제396-2012-000132호
등록일자 | 2012. 7. 25
SFN | 제1-286호

주소 | 경기도 고양시 일산동구 호수로 646-24 위너스21 II 빌딩 206A호 (우) 10401
전화 | 031-819-9431 팩스 | 031-817-9432
E-mail | yewonbooks@naver.com

ISBN 979-11-6098-978-6 04810
      979-11-6098-073-8 (set)

마탄의 사수

이수백 게임판타지 장편소설

INTIME GAME FANTASY STORY

17

Der Freischütz Musketeer

새벽

차 례

Geschoss 1

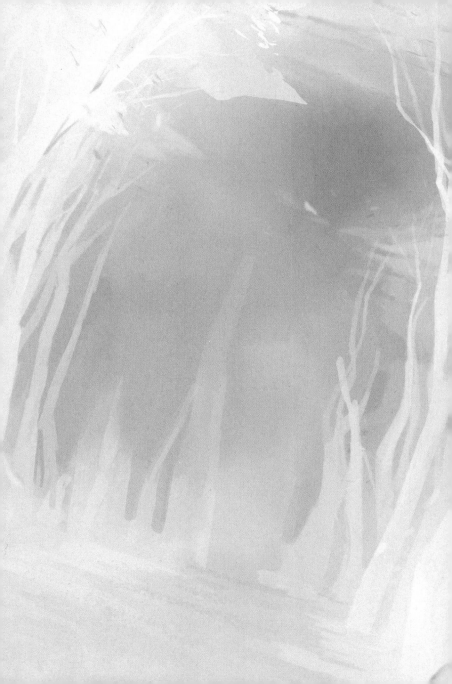

"뭣–"

"엥? 이하–!"

"그게 무슨 소리–"

"크하하핫! 이 미친놈! 네놈이 퓌비엘의 해군이 아니라 얼마나 다행인지 모르겠군!"

"……뉴–서펜트 호, 하드 포트. 좌현으로 급속 회전 후 예상 낙하지점으로 간다."

유저들은 경악조차 할 수 없을 정도의 지시였으나, 불행 중 다행이라면 실제로 선박을 운용하는 선장 NPC들과 이하 간 친밀도가 높다는 점이었다.

말 그대로 이하의 '명령'에 아무런 토를 달지 않고 즉각 뱃머리들이 돌아가기 시작했다. 갑자기 기우뚱거리며 선박의 속도가 빨라지고 나서야 유저들도 실감할 수 있었다.

정말 저 거대한 '유성'이 추락하는 지점으로 머리를 들이밀기 시작했다는 것을 말이다.

"어, 어어어, 자, 잠깐! 정말 가는 거야? 이랬다가 우리 다 죽으면……."

"멈춰! 멈추라고! 야ㅡ! 이하!"

"저 병신이 결국 일을 저지르는군."

"우히, 우하하핫! 서프라이즈?! 너무 서프라이즈라서 웃음도 안 나와! 으캬킥킥킥!"

그나마 이하의 자신만만한 표정과 포즈를 볼 수 있는 뉴ㅡ서펜트 호의 유저들은 다행이었다.

그러나 이하의 얼굴을 볼 수 없는 청새치 호는?

그야말로 혼돈의 도가니에 빠져들고 있었다.

가뜩이나 불안감과 초조함이 갑판을 지배하고 있는데, 삐뜨르의 발광 섞인 웃음소리가 더해지니 아예 난장판이나 마찬가지였다.

'……어쩔 셈이지?'

그것은 치요 또한 마찬가지였다.

예상 추락 지점으로 선박이 이동하고, 정말 선박 위로 자이언트 알바트로스가 떨어지면? 100% 죽는다.

하물며 지금은 청새치 호가 뉴ㅡ서펜트 호보다 앞서가는 상황, 이대로라면 청새치 호가 직격당할 것이다.

'내가 막으려면 막을 수야 있지만…….'

비장의 스킬을 써야 하는가. 치요는 슬그머니 수정구로 손을 대었으나 딱히 무엇을 할 수는 없었다.

'아직 이유는 알 수 없어. 어째서 이런 짓을 하는 거지? 일부러? 나를 테스트 하려고? 내가 용용을 부추겨 일을 망치려 했다는 걸 눈치챘다는 거야? 그럴 리가. 용용은 아직 아무 말도 안 했다. 저 멍청이가 성격상 털어놓을 리도 없을 거야. 하지만…….'

치요가 아무런 스킬도 쓰지 못하는 이유는 또 있었다.

지금 이 순간에도 떨어지는 알바트로스가 아니라 치요에게 슬쩍 눈길을 주고 있는 사람. 마스트 옆에 서 있는 신나라의 날카로운 눈초리가 자신을 향한다는 것을 치요는 알고 있었다.

'저년이 출발부터 나를 쭉 감시하듯 바라보고 있었어. 하이하에게 어떤 얘기를 들었겠지. 치잇.'

이하와 신나라의 관계를 치요가 모를 리 없었다.

현실에서 만났다는 사실까지는 몰랐으나, 미들 어스 안에서의 관계 정도는 충분히 파악 가능했다.

신대륙 원정대의 퓌비엘 감찰관 역으로 나온 그녀의 눈을 피해 청새치 호에 부담이 가는 스킬을 쓰는 것은 불가능에 가깝다.

'불안한 분위기를 조장하여 폭주하거나, 불순한 생각을 가

진 사람을 솎아 내겠다는 의도……? 지금은 나뿐 아니라 삐
뜨르 또한 용의선상에 올라 있겠지. 좋아. 그런 게임이라면
나도 참가해 주겠어. 인내심이라면 나도 어디 가서 지지 않
거든.'

치요는 가까스로 마음을 다스렸다. 물론 다른 유저들처럼
겁을 잔뜩 집어먹은 것처럼 연기하며.

그렇게 치요가 혼자 북 치고 장구 치며 수 싸움을 하고 있
을 때, 정작 그 수 싸움의 파트너인 이하는 아무런 생각이 없
었다.

그의 머릿속을 채우는 것은 오직 하나, 현 상황을 어떻게
타개할 것인가에 집중되어 있었기 때문이다.

"베일리푸스 님! 혜인 씨, 이지원 씨, 은천 씨, 로댕 씨! 역
중력 및 비행 마법 캐스팅! 대상은 '자이언트 알바트로스의
사체'입니다! 캐스팅만 하고 시전은 대기!"

이하는 정말로 떨어지는 자이언트 알바트로스를 '받아 내
려' 하고 있었다.

촤아아아앗————— 촤아앗———!

파도를 찢으며 나아가는 두 척의 선박은 어느새 예상 추락
지점의 인근까지 도달했다.

이젠 거의 머리 위에서 떨어진다고 봐도 좋을 정도로 자리를 잡자, 사람들의 목이 더욱 꺾여 올라갔다.

당연히 불안감은 더 커져만 갔다.

"역중력 마법? 그러나 불가능할 겁니다. 저 크기에 저 속도! 충격이 얼마나 될지 알고나 있는 겁니까. 그것을 겨우 스킬 다섯 개를 중첩시킨다고 해서 막을 수 있을 리가……."

"시끄러워요, 키드! 이번에 도움 안 되는 사람은 조용히 하고, 그냥 지켜만 봐!"

이하는 키드에게 버럭 소리를 질렀다.

그의 회의적인 모습이 지금은 전혀 도움이 되지 못한다.

에인션트급 골드 드래곤인 베일리푸스조차 청새치 호와 뉴-서펜트 호를 수면에서 10m가량 띄운 게 전부였다.

그나마 지속시간도 오래 끌기 어렵다는 것은 골드 드래곤이 직접 말했던 것. 이 거대한 질량을 지닌 두 척의 배를 감당하는 건, 드래곤의 마법으로도 어렵다는 뜻이다.

하물며 지금은?

선박 두 척을 합한 것보다 더 거대한 질량이, 속도까지 갖고 추락하는 중이다.

그런 것을 드래곤과 마법에 능숙한 유저 네 명의 힘을 보태서 띄우겠다는 게 이하의 말이었으니, 사람들의 반응도 당연한 셈이었다.

"다음은 배추 도사, 무 도사 그리고 라파엘라 님! 제가 지정하는 사람들에게 근력 및 체력 강화 마법 부탁드립니다!
점프력 상승 버프가 있으면 그것도 걸어 주시고!"

"엣?! 그, 그런 마법을— 누구에게요?!"

길쭉한 모자를 쓴 '성녀' 라파엘라는 자신의 이름이 불리자
당황했다.

그 와중에도 '뭘 써야 하느냐'가 아니라 '누구에게 써야 하
느냐'며 이하의 지시를 따를 준비를 하고 있는 것 또한 [영
웅의 후예]다운 대처!

이하는 연달아 또 다른 이름들을 불렀다.

"배추 도사, 무 도사 님이 반탈 님과 아문산 삼형제를, 그
리고 라파엘라 님이 마스터케이를 버프합니다!"

"어? 어어어? 엉아?! 누구? 나?"

"아문산 삼형제? 바바리안들?"

"반탈 님은 또 어떻고? 제2차 인마대전 '야만용사' 영웅의
후예잖아?"

지목당한 기정만큼 놀란 것은 역시 주변인들이었다.

배추 도사, 무 도사 그리고 라파엘라 3인의 버프라면 미들
어스 최강의 버프들 중 하나가 되리라.

근데 그것을 근접 직업군들에게 건다?

"좋수다! 아주 좋아! 그리고 그냥 아문산 삼형제라고 부르
면 안 되지! 정확히는 '반탈과 아문산 삼형제'라고! 준비됐나,
형제들?!"

"아까 신나라 여사가 뭐라고 하던 게 진짜였구만. 나 참, 이런 건 슈퍼맨한테 시켜야 하는 거 아뇨, 형님?"

"까라면 까는 거지! 준비해!"

미리 신나라를 통해 이야기를 들었던 자이언트 네 사람은 자신들의 무기를 바닥에 내려놓으며 몸을 풀었다.

"잠깐! 엉아! 뭘 어쩌라고? 나 탱커야!"

"기정아!"

"응?"

슈욱, 슈욱─ 슈우우웃─!

그 순간에도 버퍼들의 캐스팅은 멈추지 않았다.

청새치 호에선 경면주사의 빨간 가루들이 허공에서 휘날렸고, 뉴─서펜트 호에선 성녀 라파엘라의 축복이 기정에게 끝없이 이어져 들어갔다.

번쩍번쩍거리는 화려한 이펙트들 너머, 이하의 눈빛이 기정의 눈빛과 마주쳤다.

"뛰어서 저거 받쳐."

기정은 자신이 잘못 본 것은 아닐까, 라는 생각이 잠시나마 들었다. 이하의 입꼬리가 슬그머니 올라가 있는 것처럼 보였으니까.

"뭐? 뭐라고?"

"이하 씨! 아, 아무리 기정 씨가 탱커라도─ 저런 속도를 뛰어들어 막으라는 게 말이 돼요? 하늘에서 추락하는 비행

기를 향해 점프해서 들어 올리라는 셈이라고요!"

"알아요! 그래서 역중력 마법들 캐스팅시켰던 거니까! 전부 준비, 준비! 루비니 님, 추락까지 앞으로 얼마나 남았죠?"

"해수면에 닿기까지 약 13초예요!"

"오케이, 전원 대기, 전원 대기! 다른 사람들은 충격에 대비하고! 파이로 님이랑 진 님은 할 수 있는 가장 범위 넓은 화염 마법 캐스팅!"

이하의 쩌렁쩌렁한 목소리가 거침없이 선박 사이로 퍼졌다.

불꽃술사 직업 영웅의 후예 '파이로'와 엘리멘탈리스트 직업 영웅의 후예 '진'. 그들은 잠시 고개를 갸웃거렸으나 역시 이 시점까지 와서 뜸을 들일 정도로 멍청하진 않았다.

"4초 남겨 놓고 뛰면 됩니다! 카운트 다운! 9, 8, 7-"

쿠콰아아아아————————————!!!

"어…… 저걸…… 뛰어서 막을 수 있다고?"

"저걸 어떻게 막아! 우린 다 죽을 거야!"

"죽는다, 실패하면 다 죽는 거야."

어마어마한 굉음을 내며 추락하는 자이언트 알바트로스의 거체는 이제 육안으로도 뚜렷이 알아볼 수 있었다.

"-6, 5-"

이하 또한 긴장하긴 마찬가지였다.

어디까지나 자신의 추측을 기반으로 한 것. 실패할 가능성도 얼마든지 있다!

'이제 와서 그런 생각해서 뭐해. 할 수 있다.'

이하는 큰 숨을 들이켜며 목이 터져라 외쳤다.

"막아————!"

파앗-!

이하의 지시와 함께 청새치 호의 자이언트 네 명과 뉴-서펜트 호의 기정이 공중으로 뛰어올랐다.

온갖 버프가 걸려 능력치가 극대화된 그들은 삐뜨르나 페이우의 도약보다도 높게 치솟았다.

"이하 형! 죽어도 원망하진 않겠지만 진짜 다음부터는 미리 말 좀 해 주고-"

"마법 시저어언————!"

도약한 네 사람이 떨어지는 자이언트 알바트로스에게 닿기 직전, 이하가 외쳤다.

이미 캐스팅을 마치고 기다리던 유저들에게 그 타이밍을 맞추는 것 정도는 식은 죽 먹기였다.

"〈레비테이션〉."

"〈리버스 그래비티〉."

"〈오브젝트 플로팅〉."

"〈정停, 공간봉쇄封鎖〉."

"〈비상하는 매의 조각〉!"

베일리푸스, 혜인, 이지원, 은천, 로댕의 온갖 마법이 자이언트 알바트로스에게 중첩되는 순간이었다.

우아아아아아-!

추락하는 괴조의 곳곳에 뛰어오른 유저들이 닿았다.

양쪽 날개에 자이언트가 각 두 명씩. 그리고 자이언트 알바트로스의 깨진 머리통에는 기정이 근육이 터져라 팔을 들어 올렸다.

퍼어어어어억……!

소음은 크지 않았다.

다만 둔탁한 소리와 함께 공중에서 흔들리는 파동이 '눈에 보일 정도'였다는 게 유저들을 질겁하게 만들 따름이었다.

"공기가 흔들렸어……?"

"저, 저런 수준의 충격파라면-"

육안으로 보이는 충격파는 자이언트 알바트로스를 받치려던 다섯 유저를 넘어 해수면까지 그 에너지를 전달했고.

푸화아아아아아아아악——————————!

거대한 물보라를 만들어 냈다.

"우와아아앗?!"

"꺄아아아아악-!"

단순히 물보라라고 치부하기엔 너무나 큰 해일을 보며 몇몇 유저가 비명을 질렀다.

도망간다?

이미 예상 추락 지점 인근까지 왔던 뉴-서펜트 호와 청새치 호는 그 어떤 기동으로도 물결을 피할 수 없으리라.

파도를 타고 넘는 것도 불가능하다. 이미 파도의 키가 선박보다 높았다. 더군다나 흐름을 타며 돛을 조종하기엔 시간이 너무 촉박했다.

"다, 다 죽는-"

"안 죽으니까 걱정 마시고! 파이로 님, 진 님, 그리고 람화정 씨-"

이하는 여기까지 예상하고 있었다.

애당초 저 엄청난 충격을 이 배가 받아넘길 수 없다는 것도 알고 있었다.

"-전부 날려 버려!"

"아하하핫! 그렇군! 무슨 뜻인지 이해했습니다! 안 그래도 그런 스킬이 하나 있어서 하는 말이었으니까요!"

불꽃술사 직업 영웅의 후예, 파이로가 호쾌하게 웃었다.

원정대 선박 탑승 이후 줄곧 '봉인'되었던 그의 고삐가 마침내 해제 허가를 받은 셈!

거대한 해일이 두 선박을 덮치기 직전, 세 사람의 혼신을 담은 스킬이 시전되었다.

"흐으으읍! 〈맹화과강猛火過江〉!"

"〈샐러맨더 러쉬〉!"

이하가 이 작전을 짤 수 있었던 기반 중 하나가 바로 이것이었다.

거대 곰치가 나타날 당시, 선박 반경 15m의 바닷물을 증발시켜 버리겠다던 불꽃술사 '파이로'의 자신만만한 태도!

거기에 기본적으로 4대 원소 마법을 전부 쓸 수 있는 엘리멘탈리스트 영웅의 후예까지 가세한다면?

분명히 가능성이 있다.

물론 이하의 기대는 충족되었다. 너무 충족되어서 당황스러울 정도로 말이다.

"……내가 지금 뭘 보고 있는 거야……?"

"파이로, 진 이 녀석들…… 웃!"

루거가 잠시 당황해서 〈코발트블루 파이톤〉을 손에서 놓칠 정도의 일이 눈앞에서 벌어지고 있었다.

그것은 이하도 쉽게 표현할 수 없었다.

문법상 전혀 맞지 않는 말이었기 때문이다.

"……파도에 불이 붙었다고 말해도 되는 건가?"

[세차게 타는 불이 강을 가로지른다. 猛火過江]

잔잔한 강이 아니라 무지막지한 파도였지만 스킬의 본질만큼은 전혀 변한 게 없었다.

"맹화과강이라니— 아니, 이거 너무 이름대로라서 황당할 정돈데."

그 어떤 수水속성으로도 끌 수 없는 성질의 불, 단순히 고온인 것 외에 또 다른 특성이 있는 '불꽃술사' 특유의 스킬이 파도를 감싸며 집어삼키기 시작했다.

마치 신기루라도 보듯 신대륙 원정대원들은 넋을 놓고 그 장면을 감상했다. 그러나 아무리 미들 어스의 스킬이라도 근본적인 자연 법칙에선 벗어날 수 없는 것!

화염이 파도를 전부 감싸나, 하는 생각이 들기까지 약 1.2초.

푸슈우우우우우————————!

파도가 사라지며 폭발적인 수증기가 터져 나오기 시작했다.

"우왓! 뜨거워!"

"끄아아아아—! HP가 갑자기 막 빠진다!"

"자, 잠시만— 수호성인의 검을 캐스팅할게요! 빨리 제 근처로—"

마치 만두 찜기에서나 나올 법한 엄청난 양의 수증기였으나, 온도는 만두를 찌는 것보다 몇 배는 뜨거운 수증기가 터져 나왔다.

선박의 유저들은 물론이고 공중에서 자이언트 알바트로스를 받쳐 든 다섯 명의 탱커들에겐 열화지옥이 따로 없을 지경이었다.

"람ㅎ—"

이하가 재빨리 다음 사람에게 지시를 내리려 했으나, 자신의 차례를 충분히 인지하고 있던 그녀는 뒷말을 기다리지 않고 뛰어올랐다.

"아이싱 더스트!"

공중에서 찰랑거리는 그녀의 푸른 머릿결은 그녀의 손끝에서 뿜어져 나가는 얼음 가루들과 같은 빛을 띠었다.

"와……."

"저건 또 무슨…… 제습제 같은 거야?"

얼음 가루들은 아직도 엄청난 기세로 뿜어져 나오는 수증기를 빨아들이는 것처럼 보였다.

거대한 뭉게구름이라도 생긴 것 같았던 해수면은, 람화정의 마법이 끝났을 시점엔 다시금 잔잔해진 상태였다.

충격파에 의한 파도는 수증기가 되었고, 그 수증기는 모조리 얼음 가루에 휩쓸려 바다로 후두둑, 떨어졌다.

"좋————았어! 이거거든! 으히힛! 성공했다고!"

이하는 메인마스트에서 떨어질 정도로 방방 뛰며 기뻐했다.

사실 각 유저들이 어떤 방법을 쓸지는 알 수 없었다. 직업의 특성상, 그리고 토너먼트 등에서 보여 줬던 스킬의 특성상 '할 수 있겠다' 하는 추측을 했을 뿐.

말도 안 되는 지시라 생각했지만 결국 이하의 계산은 아슬아슬하게 맞아떨어졌던 셈이다.

"세상에……."

"······또 혼자만 돋보이는 겁니까."

신나라도, 키드도.

"그 짧은 시간에 원정 대원들의 특성을 전부 계산했단 말인가."

"그동안의 경험으로 이미 알고 있었던 거겠지. 단시간에 이런 연계를 계산하는 것은 드래곤도 어려운 일이다."

원정대장인 알렉산더도 심지어 NPC급인 베일리푸스조차 놀랄 광경이었다.

[공간 역행 → 버프 도약으로 육탄 방어 → 충격파에 의한 해일 소실 → 발생 수증기 제거]까지 이어진 과정에서 이제 남은 것은 단 하나. → 육탄 방어자들의 무사 착륙뿐.

"자! 이제 그 새-새끼 배로 내려요!"

"배로 내리라고?"

공간 역행 마법과 육탄 방어 덕에 추락하며 붙었던 가속은 완전히 제로가 되었다.

이젠 하늘에서 멈춰 버리다시피 한 자이언트 알바트로스에 반탈과 아문산 삼형제 그리고 기정이 데롱데롱 달라붙어 있는 상황.

"그래, 기정아! 굳이, 굳이 이렇게 한 이유가 바로 이거였다고! 식량으로 쓰려고!"

기쁨에 겨워 목소리 톤까지 올라간 이하가 신나게 외쳤으나 다른 유저들의 반응은 시큰둥했다.

"가끔 보면 머리가 좋은 건지, 나쁜 건지 모르겠다니까요."

"키킷, 내 말이 그 말이에요."

원정대원 40인 중 로그아웃 로테이션으로 빠진 10명을 제외한다면 사실상 전원이 투입된 수준의 대규모 작전이었으니, 이하가 한 가지 정도는 빼먹는 게 당연했다.

"……멍청한 놈, 저걸 어떻게 내리려는 거지."

루거가 중얼거린 한 마디가 바로 그것이었다.

자이언트 알바트로스는 뉴-서펜트 호나 청새치 호보다 크다는 사실.

"어?!"

그제야 이하도 알아차렸다.

"리버스 그래비티의 제한 시간은 아직 남았다지만- 빨리 조치를 취하지 않으면 떨어질 겁니다!"

"이 높이에서 떨어져도 파도가 꽤 생길 거요! 이거 어쩌려고 그래?"

혜인은 물론이고 자이언트 알바트로스에 매달린 반탈조차 당황스럽기는 마찬가지.

뇌를 완전히 '상황 종료'로 바꿔 버린 이하에게 갑자기 난제가 생긴 셈이었다.

"어- 어…… 어……. 그, 그럼 어쩌지?"

"어휴, 이하 씨도 참. 잘 나가다가 저런다니까."

찰캉, 찰캉, 찰캉-!

보는 사람도, 겪은 사람도, 작전을 짠 사람도 어처구니가
없는 상황에서 움직인 것은 신나라였다.

"삐뜨르! 좌측 맡아. 무슨 말인지 알지?"

"부히히힛! 내가 왜 신 매앰ma'am의 말대로 해야 하지?"

삐뜨르가 네 발로 엎드려 팔짝팔짝 뛰자 신나라는 자신의
검을 조용히 꺼내 들었다.

스으으윽, 푸른빛을 띠는 검과 검에서 새어 나오는 빛보다
더 무서운 그녀의 안광이 미야우 종족 최강의 암살자를 노려
보았다.

"퓌비엘 감찰관으로서 명합니다. 본 퓌비엘 선박의 안전
에 관한 사항에선 제 지시에 따라 주시죠."

신나라의 말을 들은 삐뜨르의 눈이 반달처럼 휘었다. 그러
나 그 웃음이 거짓된 것이라는 건 누구나 알 수 있었다.

언젠가 퓌비엘의 국왕을 암살하려 했던 미니스 최강의 유
저 암살자, 랭킹 5위의 삐뜨르.

그리고 그 삐뜨르의 앞에서 국왕을 보호했던 유일한 세이
크리드 기사단 소속의 유저, 랭킹 6위의 신나라.

철천지원수에 가까운 두 사람이었지만, 그랬기에 서로가
서로의 실력을 아주 잘 알고 있기도 했다.

신나라가 별다른 말없이 '무슨 말인지 아냐'라고 물을 정도
로 말이다.

"킥킥킥킥, 좋아, 좋아! 그러면 시합이야, 서프라이즈-시

합! 누가 먼저 해체 하~나!"

파아아앗-!

뻬뜨르는 즉각 자이언트 알바트로스의 좌측 날개로 도약했다. 신나라는 고개를 절레절레 흔들곤 우측 날개를 향해 뛰었다.

네 발 달린 미야우의 발톱 하나, 하나는 잘 벼려진 검보다 더 나은 절삭력을 자랑한다.

하물며 검 솜씨만으로 따지면 미들 어스 내에서 당할 자가 없는 신나라는? 펜싱에는 찌르기만 있는 건 아니다.

베기 또한 수준급인 그녀의 검이 한 번, 또 한 번 휘둘러질 때마다 거대한 갈매기과 몬스터는 발골 및 해체되고 있었다.

공중에 멈춘 자이언트 알바트로스의 사체를 밟고 뛰어다니며 랭킹 5위 뻬뜨르와 랭킹 6위 신나라가 약 2분여간 자신들의 무기를 휘둘렀을 때.

쿵, 쿵-!

뻬뜨르는 청새치 호에, 신나라는 뉴-서펜트 호에 무사히 착지할 수 있었다.

뒤이어 떨어진 네 명의 자이언트와 기정의 어깨에 얹어진 것은 신선하고 또 엄청난 양의 고기였다.

"아잣, 차차! 이렇게 무식한 양의 고기는 처음 짊어져 보네요. 아! 갈매기살이 원래 갈매기가 아니라던데, 보배 씨 그거 알고 있었어요?"

"······이 엄청난 작전을 본 첫 번째 감상이 그거예요?"

기정과 보배가 푸흡, 서로 마주 보며 웃었다.

뉴—서펜트 호와 청새치 호의 유저와 NPC 누구랄 것 없이 이하를 향한 환호성을 보낸 것은 그다음이었다.

우와아아아아아아아——————————!

페르낭은 거의 눈물을 줄줄 흘릴 표정으로 두 팔을 들어 올리고 있었다. 자이언트 알바트로스의 고기를 이용한 식량 증가분은 대략 15일치.

향후 70일가량만 가능했던 항행은 85일까지 확정적으로 늘어나게 되었다. 이런 습격(?)을 두, 세 번만 더 받아 낸다면 100일 이상의 식량 확보도 충분히 가능할 것이다.

"허어, 참. 낚시를 활용해서 종종 비상식량을 쓰긴 합니다만······. 우리나라 유저들이 들으면 까무러치겠군. 갈매기를 잡아먹는다니."

"저게 어디 보통 갈매깁니까, 후크? 웬만한 전열함 두 대를 이어 붙인 크기의 갈매기라고요."

"그러게 말유. 아까 속도 보니까 드레이크 선장 정도가 아니면 강습공격 회피도 어려울 것 같던데······."

항행 39일차, 벌써 이하의 활약 이후 9일이나 지났건만 여전히 유저들 사이에선 그날의 일이 회자되고 있었다.

특히나 해상 생활에 있어선 이번 원정대 중 그 누구보다 빠삭하다고 생각한 크라벤의 유저들에게 그날의 장면은 충격 그 자체였기 때문이다.

"훈연할 수 있는 재료만 조금 구하면 15일이 아니라 더 늘어났겠지? 신선한 피는 마셔 버리면 채소 대용도 될 테고."

"으음, 근데 그런 재료를 싣고 사략질 하러 돌아다니긴 너무 어렵지 않겠수? 뭐 선원 NPC라고 해도 후크 선장이 가자고 하면 안 따라갈 뱃놈들은 없겠지만서도……."

"한, 두 달치 식량 싣느니, 훈연 재료 간단히 담고 일주일치 식량만 챙겨서 돌아다니는 게 무게 면에서 훨씬 이득일 것 같은데?"

"으음, 그것도 흘수선 보면서 계산을 한 번 해 봐야―"

기본적인 낚시와 요리 스킬을 활용하여 먹던 게 전부였다.

그러나 이하의 방법을 활용한다면? 새로운 능력치는 물론 자신들의 고유 능력들을 상승시키는 데에 큰 도움이 될 게 분명했다.

그만큼 이하의 활약은 기존의 상식을 완전히 깨부수는 거나 다름없었기 때문이다.

물론 유저들의 감탄도 계속되었지만 특히나 이하를 향해 눈을 빛내는 사람은 따로 있었다.

정확히는 반인반어였지만.

"하이하 님! 하이하 님!"

"하이아…… 저기, 지금은 제가 드릴 말씀이 없다니까요…….”

"그래도 저는 믿고 있습니다! 해상의 최악 폭군 중 하나인 자이언트 알바트로스를 그렇게- 그렇게 쉽게 사냥하시는 분이라면! 분명히 저희 용궁에도 도움을 주실 거라 믿어 의심치 않는다고요!"

"아니, 그러니까, 인어님. 제가 며칠 전부터 말씀을 드렸지만…… 그게, 그게 저 혼자 막 그렇게 될 게 아니라니까 그러네. 몸도 불편하신데 그냥 들어가 쉬세요."

"하이하 님께 긍정의 답변을 들을 때까지 물러설 수 없습니다! 저는 용궁에서 가까스로 탈출한, 어쩌면 자유로운 상태에 있는 마지막 인어가 될지도 모른다고요! 게다가 내일부터 용궁의 해역 내로 들어가게 되는 참이니까-"

"으으, 제바아아알!"

이하는 머리를 감싸며 인어와 거리를 두었다.

하체가 생선인 NPC는 양팔로 갑판 바닥을 짚으며 쿵, 쿵 육체를 튀어 가며 다시 이하에게 다가오고 있었다.

게다가 그 초롱거리는 두 눈과 마주치기라도 한다면…….

이하에게 있어선 대놓고 도망가기에는 양심에 찔리고, 근처에 있자니 너무나 귀찮은 상황인 것이다.

'하루만 참자, 하루만! 내일이면 내 로그아웃 로테이션이니까!'

미들 어스 시간으로 하루가 더 지나면 항행 40일차.

다시금 이하에게도 미들 어스 약 이틀간의 자유가 생기게 되는 셈이었다.

"키킷, 하여튼 못 말린다니까. NPC한테 인기 얻는 건 하이하이 씨가 최고인 것 같아요."

"그냥 매몰차게 떼어 내거나 마스트 위로 가면 될 텐데, 굳이 그러지 않는 것도 이하 님의 장점이죠."

"난 단점이라고 생각하는데…… 키킷."

귀를 막고 갑판을 돌아다니는 이하와 그 뒤를 졸졸 쫓는 인어를 보며 비예미와 징겅겅이 웃고 있었다.

끝없이 떠드는 인어에게서 나오는 한 단어를 캐치하는 것은 유저들로선 결코 쉬운 일이 아니었다.

만약 페르낭이 저 인어의 말에 집중했다면 분명히 알았으리라.

그러나 페르낭조차 인어의 말은 귀담아 듣지 않았다. 아니, 들을 수 없었다.

"이 방향으로 쭉 가면 지난 1차 원정 때랑 같은 해로라는 거죠?"

"자네의 설명이 정확하다면 그런 셈이네."

"으음, 주변에 섬부터 찾아야 하는데……. 마나 중계탑을 세울 만한 섬은 없을까요?"

"나라고 모든 것을 아는 건 아니지."

"그거야 그렇지만— 드레이크 님이 과거에…… 그…… 저기였으니까."

"그때의 생활 중 기억에 남는 것은 거의 없네. 도움이 못 되어 미안하군."

지금 페르낭의 관심을 더 끄는 인물은 오직 하나.

해신의 아들, 과거 물의 정령이자, 운디네의 일족이자, '인어'였던 NPC였다.

"하이하 니임! 제바알! 제가 탈출한 걸 알면 이 근처까지 어인들이 나와 있을 확률이 있단—"

"아바바바바바, 몰라, 몰라! 그거 나중에 다 같이 얘기한 다음에 정하기로 했으니까 좀 기다려 봐요!"

그렇게 뉴-서펜트 호에서 중요한 키워드가 돌고, 또 돌았다.

해가 지고, 항행 40일차 아침, 이하는 기분 좋게 로그아웃했다.

자신이 복귀하는 날 어떤 상태가 되어 있을지는 꿈에도 상상할 수 없었다.

"니먼하오! 3조 인원 돌아왔습니다! 4조 여러분 푹 쉬시고 내일 모레 뵙겠습니다!"

페이우는 접속하자마자 사자후를 토해 내며 자신들의 복

귀를 알렸다.

3조의 인원들은 자이언트 알바트로스를 처치할 당시 로그
아웃 상태였던 유저들이기도 했다.

이하는 그들의 복귀를 확인하고서야 기지개를 켰다.

"으으, 그래 봐야 현실에선 10시간쯤 밖에 안 된다니. 씻
고, 자고, 밥 먹으면 끝이란 말이지."

"그거라도 자는 게 어디야. 꿀잠 자고 와, 엉아."

"그래, 기정아. 고생해라."

이하는 기정의 어깨를 탁, 탁 친 후 로그아웃했다. 그의
뒤를 따라 4조의 인원들이 하나, 둘 빠져나갔다.

"졸려."

"리얼루다가 꿀잠각 오지는 부분이구요."

람화정과 이지원.

"화끈하게 자고! 활기차게 다시 봅시다!"

"항상 느끼지만 기가 센 분이시군요."

불꽃술사 '파이'와 배추 도사.

"스태미너 회복 속도 빨라지는 장판 깔아 놓을 테니 틈틈
이 여기서 회복들 하세요! 세 시간 정도 지속될 거예요!"

"해도는 드레이크 선장님에게 맡겨 놨습니다! 이틀 정도의
항행 간 별일 없을 테니 잘 부탁합니다!"

성녀 '라파엘라'와 페르낭.

"키킷, 우리도 얼른 가죠."

"하아암, 진짜 죽겠어요. 보통이 아니네요, 정말."

비예미와 징경경.

"그럼…… 잘 부탁해요, 용용 씨?"

"네, 넵! 걱정 마세요. 이번엔 튀지 않고 잘 하겠습니다."

"으응, 그럴 필요까진 없고. 그냥 무슨 일이 있었는지만 잘 일러 주세요."

마지막으로 테이머 '용용'에게 이틀간의 항행 기록을 부탁하는 치요까지. 도합 열 명의 유저가 4조의 로테이션으로 로그아웃을 실시했다.

"아으으, 인어에 시달려, 루거한테 시달려……. 진짜 죽겠네."

이하는 치를 떨며 캡슐에서 나와 휠체어로 몸을 옮겼다.

미들 어스에 학을 뗀 것처럼 투덜대면서도 간단하게 씨리얼을 말아 와 향하는 곳은 컴퓨터 앞이었다.

씻고 잔다는 방금 전의 다짐은 온데간데없이 커뮤니티의 글이나 분위기를 살피기 시작했다.

〈제목 : 신대륙 원정대_항해 30일차_최신 소식.txt〉

〈제목 : 미니스 서남부에 새로운 드래곤 레어 발견?!〉

〈제목 : ㄴRe:서북부 국경 넘어서 나오는 곳 아니고??〉

〈제목 : ㄴㄴRe:양쪽 다인 듯. 요즘 드래곤 출몰이 잦던데 이유가 뭐지?〉

〈제목 : 와 최근에 크라벤 유저가 급격히 늘어난다 했더니 ㄷㄷ 항해 경험치가 개쩌네〉

〈제목 : 야 인어가 있다는데? 그거 레벨 몇임?〉

〈제목 : 하이하라는 사람은 미사일을 쏜다는데 사기 아니냐 시발〉

"케헥, 콜록, 콜록. 이거야 원⋯⋯. 다들 눈으로 확인을 못 하니 루머만 퍼지고 있구나."

로그아웃 로테이션으로 나간 사람들이 주변 지인들에게 이야기했던 것은 커뮤니티를 통해 급속 확산되고 있었다.

다만 모든 내용이 정직하게 퍼지는 것만은 아니라, 다소 황당한 루머도 끼어 있는 것이다.

'내가 미사일을 쏠 수 있었으면 그냥 나 혼자 신대륙 가고 말지. 〈다탄두탄〉을 다연장미사일 정도로 생각했나 본 데⋯⋯ 쩝, 하긴 크게 보면 다를 것도 없긴 한가?'

퍼지는 범위가 넓어 자이언트 알바트로스급의 거대 몬스터가 아니라면 27발을 모두 적중시키는 게 불가능하다는 단점이 있다.

하지만 개별 데미지만으로도 웬만한 중수급 유저의 최고 스킬 데미지를 상회하리라.

'미니스 서남부에 드래곤 레어⋯⋯. 그린 드래곤 레어라. 그러고 보니 쿠즈구낙'쉬 레어 앞에서 만난 꼬맹이도 그린

드래곤이었는데. 그 부모인가? 서북부 쪽 레어는 또 뭐야?'

이하는 커뮤니티의 제목들뿐 아니라 흥미로운 것들은 일일이 그 내용까지 확인했다.

현실에서 쓸 수 있는 피 같은 10시간을 굳이 수면에만 투자하지 않는 자세야말로 이하의 가장 큰 힘이 아닐까.

물론 그래 봐야 이미 체력적 한계에 다다른 그가 버틸 수 있는 시간은 길지 않았다.

"이번 신대륙 항행만 잘 끝나면 거의 수술이라고 봐야지?! 으흐, 우선 자자."

대략 세 시간여 동안 미들 어스 구대륙 및 각종 루머에 관한 정보를 섭렵한 후 이하는 취침에 들었다. 현실에서의 세 시간이라면 미들 어스 안에선 이미 12시간 이상이 지났다는 뜻.

청새치 호와 뉴─서펜트 호가 지나는 바다의 기상이 극도로 악화되기 시작한 시점이었다.

Geschoss 2

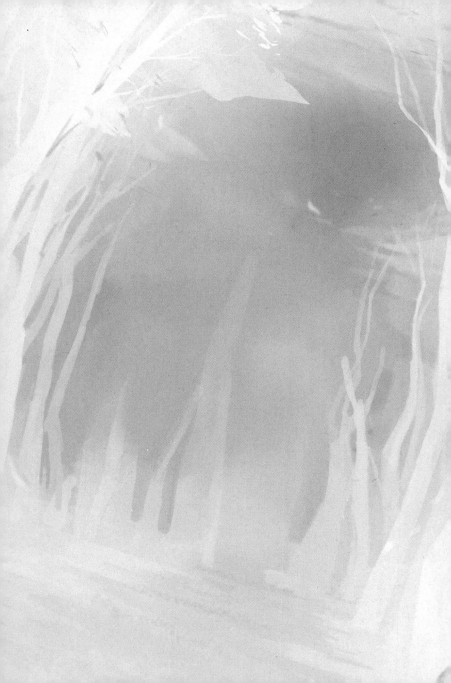

콰과아아아앙—————————!

"꺄악-! 기정 씨이이이!"

"보, 보배 씨! 괜찮아요?"

바다 위로 번개가 내리꽂히기 무섭게 천둥이 울부짖었다.

뉴-서펜트 호에서 한참이나 떨어져 있는 거리였건만 보배는 잽싸게 기정의 팔뚝을 끌어안았다.

"흐으음, '괜찮아요?'라니……. 비예미 씨가 없는 게 아쉽군."

같이 놀려 줄 사람이 없는 혜인이, 그 모습을 보며 킥킥거렸다.

4조가 로그아웃 하고 불과 몇 시간 만에 먹구름이 몰려와 지금까지도 천둥과 번개, 그리고 거센 파도를 만들어 내고 있었다.

"배가 뒤집어지진 않을는지 걱정입니다."

"괜찮을 거예요. 각 선박의 선장만 해도 NPC 중 최고의 항해가들이니까. 그리고 그 NPC들의 보조가 되는 유저들 또한 크라벤 최고의 유저들이잖아요."

키드가 조용히 읊조린 말에 루비니가 답했다.

넘실거리는 파도를 넘을 때마다 롤러코스터처럼 뱃머리가 들렸다, 떨어지고 있었으니 이런 걱정을 하는 것도 당연했다.

허리에 생명줄을 감지 않으면 갑판 위에 서 있는 것조차 버거운 상황이었다.

이미 대부분의 유저들은 청새치 호와 뉴-서펜트 호의 선실 안에 들어와 있었고, 선박을 조종하는 NPC들과 크라벤의 유저 몇몇만이 비를 맞으며 정신없이 갑판을 내달렸다.

"바람이 더 거세진다! 포어마스트 돛도 접어! 미즌마스트 삼각돛만 놔두고 싹 다 접는다!"

"제기랄, 파도가 더 커지는데? 포어마스트 돛도 반은 풀어 놔야 하는 거 아뇨? 방향 전환이 쉽지 않겠는데?"

"일단 접어! 일단 접고 근처에서 전원 대기! 드레이크 선장님의 지시에 따라 풀면 돼! 우선 접어!"

콰과과아아앙—————————!

천둥소리와 함께 뉴-서펜트 호가 파도 하나를 타고 넘었다. 선미에 부딪치며 튀어 오른 파도는 갑판을 몽땅 적시기에 충분했다.

"선실 쪽 침수 피해 없는지 확인하고! 언제든 고칠 수 있도록 목재 준비해!"

Ay, Ay, Sir!

"푸후우우, 이런 날은 그냥 닻 내리고 가만히 있는 게 답일 텐데. 항해 스킬 엄청 오르겠구만."

크라벤의 해적 유저 한 명이 바닷물과 빗물을 세수하듯 닦아 내며 투덜거렸다.

"아냐, 이런 날 닻을 내리면 그냥 침몰한다. 드레이크 선장이 키 조종 하는 거 잘 봐. 조금씩이라도 움직이면서 파도를 타지 않으면 다 죽는 거야. 저쪽도 퓌비엘의 버크가 하니까 다행이지, 허접한 뱃놈이었으면 청새치 호는 이미 가라앉았다."

일정 간격을 유지하며 다니던 두 선박이었으나 태풍 지대로 들어온 후로 급격히 거리가 벌어졌다. 그것은 단순히 버크와 드레이크의 차이 때문만은 아니었다.

청새치 호를 조종하는 퓌비엘의 NPC들이 크라벤의 NPC들보다 수준이 약간 낮았기 때문이다.

그것을 보완해 줄 크라벤의 해적 유저가 청새치 호에도 두 명 있었으나, 역시 '영웅의 후예' 후크보단 수준이 낮았으므로 어쩔 수 없었다.

'이러다 몬스터라도 튀어나오면 전부 끝인데…….'

후크가 요동치는 새카만 바다를 보며 걱정하고 있을 때,

청새치 호의 신나라 또한 같은 곳을 보며 같은 생각을 하고 있었다.

"푸하아! 용용 님! 정찰 상황은요?"

갑판 상황을 바라보다 황급히 선실로 들어온 신나라는, 입에 들어가는 바닷물과 빗물을 뱉어 내며 테이머에게 물었다.

그녀의 긴 생머리가 흘딱 젖어 있었다.

"어— 일단 하늘에서의 정찰은 불가능합니다. 이 날씨에 날 수가 없대요. 아예 구름 위로 날아 버리면 어차피 보이지 않으니 소용없고요."

선실 안에 있는 테이머 용용의 팔뚝에서 매가 젖은 깃털을 파르르, 털었다. 신나라의 표정이 안 좋아졌다.

"바닷속은?"

"해저 상황도 좋은 편은 아닙니다. 루핀은 빛에 의해 보는 것 말고 음파로 확인을 하긴 하는데, 해수면의 빗방울 떨어지는 파동들이 자꾸 방해가 되고 있어서요."

소환사도 고개를 저었다.

"빌어먹을. 공중 정찰도 안 되고, 수중 정찰도 제한되는 상황인데 육안 정찰도 못하면……."

"눈뜬 장님이로군."

알렉산더가 태연하게 기대 앉아 루거의 말을 받았다.

루거는 그 느긋함이 마음에 들지 않았다.

"이럴 때야말로 네놈이 나서야 하는 것 아닌가, 알렉산더?

네 녀석의 파충류가 뭐라도 하지 않으면 다 죽겠어."

황금의 갑주를 입고 선실 벽에 기댄 베일리푸스를 흘끗, 보는 루거. 대놓고 이런 말을 해도 베일리푸스는 그냥 콧방귀만 뀌고 말 뿐이었다.

물론 알렉산더라고 아무런 믿음 없이 여유를 갖는 건 아니었다.

"닥터 둠에게 언질을 넣어 뒀다. 3D 맵은 오래가지 못하지만 2D 맵으로 몬스터의 위치만 파악하는 거라면 태풍 구역을 빠져나갈 때까지 가능하다고 하더군."

"2D 맵이라고 해 봐야 적이 공중인지 해저인지는 모르는 거 아닌가?"

"있는지, 없는지만 파악하면 된다. 그다음은 우리가 직접 나가서 확인하고 상대하면 되니까. 치요가 없는 게 아쉽군."

"크음……."

한 마디 더 쏘아붙이려던 루거였으나 알렉산더의 말에 특별히 부족한 것은 없었다.

제한된 상황이라지만 해저는 소환사의 돌고래 비슷한 소환물이 확인하고 있고, 공중과 해상은 루비니의 맵에 표기된다면?

걱정해야 할 것은 루비니의 스킬 지속시간이 태풍 지대를 벗어날 때까지 버텨 주느냐, 뿐.

"우키키킷! 원래 그런 법이지. 개똥도 약에 쓰려면 없다니까! 이럴 때야말로 서프라~이즈가 기대되는 날인걸!"

알렉산더의 한 마디를 들으며 삐뜨르가 낄낄거렸다.

파도를 넘으며 넘실거릴 때마다 선실의 유저들이 비틀거리기도 했으나, 미야우 종족의 그는 한 치의 흔들림도 없이 고양이처럼 유연하게 서 있었다.

"한국 사람도 아닌 주제에 그런 말은 어떻게 안담······. 그나저나 해저에서 미처 발견 못한 적이 갑자기 선박을 향해 달려들기라도 하면 어떻게 대응하죠? 미리 짜 둬야 할 것 같은데. 이번에도 베일리푸스 님이 배를 들어 올리실 건가요?"

신나라가 잠깐 인상을 찌푸리다 또 다른 화제를 던졌다.

그러나 이미 해저의 공격을 한 번 받아 본 유저들은 이미 그 점에 대한 대비가 되어 있었다.

"아! 그, 그거 제가 해 놨습니다."

"네? 스네어 님이요?"

"저번에 드래곤님 도움 받아서······. 선박 하부의 그ー 흘수선? 그런 곳 근처 중심으로 트랩들 설치해 놨어요."

"아······ 트랩······."

신나라가 고개를 끄덕였다.

"제, 제가 영웅의 후예는 아니지만ー 웬만한 몬스터가 저희 선박 하부를 건드리긴 쉽지 않을 거예요."

"쉽지 않은 정도가 아니겠죠. 스네어 님이랑 토너먼트에서 붙었을 때 얼마나 고생했는데."

테이머 용용이 고개를 저었다.

말을 더듬어 다소 믿음은 떨어졌으나 그의 실력은 청새치
호의 유저들도 익히 알고 있었다.

함정Trap을 다루는 트랩퍼.

단순히 기구 원리에 의한 함정뿐 아니라 마나를 활용한
그의 함정은 그야말로 공격형 갑옷이라고 봐도 과언이 아니
었다.

'맞아. 이하 씨랑 영상 검토할 때 봤었지.'

장소 곳곳에 설치하는 것은 물론, 자신의 몸에도 보이지
않는 함정을 설치하고 달려드는 유저.

그 황당한 공격법에 제대로 대처 못한 채 섣불리 반격을
한 유저들은, 함정 발동에 의해 역으로 당하고 말았다.

최악의 상황만큼은 어떻게든 피할 수 있는 요소들을 갖춰
놓았지만 그것이 불안감을 지워 주는 건 아니었다.

태풍 지대는 끝날 줄 모르고 비바람을 토해 냈고, 파도를
타고 넘을 때마다 유저들은 점점 지쳐만 갔다.

뇌의 흔들림마저 구현한 미들 어스에선 배 멀미를 피할 수
있는 선실 내 구간은 한, 두 사람 정도만 들어가는 크기였으
니까.

"우우……. 토할 것 같아."

"미들 어스에서 토 하면 어떻게 돼요? 토사물이 나올 것
같진 않은데-"

"그런 얘기 하지 말아요. 상상되니까. 우웁-!"

제아무리 신대륙 원정대로 뽑혔다지만 배멀미에 익숙한 자는 많을 리 없었다.

그렇게 한 사람, 또 한 사람이 선실에 드러누우며 항행하기를 다시 시작한 지 세 시간여.

파악-! 알렉산더가 창을 쥐며 일어났다.

"알렉산더?"

신나라가 시름시름 앓는 얼굴로 알렉산더를 바라보았지만 그의 행동은 다급하기만 했다.

"베일리푸스, 간다."

"알겠다."

"어, 어디 가는 건데요?!"

선실 문을 쾅-! 젖히며 뛰쳐나가며 알렉산더가 외쳤다.

콰과아아아앙———————!

"전방에 미확인 물체 발견!"

천둥소리와 뒤섞인 외침은 불길하기 그지없었다.

뉴-서펜트 호의 유저들은 청새치 호의 알렉산더보다 빠르게 움직이고 있었다. 루비니의 지도를 실시간으로 같이 보고 있었기 때문이다.

"어디? 어느 방향?"

"뱃머리를 기준으로 11시 방향, 거리는 대략 600m!"

안대 같은 걸 차고 있는 그녀가 어떻게 방향과 거리를 아는지, 이제 그런 건 중요한 게 아니다.

루비니가 가리킨 방향에 유저들의 눈이 몰렸다.

"안 보이는데요?"

"비가─ 비가 너무 거세! 물방울 튕기는 거밖에 안 보여요!"

"키드 님은 멀리 보는 스킬 없어요? 하이하 님처럼─"

"나와 그는 서로 속성이 다릅니다."

지형지물의 방해가 따로 없는 바다에서 600m 거리라면 충분히 보였을 것이다.

그러나 지금은 다르다. 넘실대는 파도는 그 자체로 '움직이는 언덕'이나 다름없으니까.

11시 방향 전방 600m라고 해도 그들의 시야를 방해하는 것은 너무나 많았다.

"뭔가 떠 있는 것 같기는 한데⋯⋯."

"으음, 움직이고 있어요. 그쵸? 닥터 둠! 저거 움직이는 거 맞죠?"

"뭐가 보여요, 보배 씨?"

현재 뉴─서펜트 호에서 물체를 발견하는 데에 있어서 가장 뛰어난 것은 키드가 아니었다.

원거리 딜러 중 가장 랭킹이 높은 사람, 랭킹 10위인 궁

귀 보배가 있다. 활을 다루는 그녀의 시력 또한 만만한 게
아니다.

"네…… 하지만 이쪽으로 다가오는 게 아니라- 11시 방향
에서 10시 방향 쪽으로 가고 있어요. 어째서?"

루비니는 지도를 바라보며 당황했다.

다가오는 게 몬스터가 아닌가? 해수면에서 튕기듯 움직이
고 있는 저 물체는 대체 뭐지?

"앗- 아아아앗-! 빨리! 빨리 저쪽으로 가야 합니다! 도련
님! 도련님!"

쿵, 쿵, 쿵! 유저들이 답답해하는 사이, 그들의 뒤에 있던
인어가 파닥거리며 드레이크에게 다가갔다.

"무슨 일인가."

"저기- 저쪽에서 움직이고 계신 분에게 가야 한다고요!
저분은-"

뉴-서펜트 호에서 10시 방향, 거리는 470m. 유저들 근처
에서 바다를 바라보던 인어가 다급해진 이유는 분명했다.

"-해신근위대장님이에요!"

그가 아는 존재였기 때문이다.

드레이크를 향한 인어의 외침은 유저들 또한 들었다.

"근위대장이 이곳에……?"

드레이크가 잠시 고민하는 사이, 이제는 보배의 눈에도 완
전히 물체가 들어왔다.

"우왓, 진짜다?! 인어! 또 인어예요! 어, 그리고 저 뒤에서도 무슨 물보라가 치는 것 같은데. 닥터 둠! 저 물체- 아니, 인어 뒤편으로 뭐 있어요?"

해수면에서 돌고래처럼 수영을 하며 움직이는 것은 분명히 인어다.

그러나 인어의 이동 방향이 이상한 만큼, 그의 뒤에서 생기는 물보라 또한 정상적인 현상은 아니었다.

"······아뇨. 아무것도 안 잡힙니다."

"아닌데? 뭐가 움직이는데-"

촤앗, 촤앗, 촤아아아앗————————!

순간, 해수면을 찢어발길 듯 거칠게 튀어나오는 물체들이 있었다.

태풍의 먹구름 때문에 햇빛도 제대로 들지 않아 어두컴컴한 바다였으나 보배를 비롯한 유저들의 눈엔 확실히 보였다.

"저게 뭐야······?"

"생선? 아니, 생선이 무슨-"

"어째서- 어째서 제 지도에 잡히지 않는 거죠?"

유저들 각자의 이유로 놀라고 있을 때, 드레이크의 곁에 있던 인어가 다시 외쳤다. 어째서 그가 그렇게 다급하게 소리를 질렀는지는 그제야 모두 알 수 있었다.

"어, 어인이다————————!"

"생선이잖아!"

"진짜 그냥 팔, 다리 달린 생선이야?"

"게다가 커!"

"드레이크 선장! 어쩔 거요!?"

유저들이 서로를 바라보았다.

하필이면 페르낭이 없는 지금이란 말인가. 신대륙 원정대의 총괄대장은 알렉산더지만 뉴-서펜트 호에서 가장 발언권이 강한 사람은 역시 페르낭이었다.

그 페르낭도 없는데다 앞장서서 뭔가를 하려는 이하조차 로그아웃 상황. 남아 있는 유저들을 한데 묶을 사람은 많지 않았다.

불행 중 다행이라면 이곳엔 유명 길드의 길드 마스터들이 몇 명이나 존재한다는 점. 그들은 그들이 나서야 할 때를 정확하게 알았다.

"구하러 갑니다! 페르낭 님도 예전에 얘기했었고, 이하 형도 얘기했었잖아요! 우선은 저 인어를 구하고 퀘스트 상태를 보고 결정해도 늦지 않아요!"

"청새치 호로 연락했습니다! 알렉산더와 버크 NPC도 그쪽으로 향한다고 합니다!"

"서치라이트 토템 설치하고 마스트로 올라갈 테니, 전원 전투 준비해 주세요!"

별초의 길드 마스터 기정, 드래곤나이츠의 길드 마스터 개룡, 섬광의 길드 마스터 은천까지.

세 사람은 누가 먼저랄 것 없이 나서며 전열을 정비했다.

"에이잇! 알았수다! 저쪽이 아무리 생선이라지만 우리 배가 더 느려선 안 되겠지! 드레이크 선장! 지시는?"

"전속전진. 키는 내가 직접 조종하겠다. 모든 돛을 풀어라."

"우와아앗? 미쳤수? 이 날씨에—"

"〈파랑 무효(波浪 無效)〉! 〈가속〉!"

파아아아앗—!

드레이크의 몸에서 빛이 번쩍인 직후, 뉴—서펜트 호는 더 이상 흔들리지 않았다.

"호오, 과연…… 이게 그 스킬이구만."

크라벤 인들도 몇 번 보지 못한 초특급 NPC들의 스킬.

잠시 후 청새치 호에서도 환한 빛이 번쩍였다. 버크 또한 사용할 수 있었던 스킬은 잠시 동안 두 선박에게 다가오는 모든 파도를 무시할 것이다.

뉴—서펜트 호의 은천, 청새치 호의 조각가 로댕이 각각 메인마스트까지 기어 올라가 서치라이트까지 설치를 완료하자, 어두운 바다 위의 두 줄기 빛만이 휑뎅그렁하게 놓이게 되었다.

그러나 그것은 유저들의 시야에서 봤을 때 아무것도 없어 보였을 뿐.

"헐……."

"존나 많아."

서치라이트를 비친 부분에선 물보라가 끊임없이 튀어 올랐다.

개룡이 자기도 모르게 비속어를 쓸 정도로 많은 어인들이 해신근위대장의 뒤를 쫓는 상황이었기 때문이다.

"하아, 하아, 인간……? 인간들의 배가 이곳까지?"

"하킷!? 인간-"

"하큿! 인어부터 죽인다."

인어도, 어인도, 갑작스레 생긴 빛에 반응한 것은 매한가지였다. 그러나 두 종족 모두 선박을 향해 다가오진 않았다.

오랫동안 인간과 교류가 없던 인어가 배를 피하는 것은 당연한 이치. 하물며 어인들의 목적은 해신근위대장을 쫓는 것뿐이었기 때문이다.

"젠장! 이쪽으로 안 오는데?"

"청새치 호에선 소환사 엘미 님이랑 테이머 용용 님이 인어를 건져 오기 위해 준비 중이래요! 우리 쪽은-"

"제가 직접 가겠습니다!"

청새치 호와 연락을 주고받던 보배가 묻자 인어가 손을 번쩍 들었다.

"인어님이 직접 가셨다가 혹시 무슨 문제라도 생기면-"

"제가 수水속성 마법으로 보조하죠."

"저도 스킬 걸어 놓겠습니다. 당분간 인어 씨가 받을 피해는 제가 받도록. 거리만 너무 멀리 떨어지지 않으면 될 거예요."

보배가 잠시 걱정스런 표정을 지었으나, 엘리멘탈리스트 영웅의 후예인 '진'과 기정까지 나서자 더 이상 막을 수 없었다. 어차피 한시가 급한 지금 이래저래 따지고 계산할 여유 따위도 없었으니까.

"그리고 제가 가야만 근위대장님도 무사히 이 배로 올라타실 겁니다!"

"……좋아요, 그럼 인어님과 진 님, 기정 씨 준비하시고! 다른 유저 분들은 뒤에서 저 인어를 따라가는 어인에 집중하세요! 페르낭 씨가 없는 지금 우리는 놈들의 레벨도, 강함도 알 수 없습니다! 긴장 풀어선 안 돼요!"

"이거야 원, '궁귀'께서 그렇게 말씀하시는데 누가 긴장을 풀겠습니까? 우선 한 방 먹여 보겠습니다! 〈게이볼그〉."

보배가 독려하자 개룡이 웃으며 팔을 들었다.

그의 손바닥 위로 생기는 것은 마나의 창. 랜서인 그가 할 수 있는 가장 강한 원거리 스킬이 생성되기 시작했다.

파도를 무시하며 바다를 달리는 뉴-서펜트 호와 해신근위대장 및 어인들의 거리는 어느새 300m 이내. 생명줄을 허리에 감은 키드 또한 갑판의 끝으로 다가갔다.

"저도 준비 끝났습니다."

게이볼그로 어인들이 잠시 당황해 움직임을 멈추는 사이, 〈크림슨 게코즈〉가 불을 뿜을 것이다. 키드는 별다른 말없이도 주변 인물들과 연계를 맞출 줄 아는 인물이니까.

"흐아아아압-!"

팔뚝이 터질듯 부풀어 오른 개룡은 그대로 마나의 창을 집어 던졌다.

수면 위를 미끄러지듯 날아가는 마나의 창, 파치칫-! 하며 모여 있는 에너지가 주변으로 튈 정도의 기운을 담은 게이볼그는 순식간에 어인 근처까지 다가갔다.

'개룡 님 정도의 공격력이라면 충분해. 데미지는 얼마나 입는 거지? 즉사 포인트는 어디지?'

꿀꺽, 보배도 시위에 화살을 먹이고 그 장면을 지켜보고 있었다.

마침내 게이볼그가 어인 한 마리를 꿰뚫기 직전, 청새치 호와 뉴-서펜트 호의 유저들은 놀라운 광경을 목격해야만 했다.

테에에엥…….

가볍게 울리는 종소리와 비슷했다. 그러나 그것은 종이 아니었다.

"어?"

"〈와일드 번-〉음?"

"뭐임?"

게이볼그가 부딪친 것은 어인의 양손에 들고 있는 새하얀 무기. 마치 뼈처럼 생긴 그것을 X자로 교차하며 든 어인이, 게이볼그를 튕겨 내 버린 것이다.

"하쿳! 어림없는, 하키킷! 마법이다!"

어인은 기침 비슷한 잡음과 함께 목청껏 외쳤다. 인간들에게 자신의 힘을 과시하듯이.

"하키키, 하킷-!"

하큐- 하카- 하키키!

어인들이 단체로 이상한 울음소리를 내기 시작한 것도 그때였다. 그것은 제법 섬뜩한 장면이었다.

"……게이볼그를 튕겨 낸다고……?"

"레벨이 얼마나 높길래- 아니, 스탯이 어떻게 되기에……?"

"……물고기는 성대 없지 않아요? 어떻게 말을 하지?"

"기정 씨!"

"미, 미안해요, 보배 씨."

뉴-서펜트 호의 공포는 청새치 호에서도 그대로 느끼고 있었다.

"개룡 님이라면 화홍의 길드전에서 만난 적이 있습니다.

결코 약한 분이 아닌데…….”

“생선 하나 못 잡는 바보랑 싸운 것도 기억하나? 페이우 당신도 한물갔군.”

“입조심하십시오, 루거.”

“흥, 입조심은 네 녀석이나 해라. 지금부터는 너희 같은 머저리들이 나설 자리가 아닌 것 같으니까. 파충류! 내 몸을 고정시켜!”

철컥—!

루거는 〈코발트블루 파이톤〉을 들며 거침없이 베일리푸스에게 명령했다. 에인션트 골드 드래곤이 잠시 인상을 찌푸렸으나 비교적 순순히 마법을 걸어 주었다.

적어도 지금 이 순간 어떤 전략이 최선일지는 알 수 있었기 때문이다.

“인어를 건져 낼 때까지 견제하라, 루거.”

“나도 알고 있으니까 입 닥쳐, 알렉산더.”

콰아아아아앙————————————!

청새치 호의 선수에서 루거의 포가 불을 뿜었다. 해수면을 폭발하듯 뚫고 들어가는 그의 포에 바닷물이 분수처럼 튀어올랐다.

“흥, 저까짓 생선 나부랭이들이야 내가 얼마든지—”

콧방귀를 뀌며 다음 포탄을 장전하는 루거는 잠시 자신의 눈을 의심했다.

"……음?"

서치라이트의 조명 범위 안에 있는 어인의 수는 변동이 없었기 때문이다.

엄청난 관통력이 있는 루거의 포를 이 정도 거리에서 맞았으면 결코 살아남을 수 없으리라.

그러나 수가 같다는 뜻은?

"안…… 맞은 것 같은데요?"

어인들은 강함에 어울리는 속도 또한 갖고 있었다.

"젠장, 견제조차 안 통한단 말인가. 베일리푸스. 직접 마법으로 상대해 주겠나."

"알겠다. 그러나 선박에 피해가 갈 수 있으니 나도 범위형 마법은 쓰기 힘들겠군. 거리를 괜히 좁혔는걸."

알렉산더의 표정도 마침내 조금 굳었다.

황금 갑주를 입은 기사가 골드 드래곤으로 변신한 것은 한 순간이었다.

[플레임 스트라이크]

푸화아아아아악———!

화염의 덩어리들은 어인들이 물장구치는 곳으로 곧장 날아갔다.

"하캬- 물을 뿌려라! 물을 뿌려라-!"

"하키- 하캿!"

"하큐, 하큐!"

그리고 녀석들은 보통의 몬스터와는 조금 달랐다.

생선들의 주둥이 앞에 모이는 푸른색의 알갱이들은, 곧 이어 물대포처럼 변하며 바닷물을 총탄처럼 쏘아 대기 시작했다.

날아가는 플레임 스트라이크는 스물다섯 발이 넘었으나 그 플레임 스트라이크를 향해 날아오는 날카로운 물총은 오십 개가 넘었다.

치이이이이이……!

[……순도 낮은 물의 정령이 이 정도의 힘을 낸단 말인가? 운디네의 일족도 아닌 물의 정령에게서 이런 물대포 마법이라니—]

"……거기 인어! 이쪽으로 오라! 그대를 구해 주겠다!"

베일리푸스조차 잠시 당황할 정도의 스킬을 보며 알렉산더는 재빨리 선수로 달려갔다.

이제 유저들의 머리에 남은 것은 '위험 신호'밖에 없었다.

어떻게든 이 자리를 벗어나야 한다는 생각뿐!

그러나 천둥과 번개, 파도 소리 때문에 인간의 말이 제대로 들리지 않는, 캄캄한 바다에서 알렉산더의 목소리는 인어에게 닿지 않았다.

해신근위대장에게 가장 빨리 다가서는 것은 선박이 아니라 또 다른 인어였다.

"근위대장님! 이쪽! 이쪽으로 오세요!"

"……안데르송?! 살아 있었나!"

"저쪽 인간들에게 구조되어 살아남았습니다!"

"네가 인간을 데려온 거야?"

이하를 비롯한 원정대원의 솜씨에 푹 빠진 인어 NPC, 안데르송이 해신근위대장에게 열심히 어필하는 사이, 어인들은 충분히 거리를 좁힌 상태였다.

"네! 엄청난 실력자들이에요! 분명 저희의 힘이 되어 줄—"

츄아아아악—!

안데르송의 말을 끊으며 한 마리의 어인이 뛰어들었다.

그 크기만으로도 이미 인어보다 약 1.5배 이상이며, 인간과 같은 팔과 다리를 갖고 있는 몬스터였다.

차이점이라면 손과 발에 물갈퀴가 달려 있는 것 정도.

그러나 위협적인 무기를 들고 휘두르는 데에는 아무런 이상도 없었다.

"하큣, 하킷—!"

다행이라면 어인만 인어와 거리를 좁힌 게 아니라는 것.

뉴—서펜트 호의 선수에 한 발을 올리고 서 있는 여성이 소리 높였다.

"〈바운스 애로우〉!"

쐐에에에엑―――――――!

바람을 가르는 화살은 고작 한 발이었다. 그러나 충분했다. 어인이 안데르송에게 무기를 휘두르기 직전, 화살이 어인의 등을 강타했다.

"하큐큐!"

어인은 측면에서부터 강하게 타격하는 화살의 에너지를 이기지 못하고 밀려 나갔다. 그러나 놀랍게도 화살 또한 어인의 등 비늘을 뚫지 못하고 튕겨져 나왔다.

갑판에서 바라보던 유저들이 소리 질렀다.

"못 뚫었어! 말도 안 돼!"

"랭킹 10위의 화살로 안 뚫린다고?"

"보배 씨의 화살이 생선 비늘도 못 뚫는–"

"그게 아니라고요!"

보배의 화살이 보통과 다르다는 것은 그 이후에 밝혀졌다.

화살은 마치 고무공처럼 첫 번째 어인에서 튕겨 나온 이후 근처의 또 다른 어인을 향해 날아가고 있었으니까.

심지어 발사될 때의 에너지를 그대로 간직한 채였다.

"동종 몬스터를 향해서 끝없이 튕기는 마법의 화살!"

터어엉–! 터어엉–! 터어어어엉–!

"하쿳!"

"하키잇, 하킷!"

해신근위대장을 향해 한 점으로 몰려가던 어인들의 포메

이션이 무너진 것은 그때였다.

어인과 어인 사이를 끊임없이 타격하며 날아다니는 화살은, 마치 그 스스로 인공지능을 가진 셈이나 다름없었다.

"제엔장, 드래곤나이츠의 체면이 있지. 다시 한 번, 〈게이볼그〉!"

"우선 쏟아부어야 합니다. 알렉산더의 말대로 구출 후 도주라 할지라도…… 지금 필요한 것은-"

타다아아아앙————!

"-확실한 견제입니다."

주변 유저들을 일깨우던 키드였으나 정작 자신의 입맛은 씁쓸했다.

어인 넷을 향해 발포된 네 발의 탄환, 모두 정확히 박혔으나 즉사한 녀석이 하나도 없었다.

뉴-서펜트 호의 분투를 본 청새치 호의 유저들 또한 기운을 냈다.

자신의 스킬이 안 통한다? 녀석들이 말도 안 되게 강하다? 그것은 다음에 공략법을 생각해 내면 되는 것!

"또 보배에게 한 수 배웠군. 〈시즈 폼Siege form〉."

청새치 호의 갑판에 선 사람은 거대한 석궁을 등에 메고 있던 남성이었다. 활을 다루는 귀신이 보배라면 석궁을 다루는 데에 있어선 당할 자가 없는 유저.

미니스 소속의 토너먼트 참가자인 '암부스트'가 석궁을 재빨리 들어 올렸다.

"끽해야 석궁으로?"

"내 석궁은 당신의 탄보다 빠르다."

스킬의 시전과 함께 굳어지는 그의 몸.

마치 공성병기 발리스타처럼 석궁과 그의 몸이 일체화되고 있었다.

"뭣? 이런-"

"〈파워 풀Power pull〉."

후우우욱-!

석궁의 두꺼운 시위가 찢어질듯 당겨졌다.

루거가 옆에서 한 마디 하려 했으나 그의 입이 열리기 전, 이미 볼트bolt는 석궁을 떠난 후였다.

부후우우웅————— 콰학-!

폭풍우 속에서도 바람 가르는 소리가 섬찟하게 들려올 정도의 힘을 지닌 볼트는 어인 한 마리를 완전히 꿰어 버리며 바닷속으로 사라졌다.

"-건방진 놈…… 이…….”

설사 죽지 않았다 한들 볼트가 힘을 완전히 잃을 때까진 바닷속에서 한참을 허우적대야 하리라.

루거의 입이 서서히 닫혀지는 것도 당연한 일이었다.

"맞추지도 못하는 스킬이 강해 봐야 무슨 소용이지? 모든 공격은 적중으로부터 시작되는 거다, 루거.”

"빌어먹을 독일 놈—"

"너도 독일 사람이면서 그런 말은 할 필요 없다. 네 얼굴에 침 뱉는 꼴이니까."

"잇, 이잇, 나도 아까 버프를 안 해서 그랬다! 〈화포 강화 : 평사포〉."

한 마디 지지 않는 암부스트를 보며 마침내 루거의 승부욕에 불이 붙었다.

공성병기급의 자체 버프를 실시한 암부스트와 코발트블루 파이톤을 강화시킨 루거.

콰아아아아앙, 부후우우웅, 콰아아아아앙, 부후우우웅…….

청새치 호의 선수에 선 두 사람이 이토록 믿음직스러울 수는 없었다.

"감속."

"속도 줄여! 인어를 태운다!"

드레이크의 한 마디에 크라벤 유저들이 NPC들을 독촉했다.

"소환사 엘미 님과 테이머 용용 님에게 이미 말해 놨습니다! 저 인어는 우선 뉴—서펜트 호로, 안데르송과 함께 제가 태울게요!"

"알겠습니다! 모두 혜인 님 보호에 힘써 주세요!"

"그건 제가 있으니까 걱정 마세요!"

혜인과 보배, 기정 또한 100m 거리까지 접근한 인어들에게 집중하는 상황. 유저들은 자신이 쓸 수 있는 모든 스킬을 사용해 어인들을 밀어내고 있었지만 진행이 수월하진 않았다.

속도를 줄이고 인어를 태우는 게 지체된다면 자칫 위험에 빠질 수도 있다.

"어, 어어? 청새치 호는 속도 안 줄여요?"

"우리가 인어들을 건질 동안 어인들의 관심을 끈다."

"아!"

드레이크가 굳이 여러 말 하지 않아도, 뉴-서펜트 호에서 인어를 구한다는 결정이 난 후, 버크는 즉각 자신이 무엇을 해야 하는지를 정한 셈이다.

물론 버크가 그렇게 할 거라는 말이 없었으면서도 청새치 호의 움직임만으로 버크의 의도를 읽은 드레이크 역시 충분히 대단하다 할 만했다.

"캐스팅 시작했습니다, 앞으로 3초!"

혜인은 뉴-서펜트 호 우측에 거의 붙어 있는 인어 두 명을 보며 정신을 집중했다. 스페이스 그랩으로 쥔 후 그대로 끌어올리기만 하면 된다.

그러나 문제라면 역시 방해꾼들.

어인들 상당수는 속도를 줄이지 않고 방향을 꺾는 청새치 호에서 처리하고 있었지만, 인어들에게 그대로 달려드는 어인의 수도 결코 적지 않았다.

"3시 방향 어인—"

"〈켈피의 입〉."

"히캇!"

한 마리의 어인이 수면 위로 뛰며 인어들에게 휘두르려 했으나, 엘리멘탈리스트 '진'의 스킬이 더 빨랐다.

바다 위에 갑자기 생겨 버린 흐릿한 것은 말의 머리였다.

엄청나게 커다란 머리.

바닷물로 이루어진 말 머리는 입을 벌리고 그대로 어인을 삼켜 버렸다.

"꼬록, 꼬로로록!"

바다에서 태어나 바다에서만 생활했던 어인이기에, 자신이 벗어날 수 없는 바닷물이 있다는 것엔 당황할 수밖에 없었다.

그러나 제아무리 발버둥을 쳐도 켈피의 입에서 벗어나는 것은 불가능했다.

"어서! 어서 건져 올리세요!"

쿠우우우우……. 쿠우우우웅……!

청새치 호의 선박 근처에서 거대한 물보라가 튀기 시작한 것은 그때쯤이었다.

루거와 암부스트의 발포 외에도 트랩퍼인 스네어의 함정들이 발동하기 시작했다는 의미, 즉, 어인들이 배에 올라타기 직전이라는 뜻이었다.

"〈스페이스 그랩〉!"

마침내 혜인의 캐스팅이 끝나고 인어 두 명이 공중으로 떠오르기 시작했다.

"히캬아아앗! 보낼 수 없다!"

"하이드로 니들Hydrau Needle!"

"하이드로 니들Hydrau Needle!"

첨벙첨벙 헤엄쳐 오던 어인들은 물속으로 자맥질을 하기 무섭게 다시 수면 밖으로 크게 뛰어올랐다. 그들의 아가리에서 뿜어져 나오는 것은 날카롭기 그지없는 물대포였다.

베일리푸스의 플레임 스트라이크를 상쇄시킬 정도의 강한 힘을 지닌 물대포가 인어들을 향해 쏟아지고 있었다.

"안 돼! 막아야–"

"괜찮아요! 그거 또 쓸 줄 알았어! 〈수호의 인장〉!"

상대방의 데미지를 대신 입어 주는 템플러의 보호 스킬!

슈와아아악–!

방패와 검을 들고 갑판 근처에 서 있던 기정이 재빨리 인어들에게 스킬을 걸었다.

해신근위대장은 자신에게 걸린 스킬이 무엇인지 알았던 걸까, 안데르송을 감싸 안으며 몸으로 하이드로 니들을 막았다.

물대포는 푸른 막으로 감싸진 해신근위대장의 신체를 뚫고 들어갈듯 타격했다.

"커헙, 뭐, 뭐야?! 데미지가 장난 아닌데?"

물론 그 피해는 고스란히 기정이 입는 것이다. 캐릭터 창을 재빨리 열어 HP 양을 확인한 기정의 표정이 다소 굳었다.

다행이라면 추가 타격을 입기 전에 혜인이 그들을 갑판 위로 올렸다는 것! 기정은 스킬을 해제하며 재빨리 포션을 삼켰다.

"후아! 인어 구출 완료!"

"……알렉산더에게 귓속말했습니다! 안데르송! 어떻게 해야 여길 빠져나갈 수 있지? 어인들이 없는 곳은?!"

"어, 그게- 지금 이 부근이 전부 용궁의 해역 범위-"

"하킷, 하큐우우웃!"

츄악, 츄악, 츄악!

보배가 인어 안데르송에게 길을 물으려는 사이, 해저로 접근한 어인들 몇몇이 뉴-서펜트 호까지 튀어 올랐다.

쿵, 쿵, 쿵…….

"하킷, 인간-! 인어를 내놔!"

"인어부터 죽인다, 하큿!"

물속에 있으면서도 압도적인 근력을 지닌 녀석들은 단 한 번의 점프로 거대한 선박의 갑판까지 올라선 것이다.

어디로 가야 하는가? 어떻게 가야 하는가?

뉴-서펜트 호와 청새치 호의 간격은 점점 더 멀어지고 있었다. 폭풍우가 몰아치는 바다 위, 폭음과 파도 외의 불청객들은 유저들의 정신을 빼놓기에 충분했다.

"하키이이- 하큐우우-"

"으, 저 자식들 저 이상한 숨소리 낼 때마다 아가미 벌어지는 거 보이세요?"

"어쩜 이 상황에서도 그런 게 먼저 보일까? 대단해요, 기정 씨. 〈스프레드 애로우〉!"

보배가 고개를 절레절레 저으며 활시위를 당겼다.

화살 없이 시위를 당기는 어색한 모습이었지만, 그 시위가 퉁길 때 뿜어져 나가는 건 수십 갈래의 마나 화살이었다.

보배의 정면으로 90도가 넘게 퍼져 나간 스프레드 애로우, 그 반투명의 마나 화살들이 떡, 떡, 소리를 내며 어인들의 비늘을 파고들었다.

"큐앗!" "큐시싯!"

한, 두 발 맞은 녀석들은 뒤로 밀려나고 세, 네 발 맞은 녀석들은 벌러덩 뒤로 누워 버리는 모습들. 보배가 좋았어! 라며 가볍게 환호했지만 그것은 너무 빠른 축배였다.

벌러덩 누워 버린 어인마저 잠시 후 다시 일어났으니까.

"저기…… 보배 씨? 그거 스킬 뎀지가 어떻게 돼요?"

"네 발을 맞고 살아날 정도라면- 음, 뭐라고 표현해야 할지 감도 안 잡히는데요."

"보통의 몬스터보다 압도적으로 강하다는 것만큼은 확실합니다, 어서 배 밖으로 던져 내야 해요! 〈리버스 그래비티〉!"

"하큐우우-"

타다아아앙————————!

공중으로 떠올라 한도 끝도 없이 날아갈 것 같던 어인에게 여섯 발의 탄환이 연달아 꽂혔다.

이미 보배의 화살까지 맞은 상태에서 키드의 탄환을 버틸 정도는 아니었을까, 어인이 마침내 잿빛으로 변했다.

"징하다, 징해!"

"이럴 때 비예미 님이나 파이로 님이 있었다면 좋았을 텐데."

"없는 사람 그리워하지 말고 어서 싸우세요!"

쿠우웅, 쿠우우웅-!

청새치 호와 뉴-서펜트 호의 원정대원들이 어인과 싸우는 도중에도, 어인들은 선박 위로 계속 올라오고 있었다.

일반 몬스터보다 강하고 빠르고 체력 또한 많은 녀석들이었지만, 한 번 적에 대해 파악한다면 상대하는 데 어려움은 없었다.

적어도 신대륙 원정대원이라는 타이틀을 달고 있는 유저

들에게는 말이다.

"몰아내!"

"측면 공격에 약합니다! 정면 쪽은 면적도 얼마 안 돼서 히트 포인트가 적어요! 어그로 끄는 사람 말고는 가급적 측면에서!"

"〈선풍각〉."

한 마리, 또 한 마리!

유저들의 협공에 어인들은 선박 밖으로 나가떨어지기 시작했다.

아쉬운 점이라면 그들 모두 스킬의 쿨타임이나 MP, HP의 상태가 좋지는 않았다는 점. 단순히 패턴 파악이 늦었기 때문은 아니었다.

어인들은 확실히 구대륙에 있는 대부분의 몬스터보다 강했다.

"마지막 한 마리, 〈철사장〉!"

콰아아아아앙—!

'빡빡이 팬더'가 온 힘을 다해 내지른 스킬에 어인 한 마리가 갑판 밖으로 튕겨 나갔다.

폭풍우 치는 바다를 항행하며 마침내 놈들을 몰아낸 셈!

그러나 죽은 녀석들은 절반이 채 되지 않았고 나머지 절반은 말 그대로 배 밖으로 몰아낸 것뿐이었기에 위기는 여전히 존재했다.

그야말로 선박을 지킨다는 목적 달성만 겨우 해낸 셈이
었다.

"어디로 가냐고요?! 저놈들 계속 저렇게 끌고 다닐 거
예요?"

"안데르송!"

"하지만 어쩔 수 없어요! 용궁의 해역 안에 저희가 있는
한, 녀석들은 계속 쫓아올 거라고요!"

거의 실신에 가깝게 쓰러져 버린 해신근위대장을 간호하
던 인어가 울듯 외쳤다.

"그 용궁의 해역은 얼마나 더 가야 벗어날 수 있지?"

"이 방향, 이 속도라면 적어도 40일 이상은 가야 해요. 아
니면 다시 뒤로 돌아서 하루 정도……."

"뭐?"

쏴아아아아……. 콰과과아아아아앙——————!

여전히 비바람은 쏟아지는 상황, 먼 바다에서 번개 한 줄
기가 수면으로 꽂히며 천둥이 울렸다.

유저들은 말을 잃었다.

누구도 그 말은 먼저 꺼낼 수 없었다. 그 결정을 내리는 데
도움을 준 것은 드레이크의 한 마디와.

"파랑 무효의 지속 시간도 얼마 남지 않았다. 파도의 영향
을 받는다면 어인들에게 따라잡힐 거야."

메인마스트의 외침이었다.

"저, 저, 전방에- 전방에 물보라가 엄청납니다! 루비니님, 지도에 뭐 표시된 거 없어요?!"

"없어요. 또 뭔가 나타났나요?"

"아무리 적게 잡아도 100마리 이상! 어인 100마리 이상이 이쪽으로 헤엄쳐 오고 있습니다!"

루비니의 지도에도 잡히지 않는 몬스터, 약 30마리를 상대하는 데 스킬 쿨타임과 HP, MP의 소모가 그토록 컸던 몬스터가 최소 100마리 더 추가된다면?

청새치 호의 메인마스트에서도 서치라이트를 비추고 있었기에 모든 상황은 공유되고 있었다.

"뱃머리를 돌린다. 용궁의 해역이라는 곳을 빠져나가는 데 최우선 목표를 두도록."

알렉산더는 즉각 결정했다.

41일간 거침없이 항행했던 신대륙 원정대의 배가 처음으로 후퇴하는 순간이었다.

Geschoss 3

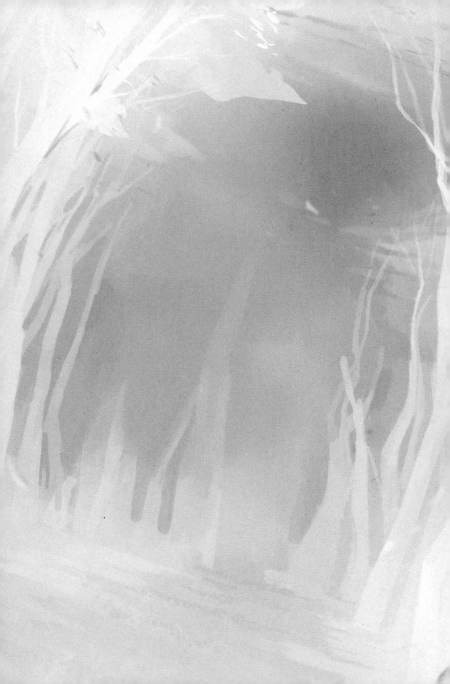

　"하아…… 하아…… 용용 님, 엘미 님! 정찰 상황 보고 바랍니다!"

　"해수면에서 따라오는 녀석들은 안 보입니다!"

　"해저도 마찬가지예요. 이제야 추격을 포기한 것 같아요."

　"알겠, 휴우, 습니다……."

　테이머와 소환사는 각자의 펫이 가져온 정보를 전달했다. 페이우는 고개를 한 번 끄덕이곤 그대로 갑판에 누워 버렸다.

　"후아아, 이제야 한숨 돌리겠군. 이봐, 크라벤의 애송이! 와서 키 좀 잡아!"

　"젠장, NPC가 좀 하지, 이럴 때 꼭―"

　"선장의 말을 무시할 건가!?"

"알았수다!"

크라벤의 해적 유저 하나가 어기적어기적, 키 근처로 가 버크와 교대했다.

청새치 호의 불과 1해리 후방 하늘은 여전히 어두컴컴 했다.

해가 지고 있기 때문만은 아니었다.

간헐적으로 들려오는 천둥소리는 이제 아주 작게 들렸으 나, 그곳에서 태풍이 사라질 기미는 보이지 않았다.

"……태풍이 저기에만 고여 있는 것 같군."

"그 말 그대로다, 알렉산더. 자연적인 현상이 아니야."

알렉산더도 양반다리로 앉아 호흡을 가다듬으며 후방을 살폈다.

여기, 저기서 지쳐 뻗어 버린 유저들에 비하면 조금 나은 상황이었으나 그라고 지치지 않을 리가 없었다.

"당연하지! 그건 들어갈 때부터 딱 느꼈어야 하는 거 아닌 가?! 제기랄, 어쩐지 불길하더라니. 저런 곳으로 배를 몰고 들어가는 머저리 선장이 누가 있나 싶었더니 그게 내가 될 줄이야."

버크가 투덜거렸다.

알렉산더 곁에 있는 황금 갑주의 사나이가 에인션트급 골 드 드래곤이라는 건 NPC인 버크 또한 알았지만, 예의를 차 릴 여유조차 없다는 방증이기도 했다.

"고생했소."

알렉산더는 가볍게 버크를 치하했다. 고생도 이런 고생이 있을까 싶었던 지난 24시간이었다.

해신근위대장을 건져 내고 먹구름 가득한 해역을 빠져나오는 것은 그야말로 필사의 탈출이었으니까.

문자 그대로 한 번의 쉴 틈도 없이 달려드는 어인들을 쳐 내고, 태풍 속에서도 가장 바람이 약한 곳을 향해 배를 몰아 속도를 살려야 하는 고난이도의 퇴각이 이제야 막 끝난 것 이다.

청새치 호에서 300m 떨어진 뉴-서펜트 호라고 사정은 다를 게 없었다.

"아아아…… 차라리 드래곤 레이드를 할래……. 누가 온 몸을 두들겨 팬 것 같은 기분이야……."

특히 초췌해진 사람은 기정이었다.

탱커 역할을 해 줄 만한 사람이 거의 없었기에, 뉴-서펜트 호에선 사실상 기정 홀로 모든 데미지를 받아넘긴 셈이었기 때문이다.

"힘들었죠, 기정 씨?"

"힘들다마다죠……. 이하 형은 진짜 운도 좋아. 딱 이 타이밍에 나가냐."

"비예미 씨, 이지원 님도 마찬가집니다."

기정은 방패마저 집어 던지고 갑판에 벌러덩 누워 버렸다.

그 옆에 혜인도 힘없이 주저앉았다.

"람화정, 파이로는 또 어떻고요. 휴, 나라네 배도 전투 인원 없어서 죽을 맛이었을 텐데. 하필이면 단기 집중 화력이 높은 사람들이 4조로 들어가 있어 가지고 진땀 뺐네."

"페르낭 님이 없는 것도 아쉽지요. 항행 스케줄과 노선을 다시 설정해야 하는 이 시점에 그분이 안 계시니……."

보배와 루비니까지 아쉬운 소리를 냈다.

원정대가 출발할 때까지만 해도 로그아웃 로테이션 1, 2, 3, 4조의 구성과 비중은 얼추 비슷했지만, 항해가 계속 될수록 개별적인 중요도가 조금씩 달라졌음을 이제는 원정대원 모두 알 수 있었다.

그러나 로테이션을 바꾸자고 먼저 말을 꺼내는 사람도 없을뿐더러, 꺼낸다한들 누군가의 자존심에 상처만 줄 수 있기에 모두 그러려니 하고 넘겼던 것.

그게 하필이면 이번 사건에 터진 셈이었다.

"……하이하가 와야 한다."

드레이크가 작게 중얼거린 것을 유저들은 놓치지 않았다.

"네? 이하 형이요?"

기정이 겨우 목만 들어 물었지만 드레이크는 답하지 않고 인어 NPC에게 물었다.

"안데르송, 돌아갈 길은 없겠지?"

"적어도 제가 알기로는요. 제가 탈출할 때도 저랬어요. 어인들이 나오고 나서부터 용궁의 해역 위에서 태풍이 사라지질 않고 있네요."

"해역 전 범위라면 돌아갈 길은 없겠군……. 해신근위대장은 일어났나?"

"아뇨, 아직…… 무 도사라는 분이 계속 치료하고 계시지만 정신을 차리진 못하고 계세요."

"음."

드레이크와 인어, 두 NPC의 대화는 당연히 그냥 나오는 게 아니었다. 주변 유저들에게는 저 대화 하나, 하나가 전부 힌트나 다름없는 것.

'어인과 태풍이 상관관계가 있는 거야. 퀘스트로 나오려나?'

'해신근위대장이 깨어나야 자세한 사항을 알게 되겠어. 쩝, 성녀 라파엘라가 4조인 것도 뼈아프군.'

'근데 하이하 씨가 필요하다는 건 무슨 뜻일까. 항로에 대해서라면 페르낭 씨가 더 필요할 텐데.'

피로에 지친 유저들이 각자의 생각에 빠진 사이, 해는 먼 바다 아래로 점점 내려가고 있었다.

항행 41일차의 밤.

그러나 구대륙을 기준으로 한 항행 거리는 39일차와 변함 없이, 청새치 호와 뉴-서펜트 호는 정처 없이 느릿느릿 주변 바다를 맴돌기만 하고 있을 뿐이었다.

슈욱-! 슈욱-! 슈욱-!

이미 미들 어스와 현실의 교차 생활에 익숙한 사람들이기 때문일까, 4조 유저 전원은 짜 맞춘 듯 같은 시간에 로그인했다.

"흐아하아아암, 늘어지게 잘 잤다. 좋은 아침입니다, 여러분!"

"키킷, 밥도 잔뜩 먹고 오니 기분도 좋네요."

"졸려."

"어머나? 다들 표정이 왜 이렇게 안 좋아요? 무슨 일 있었어요?"

이하를 비롯하여 비예미, 람화정, 라파엘라는 물론이고 청새치 호의 배추 도사와 치요, 파이로 등도 주변을 보며 어리둥절했다.

"뭐야? 기정아? 왜 뻗어 있어? 보배 씨도 무슨 일 있었어요? 몬스터라도 나왔나?"

"……그 태평한 소리를 들으니 다시 기운이 빠지는 기분입니다."

블랙 베스에 탄창을 갈아 끼우는 이하를 보며 키드가 한숨을 푹 내쉬었다. 모자를 푹 눌러써도 초췌한 얼굴은 단박에 알아볼 수 있었다.

"왜들 그래? 나, 참. 아! 1조 여러분! 얼른 나가 보세요! 푹 자고 오십쇼!"

이하가 활기차게 소리를 질렀으나 1조의 유저들은 답하지도, 로그아웃을 하지도 않았다.

현 상황에 대해 어렴풋이 감을 잡은 유저는 이하와 같은 4조였던 페르낭이었다.

"어? 어라? 태양의 방향이 이상한데? 드레이크 선장님! 항로가 이상―"

"현재 같은 자리를 배회 중이다."

"―네?"

"엉? 무슨 몬스터가 나왔기에?"

페르낭과 이하가 동시에 고개를 갸웃거렸다. 1조의 인원들이 로그아웃도 하지 못하고 그들을 기다렸던 이유이기도 했다.

"4조 여러분은 모두 이리 오세요! 무슨 일이 있었는지…… 하아, 다 말씀드릴 테니까. 아! 라파엘라 님은 선실 안에 좀 가주시겠어요?"

"네? 아, 네."

"거기 해신근위대장이라고, 또 다른 인어가 있을 텐데 그분 치료 좀 부탁드려요. 도사님들 치료로는 안 깨어나더라고요."

"해신근위대장……."

보배가 라파엘라에게 말하는 것만으로도 이하는 감을 잡았다.

무슨 일이 터졌구나. 그것도 배를 정박시키다시피 할 정도의 일이.

"우선 설명부터 들어요. 청새치 호에서 설명이 끝나면 전부 이쪽으로 넘어온다고 하니까 얘기는 그때 하고."

4조의 유저들은 각자의 선박에서 지난 이틀간의 이야기를 모두 들었다.

대체로 사실의 전달이었으나 어인에 대한 감각만큼은 상대해 봤던 유저들의 경험이 녹아 들어간 묘사였기에, 객관적일 순 없었다.

그들의 말을 듣는 4조의 유저들이 확신할 수 있는 것은 구대륙의 그 어떤 일반 몬스터보다 강할 것이라는 것뿐.

문제는 그것만이 아니었다.

"······태풍이 안 사라진다고요?"

"자세한 건 해신근위대장이 깨어나면 알 수 있겠지. 아마어인들이 태어나게 된 것과 관련이 있을 거다."

베일리푸스가 고개를 끄덕이며 답했다.

"허어······. 그러면? 선장님 두 분이 스킬- 아니, 하여튼 배를 가속시킬 수 있다지만······ 그래 봐야 물속에서 쫓아오는 어인들을 떼어 낼 수가 없잖아요? 스킬 지속 시간이 무한대일 리도 없고."

"그래서 하이하 네가 필요했다."

"제가요? 태풍을 상대로 뭘 할 수 있는데요? 태풍의 눈을 쏴 맞추기라도 해야 하나?"

"무슨 농담을 하고 있는 거지. 그거 말이다, 그거."

당황한 이하를 향해 드레이크가 손가락을 뻗었다. 지칭을 당하고도 이하는 아직 드레이크의 의도를 파악하지 못했다.

"저를…… 가리키시고…… 그래서?"

"그냥 엉아한테 삿대질이 하고 싶으셨던 게 아닐까?"

옆에서 기정이 조그맣게 속삭이며 미소 짓자 비예미를 비롯한 유저들이 킬킬거렸다.

확실히 이하가 접속한 것만으로도 신대륙 원정대 전체의 분위기가 밝아진 셈이었다.

"그 코트 말이다."

"코– 아! 아아아! 맞다, 맞다!"

이하의 깨방정을 보며 드레이크는 한숨을 내쉬었다.

"설마 한 번도 안 써 본 건가?"

"바다에서 특별히 활동할 일이 없었다고요! 맞아, 그게 있었구나!"

"굳이 바다에서 쓰지 않아도 되는 거지만……."

드레이크가 이하를 바라보는 시선이 조금 바뀌었다.

흥미로운 존재로 바라보던 그의 시선이 조금은 팔푼이를 보는 눈이 되어 버린 것이다.

물론 애당초 이하의 성격을 잘 알고 있는 사람들에겐 놀라울 것도 없었다.

대다수의 유저, 심지어 버크까지도 고개를 절레절레 저었다.

"엉아야, 나도 기억난다. 그거 옷 나 보여 줬을 때. 〈퍼펙트 스톰〉 스킬인가 쓸 수 있다고 했는데. 진짜 한 번도 안 써 본 거야?"

"시, 시끄러워! 이제부터 확인할 거니까!"

이하는 괜스레 겸연쩍어 재빨리 스킬 창을 열었다.

〈퍼펙트 스톰-범위 제한〉

설명 : 잔잔한 바다는 험하게 만들고 험한 바다는 잔잔하게 만들 수 있다. 해신의 가호가 담긴 의복만이 해신의 권능을 빌릴 수 있으리.

효과 : 지정 범위 반경 300m 내 태풍 생성 및 소멸

마나 : 태풍의 강도에 따른 마나 소모 차등 (0~5,000)

지속시간 : 태풍의 강도에 따른 지속시간 차등

쿨타임 : 태풍의 강도에 따른 쿨타임 차등

험하게, 잔잔하게. 태풍의 생성과 소멸을 모두 관장할 수 있다는 뜻.

스킬의 설명과 효과를 보면 알 수 있었지만 조건은 결코 만만치 않았다.

"으으음……. 소모 마나가 어마어마할 것 같은데요? 내 총

마나보다 훨씬 많이 필요한데…….”

등급도, 레벨도 없는 고유 스킬. 확정적으로 알 수 있는 것은 없었지만 이하는 대강 추측할 수 있었다.

‘기정이에게 들어 보니 용궁의 해역이라는 곳 상공이 전부 다 태풍 지대라고 했는데…….’

게다가 세기도 만만치 않다고 했다.

마나가 차등으로, 심지어 최대 5,000까지 소모될 가능성이 있는 스킬을, 총 마나 1,400 남짓의 이하가 다루기에는 무리가 있을 수밖에 없다.

“내가 입고 쓸게.”

“음, 아니, 람화정 씨가 입을 순 없어요. 이 코트 장착 필요조건이 특정 업적이 있어야만 하는 거라…… 해신 관련 업적 없죠?”

“응.”

람화정은 따로 확인도 없이 고개를 끄덕였다. 자신이 현재까지 딴 모든 업적을 외우고 있다는 표정으로.

“형님! 무슨 업적?! 무슨 급? 제 업적이랑 트레이드 가능?”

업적이라는 단어에 이지원이 눈을 밝히며 다가왔지만 그 또한 없는 것이었다.

드레이크가 진심으로 인정할 수 있는 자, ‘해신의 아들이 인정한 자’ 업적이 없다면 이 코트는 입을 수 없다.

한 사람을 제외한다면.

"내가 쓰겠다."

자신이 자신을 인정할 필요까지는 없을 것이다. 드레이크가 이하를 향해 손을 내밀었다.

이하가 그에게 코트를 내미는 순간, 선실의 문이 거세게 열렸다.

퍽, 퍽 소리가 날 정도로 몸을 내던지며 다가오는 사람, 아니, 인어.

"아직- 아직 회복이 덜 되셨어요! 지속적으로 HP가 감소하는데-"

"저, 정말로, 정말로 도련님이십니까?"

해신근위대장이 바닥을 기며 드레이크에게 다가오고 있었다.

"……오랜만이군, 시브림."

"도련님! 정말로, 정말로 저희를 구하러-"

"아니…… 그건 아니다. 내 왕의 부탁 때문에 우연히 이 부근을 지나게 되었을 뿐. 그리고 난 더 이상 그의 아들이 아니다. 도련님이라고 부르지 말아 주겠나."

울며불며 매달릴 것 같은 해신근위대장, 시브림을 드레이크는 살짝 밀어내었다.

그러나 그가 이 자리에 있는 게 결코 '우연'은 아니리라.

'신대륙으로 가려면 이 바다를 지나야 할 것이고, 이쪽 출신인 드레이크가 그걸 몰랐을 리가 없지. 그냥 순순히 따라온 건 크라벤 왕의 명령 때문인가? 아니면 자의?'

그 속마음까지는 이하가 추측할 수 없었다.

어쩌면 그저 퀘스트의 흐름 때문일지도 모른다.

"아무리 인간이 되어 떠나셨어도 도련님은 도련님입니다. 어찌 그런 말씀을 하십니까."

"시브림 근위대장님의 말이 맞습니다, 도련님."

시브림과 안데르송은 드레이크의 바짓가랑이라도 붙잡겠다는 태도로 달라붙었다. 버크가 드레이크의 뒤에서 툴툴거렸지만 딱히 끼어들진 않았다.

"……그때를 잊었다는 건 아니네. 그렇다면 도련님 소리라도 빼 주게."

마지못해 드레이크가 고개를 끄덕이자 시브림이 감격에 겨운 표정을 지었다.

"물론입니다, 도련님. 해신님께서 이 사실을 아신다면 어찌나 기뻐하실—"

"저기…… 말씀 중에 죄송한데, 지금 상황이 어떻게 되었는지부터 우선 들을 수 있을까요?"

그리고 그 광경을 각자의 심정으로 바라보던 유저들을 대표하여 페르낭이 끼어들었다.

위기에 처한 인어와 과거 해신의 아들이었던 자의 재회?

흥미롭고 또 감동적인 장면이 될 수도 있겠으나 지금의 신대륙 원정대원들에겐 크게 와닿지 않았기 때문이다.

그들이 원하는 것은 실리적이고 확실한 정보! 그것을 갖고 있을 법한 유일한 존재가 바로 해신근위대장, 시브림이었다.

시브림은 눈앞에 보이는 인간들이 자신을 구해 줬다는 것을 충분히 인지하고 있었음에도 경계를 쉽사리 풀지 않았다.

"……무엇을, 어떻게 말씀드려야 할지 모르겠소."

"그럼 저희가 궁금한 것부터 여쭤볼게요. 기존 인간들의 대륙이 아닌, 새로운 대륙에 대해 알고 계신가요?"

페르낭이 말했다. 그의 목울대가 울렁거렸다.

시브림은 유저들을 쭈욱 둘러보고 드레이크의 얼굴을 살핀 다음에야 입을 열었다.

"가 본 적은 없소."

"가 본 적은 없다? 그러면 어디에 있는지는 알고 계신다는 말씀인가요?"

"……아마도."

시브림의 태도는 다소 모호했다.

알고 있다는 건가, 모르고 있다는 건가.

"으음…… 그럼 다른 질문으로 여쭙겠습니다. 그렇다면 이 바다의 중간 부분, 그러니까 '아마도' 알고 계시는 것 같은 신대륙과 인간들의 구대륙 중간쯤이 어디인지 알고 계신가요?"

페르낭이 다시 물었다. 그는 쥐고 있는 해도가 꼬깃꼬깃해질 정도로 손에 힘을 주었다.

적어도 이 인어에게 반드시 뭔가를 건져 내야 한다는 희망과 절실함이 그에겐 있었다. 제2차 신대륙 원정대의 구성자로서 갖는 책임감과 같은 것이었다.

그리고 시브림은 페르낭의 간절함에서 무언가를 느낀 걸까, 아니면 해신의 근위대장으로서 해야 할 일을 하는 걸까.

그의 답변은 뜻밖이었다.

아니, 어쩌면 유저들은 인어 '안데르송'을 구했을 때부터 어렴풋이 짐작하고 있던 일이기도 했다.

"그것은 확실히 알고 있소."

"그렇다면-"

"이런 처지에서 이런 얘길 하는 게 염치도 없다는 걸 알고 있소. 그러나 내 부탁을……, 부탁을 들어준다면 뭐든지 알려 주겠소."

슈우욱-!

신대륙 원정대원들의 눈앞에 뜬 것은 홀로그램 창이었다.

[정화조 청소]

설명 : "해신님께서 원래대로 돌아온다면 어인들을 몰아내는 데에는 무리가 없을 것이오. 그러나 인어를 오염시켜 버리는, 하물며

해신님까지 오염시킨 정화조의 '그것'을 나는 제거할 수가 없소. 어쩌면 그 어떤 인어도 제거할 수 없을지도 모르지. 그러니 인간들이여! 부디 나와 같이 가 주시오. 한 명이라도 좋소. 인간이라면 오염되지 않을 가능성도 있으니까, 부디…… 운디네의 일족을 구해 주시오."

어인들의 반란과 마법 태풍을 없애기 위해서라도 정화조를 원래대로 돌려야만 한다. 해신근위대장 시브림을 따라 해신을 비롯한 용궁의 해역을 원상태로 돌려놓자.

단, 퀘스트를 수락하는 즉시 〈물의 고리〉 스킬 발동으로 해신근위대장과 일정 거리 이상 벗어날 수 없는 상태가 된다.

(로그아웃 시에도 스킬 효과 적용)

내용 : 운디네의 일족이 보유한 '정화조' 내부 오염원인 제거

보상 : 용궁 보물창고 內 아이템 획득 권한 1개

　　　　모든 인어 NPC와 친밀도 +100%

선보상 : 여명의 바다의 '중앙점'에 대한 위치 정보 제공

실패 조건 : 사망 시, 해신 사망 시, 해신근위대장 시브림 사망 시

실패시 : 업적-인어들을 몰살시킨 자

　　　　하워드 드레이크와의 친밀도 -100%

– 수락하시겠습니까?

유저들은 재빨리 홀로그램 창을 읽었다.

퀘스트의 내용 자체는 지극히 간단한 것이었다. 정화조 안에 무엇이 있는지 모르지만 그것을 제거하면 된다.

'몬스터라면 잡으면 되는 것. 뭐, 다른 게 달라붙어 있다면 하여튼 떼어 내면 된다, 이 말이지.'

그러나 그 내용까지 가는 길이 여간 험난한 게 아니다.

페르낭은 말을 더듬거리며 시브림에게 물었다.

"이 물의 고리라는 건……."

"약속의 증표요. 이런 부탁을 하면서 염치없는 짓이지만…… 아직 우리는 인간들을 믿을 수 없으니까. 약속한 자의 의지가 흔들리지 않도록 지켜 줄 것이오."

시브림이 온건하게 표현했으나 유저들의 눈에는 적나라하게 설명이 보이고 있었다. 그것은 말하자면 시브림을 기준으로 한 이동 결계나 마찬가지라는 셈.

'먹튀 방지용? 진짜 별걸 다 하네. 저 인어만 졸졸 쫓아다녀야 한다는 소리잖아?'

이하가 고개를 절레절레 저을 때, 페르낭이 다시 시브림에게 물었다.

"당연한 말이겠지만…… 정화조라는 건 바닷속에 있는 겁니까?"

"그렇소. 당연한 말이지만 용궁의 해역 안으로 들어가야 하오."

"아…… 그, 자, 잠시 시간을 좀 주시겠습니까? 우리도 대화를 나눠 봐야 합니다."

"물론이오. 얼마든지 기다리겠소."

페르낭은 시브림에게 양해를 구했다. NPC에게 허락을 받기 위해서가 아니었다.

홀로그램 퀘스트 창이 사라지며 자동 거부가 되어 버리는 것을 미리 방지하는 고급 노하우나 다름없었다.

"여러분! 모두 읽어 보셨으면 잠깐 모여 보시죠!"

페르낭은 시브림에게서 떨어지며 신대륙 원정대 모두를 선실 안으로 불러들였다.

난상토의는 첫 번째 주제부터 어려운 것이었다.

"물속에 있으면 어떻게 클리어 하죠?"

첫 번째 난관이었다. 태풍이 몰아치고, 어인들이 달려드는 바다. 그곳까지 가서, 정화조를 가기 위해 물속으로 들어간다?

"골든 파충류의 마법이라면 호흡 문제는 해결할 수 있지 않나?"

"그러나 영구 지속은 불가능하다. 내가 함께 가야 하겠지."

루거는 베일리푸스에게 새로운 별명을 붙이며 물었다. 베일리푸스는 미간을 찌푸리며 답했다.

"그, 그럴 순 없죠! 시간이 얼마나 걸릴지도 모르는 퀘스트에 골드 드래곤이 투입되어 버리면? 퀘스트 깨고 나왔을 때 이미 우리 선박들은 걸레짝이 되어 있을 걸요? 이 퀘스트를 전원이 승낙하는 건 애초에 불가능해요. 선별된 몇 명만

가야 하는데…….''

이번 어인들에게서 벗어나는 데 가장 큰 역할을 한 알렉산더와 베일리푸스 페어다.

물론 람화정과 파이로 등 단기 집중 화력이 강한 유저들이 접속했으니 그때와는 다른 상황이겠지만, 어쨌든 베일리푸스가 빠지는 건 엄청난 전력 손실이 되리라.

두 번째 난관, '선별된 몇 명'이라는 조건도 따라붙게 되지만 그것조차 쉽게 결정할 수 없었다.

"반대로 생각하면 베일리푸스 님 없이는 누구도 못 가잖아요."

"부적 스킬 중에 호흡 관련이 있습니다만…… 그것 역시 지속 시간은 2시간밖에 안 됩니다."

"우리 두 형제가 간다고 한들 정화조까지 가는 길에 어인들이 몰려올 가능성도 크지요."

배추 도사, 무 도사가 서로를 마주 보며 고개를 저었다.

자체 버프 후 육탄전이라면 자신 있는 유저들이었지만, 이미 어인에 대해 겪어 본 무 도사는 배추 도사에게 모든 사실을 전달한 후였다.

자신들 두 명이선 절대로 불가능하다는 것을.

"안 되겠는데……. 아이템 보상은 탐나지만 죽을 확률이 훨씬 크잖아. 실패 조건도 빡세고, 페널티도 빡세 보이고."

"키킷, 이미 해신이 오염됐다고 했었는데 만약 그게 몬스터로 나타나면…… 생각만 해도 끔찍하네요."

"그렇죠. 죽이면 퀘스트 실패니까."

기정과 비예미, 혜인 또한 회의적이었다.

보배도 마찬가지. 그녀가 할 수 있는 일은 많지 않았다.

"물속에서 원 딜러들은 그냥 밥이잖아요. 나랑 암부스트 님이랑, 삼총사들은 일단 못 가는 것 확정이고."

유저들이 웅성거리며 한 마디씩 할 때도 이하의 눈은 홀로 그램 창에서 벗어나지 않았다.

읽고, 또 읽는 것은 키드 또한 마찬가지. 먼저 입을 연 것은 키드였다.

"퀘스트의 본질이 아주 더럽습니다."

"무슨 소리지, 키드."

"아직 눈치 못 챈 겁니까, 루거?"

"잘난 체 말고 말이나 해."

키드는 모자를 잠깐 들어 머리를 정돈하고 다시 모자를 눌러썼다.

루거의 말에 이미 키드에게 집중한 유저들을 다시 한 번 더 집중시키는 타이밍이기도 했다.

"이 퀘스트는 클리어 할 필요가 없다는 얘깁니다."

"네? 왜요?"

"우리에게 필요한 것은 인어와의 친밀도나 아이템 따위가 아니니까."

"그, 그럼……?"

"위치 정보입니다. 그리고 지금, 이 시브림이라는 언어는 이것을 '선보상'으로 주겠다고 했습니다. 퀘스트를 수락만 하면 알려 주겠다는 뜻. 그게 무슨 의미인지 알겠습니까?"

키드는 먼저 답을 말하지 않았다.

여기 모인 유저들에겐 이 정도만 말해도 알아들을 수 있는 눈치가 있었기 때문이다.

'과연…… 삼총사 중에서 머리를 담당하는 건 키드였나? 하이하가 모든 것을 생각하는 줄 알았는데.'

키드가 말하기 전부터 이미 키드가 떠올렸던 생각을 하고 있던 사람.

가장 뒷줄에 앉아 있던 치요가 작게 고개를 끄덕였다. 그와 동시에 페르낭이 비명을 질렀다.

"마, 말도 안 돼! 이게— 이게 그런 의도의 퀘스트라고요?!"

"세상에…… 너무해! 너무하잖아요!"

"하지만 곰곰이 생각하면 일리 있어요. 이제 와서 저 인어들이 우리랑 무슨 관계가 있다고?"

"처음부터 신대륙에 무혈입성 할 거란 생각은 안 했지만 이건 너무……."

유저들이 웅성거렸다. 이젠 모두가 키드와 같은 생각을 하고 있었다.

기정이 한숨을 내쉬며 상황을 정리했다.

"사람이 이름 따라 간다더니 진짜 마음대로 시부렸네……
설마 한 사람을 희생양으로 내세우라고 강요하는 퀘스트라
니……."

키드와 원정대 유저들이 마침내 눈치챈 사실.

위치 정보는 '선보상'으로 주어진다.

퀘스트의 클리어는 어렵다.

그렇다면? 한 사람이 대표로 나서 퀘스트 수락을 하고, 위
치 정보를 들은 후 원정대원들에게 알려 준 다음…….

"홀로 바다 어딘가에서 죽어야 한다는 거군요."

"엄밀히 말하면 홀로는 아니겠죠. 〈물의 고리〉 때문에 어
디로 가지도 못한 채, 저 턱수염 길게 늘어진 인어 아저씨랑
같이 죽게 될 테니까."

지금 이것을 어인과 마나 태풍에 의해 전진하지 못할 때보
다 상황이 나아졌다고 할 수 있을까? 원정대원들의 머리가
긴박하게 돌아가기 시작했다.

이 퀘스트에 자청자가 있을 리 없다.

당연히 투표가 될 것.

그렇다면 무슨 일이 있어도 자신만은 살아남아야 한다는
게 기본 법칙!

미들 어스는 언제, 어디서든 경쟁을 강요하고 있었다.

망망대해의 한가운데에서도 말이다.

누가 할 것인가. 원정대원들은 말없이 흘끗, 흘끗 주변에 있던 다른 원정대원들을 살폈다.

모두가 같은 생각을 하고 있기에 그 누구도 나설 수 없는 분위기. 갑작스레 신대륙 원정대원 사이에 퍼진 긴장과 불신, 불안, 초조가 선실을 떠돌고 있었다.

－어쩔 거야, 형?

－뭐가.

－이거 딱 보니까 제일 도움 안 되는 사람 버리고 가자는 거잖아.

－그런가?

－그런가는 무슨 그런가야? 분위기 파악 안 돼? 형도 100% 안 걸리는 사람은 아니라고!

기정은 이하의 심드렁한 반응이 의아했다.

만약 희생양 투표를 한다면 100% 안심할 수 있는 건, 알렉산더를 비롯한 랭커 최상위권들 몇몇 정도밖에 없으리라.

단순히 영웅의 후예이기 때문에 또는 토너먼트에서 우수한 성적을 거둔 것 정도로는 이 안에서 명함도 내밀 수 없다.

무엇보다 지금 이건 마왕의 조각을 섬멸하러 가는 팀이 아니다.

엄밀히 말하면 이번 퀘스트의 큰 목적은 '신대륙에 도달'
후 '개척기지 기반 다지기'다.

그 목적을 위해 '마나 중계탑 건설'이 필요한 것이고.

즉, 당장 전투밖에 쓸 일이 없는 유저들 중에서 특히 겹치
는 역할이 많은 유저들은 언제든 뽑힐 가능성이 있다는 뜻
이다.

─루거랑 형이랑 겹치는데다, 저 석궁 쓰는 암부스트랑 보
배 씨도 한 원거리 하잖아. 뭐, 정찰의 목적까지 생각하면 그
래도 형이 쪼끔 더 살아남을 확률이 높겠지만─

─어차피 너는 불안할 거 없잖아.

─내가 왜! 야만용사 영웅의 후예 반탈 님도 탱커인데. 게
다가 저 자이언트 바바리안들, 아문산 삼형제도 준탱커급이
고. 결국 탱커 후보만 지금 5명이라는 거야. 나 걸릴 확률 엄
청 높다고!

기정이 이하에게 불안감을 털어놓는 이유도 이것이었다.

전설급 검이 있으므로 안심? 그럴 리가.

반탈이나 아문산 삼형제에게 숨겨 놓은 카드가 분명히 있
으리라는 건 기정이 더 잘 알고 있었다.

지금 이 시점에서 그런 비장의 무기 같은 것은 별 도움도

안 되는 것이었다.

"누군가 대의를 위해 나서준다고 해도 문제입니다. 태풍은 어찌어찌 드레이크가 지워 준다고 해도…… 어인들은 계속해서 따라붙을 겁니다."

"두 선장들이 가속을 하면 어인들은 쫓아올 속도가 안 될 거요. 뭐, 그래도 용궁의 해역이라는 게 어마어마하게 넓을 게 분명하고…… 가속도 중간중간 지속시간이 끊길 테니…… 당분간 로그아웃은 없다고 봐야겠지."

페이우는 점잖게 '대의를 위해 나선다'라고 표현했지만, 결국 그의 뜻도 같다는 소리였다.

후크 또한 그 말에는 아무런 반박도 하지 않은 채, 항행에 관한 일에 대해 자신을 어필했다.

배가 위험에 처할수록 바빠지는 집단 중 가장 바빠지는 게 크라벤 소속의 유저들이니까. 단순히 각 선박의 선장이 NPC 들에게 명령을 내리기만 해서 배가 나아가는 게 아니다.

중간에서 조율하고 선장이 명령하지 않아도 손발을 맞춰 줄 베테랑 유저들이 없다면 어인들은 금세 두 선박 위에 올라타리라.

결국 크라벤의 유저들은 무조건 남아 있어야 한다는 게 후크의 뜻이었다.

"그 기간 내내 어인들을 상대하는 것도 쉽지 않겠어요. 이제 육안으로밖에 관찰이 안 되잖아요. 낮에야 어찌 본다 해도 밤에는 저랑 은천 님의 서치라이트가 없으면 이제 경계가 무의미해질 텐데."

로댕이 한숨을 내쉬었다.

조각의 형태에 따른 기능을 실제로 구현해 내는 조각가. 그러나 기능의 지속시간은 길지 않다.

로그아웃도 못하고, 어인에게 쫓겨 가며, 메인마스트의 망루에서 쉼 없이 서치라이트 조각을 해야만 한다는 것은 엄청난 피로를 유발하리라.

로댕은 그런 의도에서 한 말이었다. 그러나 주변에 있는 유저들에겐 그렇게 들리지 않았다.

드래곤나이츠의 개룡이 인상을 찌푸리며 나섰다.

"거, 말에 가시가 있는 것 같습니다, 로댕 님?"

"예? 네?"

"이번에 닥터 둠의 지도에 어인들이 표시되지 않았다는 얘기를 하고 싶은 겁니까?"

"네? 아, 아뇨. 그게 아니라—"

안대를 쓴 루비니의 어딘지 신비로우면서 단아한 매력. 개룡은 그녀를 지켜 주고 싶은 마음에 이야기를 꺼낸 것이었다.

아쉬운 점이라면 그 발언이 미칠 파장에 대해서 조금 더 고민하지 못한 것일 뿐.

"그런 일이 있었어요?"

"맞아. 청새치 호엔 치요 님이 안 계셔서 몰랐는데……."

"뉴─서펜트 호에서 루비니 님의 지도가 효과가 없었다죠?"

로댕의 발언과 개룡의 실수에서 비롯되어 누군가 툭, 던진 한 마디.

그것은 마치 상어 떼가 있는 수족관에 떨어진 피 한 방울이었다. 순식간에 선실 내부가 조용해졌다.

그러나 신대륙 원정대는 모두 미들 어스에서 닳고 닳은 사람들이다.

타겟이 누구인지 상당수의 의견이 하나로 합치된 순간이었지만, 그 누구도 루비니를 대놓고 돌아보는 사람이 없다는 게 그 증거였다.

기정은 새삼 선실 안에 있는 유저들이 두려워졌다.

"근데…… 뭐, 대의를 위해 나선다, 희생한다, 라고 하지만 까놓고 말해서 결과는 죽는 거 아닙니까. 저 해신근위대장인지 뭔지랑 다니면서 말입니다. 안 그래요?"

"저도 동생이랑 같은 생각입니다. 어차피 누군가는 죽어야 하는 것. 게다가 그 명분이 '희생'이라고 한다면…… 사망 페널티와 인어 퀘스트 실패 페널티를 받을 것에 대비해서 우리끼리 뭔가 보상이라도 해 주면 좀 낫지 않을까요?"

무 도사와 배추 도사가 한 마디씩 거들었다. 이미 귓속말로 충분히 이야기를 나눈 후 입을 열었으리라.

"키킷, 결국 챙겨 줄 테니 먹고 떨어지라는 말이네요."

시니컬한 비예미가 작게 읊조렸다.

징경경이 그의 입 앞에 손가락을 대며 쉿! 쉿! 했지만 주변 유저들은 이미 들은 후였다.

도사 형제와 비예미의 뜻을 간단히 하자면 '희생양을 위한 십시일반 공양을 하자'였다.

여기 모인 자들은 미들 어스 각 분야에서 목에 힘을 주는 사람들. 골드나 아이템은 물론이고 특이 업적 등등에 대한 가치 있는 정보 또한 많을 것이다.

그것 중 몇몇 개를 모아 희생양으로 걸린 사람에게 몰아준 다면? 페널티를 받는 게 조금 아쉽겠지만 다시금 복구할 기회까지 같이 준다는 의미나 마찬가지.

"오, 그거 괜찮네."

"맞아요! 어차피 누군가 한 명은 필요한 건데, 기왕이면 서로 얼굴 붉히지 않는 게 낫겠죠?"

"그럼, 그럼! 어차피 신대륙에 개척기지 생기고 나면 그분도 다시 오실 거니까. 그리고 제일 중요한 [신대륙 퀘스트]에는 본인 사망 조건은 없잖아요? 누구 한 사람만 살아도 되는 건데."

퀘스트에 대한 모든 내용을 숙지했던 유저들이지만 다시 한 번 퀘스트 창을 열어 주요 내용을 다시 살폈다.

[여명의 바다 너머]

내용 :

　　1. 여명의 바다 上 마나 중계탑 건설

　　2. 전투요원 40인 중 1인 이상 신대륙 도착

　　3. 신대륙 內 마나 중계탑 건설

실패 조건 : 2개 목표 이상 미달성 시

　본인 사망이 퀘스트 실패로 직결되는 게 아니다!

　마치 퀘스트가 처음 주어질 때부터 이런 상황을 예상이라도 하고 있었던 듯!

　"에이, 이거 뭐 그렇게 생각하니까 희생도 아니네! 오히려 여기서 우리들한테 좋은 보상 받고! 구대륙에서 신대륙 퀘스트 깰 때까지 스스로 복구하고, 다른 일도 할 수 있고, 고생도 안 하고!"

　"개꿀이네, 개꿀!"

　너가 해라. 투표 하자. 라는 말 따위는 없었다.

　그러나 이후에 있을 좋은 일들에 대한 꿈을 불어넣으며, 그들이 흘끗, 흘끗 루비니에게 눈치를 주는 게 이미 결론을 낸 상황이나 다름없는 것이었다.

　말하자면 집단 이기주의에 가깝지 않을까.

　그러나 자신이 희생하기 싫은 것은 인간 세상에서의 당연한 본성. 누구도 그들에게 돌을 던질 순 없을 것이다.

왁자하게 떠드는 유저들을 바라보며 조용히 입을 다문 유저들이 몇몇 있었다.

그중 한 명은 이하였다.

'희생양을 만들기 위한 퀘스트라…… 미들 어스라면 가능성 있어.'

하지만 정말 그걸로 끝일까?

〈물의 고리〉로 해신근위대장과 연계되어 바다를 떠돌다 죽으라고 이런 퀘스트를 만들었다고?

이하는 자신이 가진 모든 것을 새롭게 점검했다.

'나는 무엇을 할 수 있지? 어떻게 할 수 있지? 왜 해야 하지?'

장비와 업적, 퀘스트 창 등을 세밀하게 살피며 이하는 스스로에게 묻고 답했다.

'미들 어스야. 이건 미들 어스다. 다른 사람들은 잘 모르겠지만…….'

적어도 이하는 알 수 있었다.

아니, 어쩌면 이하밖에 알 수 없으리라. 여지껏 게임을 즐겨 오며 뒤통수를 맞은 적이 몇 번이었던가.

절대 이하의 믿음대로 흘러가지 않는 게 미들 어스이지 않았나. 그래서 이하는 의심하고 또 의심했다.

'이 퀘스트 너머에는 무엇이 있을까.'

미들 어스의 의도는 언제나 단층이 아니다.

복잡한 파이처럼 생긴 이 퀘스트의 끝에 분명히 또 다른 무언가가 있을 거라는 의심. 그사이 이미 선실의 분위기는 거의 결정되었다.

심지어 당사자인 루비니 스스로조차 따로 변론 없이 고개만 푹 숙이고 '처분'을 기다리는 모양새였다.

그녀 또한 알고 있을 것이다.

신대륙 원정대 전원이 살아남기 위해서, 전원이 퀘스트를 클리어하기 위해서 어쩔 수 없이 자신이 나서는 게 가장 나은 방법이라는 것을.

그러나 차마 먼저 나설 용기가 없어 가만히 있는 셈이었고 다른 유저들은 투표를 하자는 직접적인 표현으로 그녀를 '처형'할 자신이 없어 그녀가 스스로 나서기를 기다리는 셈이었다.

"……인간답군."

베일리푸스가 조용히 한 마디 했으나 시끄러운 선실 내부에서 그 말을 들은 사람은 거의 없었다.

저벅, 저벅, 저벅.

어느새 원형으로 둘러앉은 원정대의 한가운데로 알렉산더가 걸어 들어갔다.

랭킹 1위이자 원정대장, 당연히 꼭 필요한 남자.

알렉산더는 원정대원 한 명, 한 명을 바라보며 입을 열었다.

"인류를 위해 희생할 지원자는 없나."

지금만큼은 이지원도, 루거도 그를 컨셉충이라 놀리지 못할 것이다. 그의 중후한 목소리 한 마디에 분위기는 순식간에 제압되었다.

대다수의 유저들은 원정대장과 눈을 마주치길 원치 않았다.

한 사람만 빼고.

"제가 할게요."

손을 번쩍 들며 자리에서 일어난 사람을 보며 유저들이 잠시 당황했다. 루비니가 아니었기 때문이다.

그러나 더욱 당황한 사람은 따로 있었다.

"어, 어어어! 어하 형! 왜 이래!?"

"이하 씨!"

기정은 이하의 이름을 발음하지 못할 정도로 다급했다. 신나라도 그저 그의 이름을 빼액 부르는 게 전부였다.

"……설마 멋있는 척만 하고 우리가 말려 주길 바라는 거라면 잘못 생각했습니다."

"킥킥, 그 정도로 등신은 아니겠지. 하지만 여기서 스스로 하겠다고 나서는 머저리일 줄은 몰랐는데."

키드와 루거도 고개를 작게 저었다.

놀리는 것 같기도 하고 욕하는 것 같기도 했지만 그 본질에 담긴 것은 걱정과 근심이었다.

두 사람 모두 이번 원정에 이하가 필요하다는 것은 아주 잘 알고 있었으니까.

"하이하 씨……? 혹시 저를 위해서-"

"아, 뭐, 그런 건 아니고. 하핫. 이거 왜들 이렇게 놀라세요? 괜히 손들고 나온 게 뻘쭘하게."

이하는 알렉산더의 곁으로 걸어갔다. 원형으로 둘러앉은 원정대원들을 일일이 바라보는 이하.

그를 바라보는 시선들에는 많은 감정들이 담겨 있었다. 의아함은 물론이고 걱정과 근심 그리고 안도까지……

그 시선 하나, 하나를 이하는 웃으며 답해 주었다.

약간의 걱정은 있었지만 적어도 이하의 얼굴에서 웃음은 사라지지 않았다.

자신감을 대변하는 옅은 미소를 머금은 채, 이하가 입을 열었다.

"제일 좋은 방법은 [인어 퀘스트]를 클리어하고, 다시 신대륙 원정대를 따라잡는 거 아니겠어요?"

"그걸 못하니까 지금까지 이 사달이 난 건데 무슨 소리를 하고 있어! 바보 같은 엉아야, 빨리 앉-"

"그게 아냐, 기정아."

"-뭐?"

"할 수 있어."

"……할 수 있다고?"

기정은 자신을 안심시키는 이하의 표정을 보며 조용히 물었다. 고요해진 선실 안에서 이하가 고개를 갸웃거렸다.

"아마도?"

"지, 지금 이게 '아마도'라는 말로 끝날 일이냐고!"

기정이 소리를 지르는 건 어쩌면 당연한 일이었다. 신나라 조차 불안한 표정으로 한숨을 내쉬고 있었다.

Geschoss 4

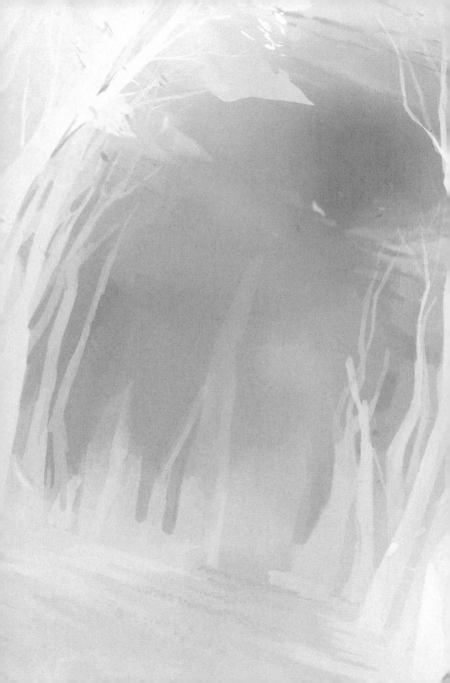

치요가 입술을 살짝 깨물었다.

눈엣가시 같은 하이하가 스스로 나서서 희생양이 되겠다고 했으면 기분이 좋아야 정상이건만…….

'무슨 생각이지? 인어 퀘스트를 클리어하겠다고? 말도 안 돼. 현 상황에 그런 방법 따위는 없어! 이제 와서 숨겨 놓은 뭔가가 있다고 주장할 셈인가? 있었다면 진작 사용했을 거야. 마왕군 앞잡이들을 토벌할 때조차 지금과 다른 점은 없었다. 아니, 그 미사일 같은 스킬이 생겼다지만…….'

그거 하나 믿고 저런 말을 할 수 있나?

'그럴 리 없어. 그렇다고 그런 히든급 스킬이 또 여러 개 생겼을 리도 없고……. 무슨 속셈이냐, 하이하. 또 무슨 짓을 하려고 그러는 거야.'

이하의 언행은 그녀의 이해 범위를 벗어나 있었고, 시노비 구미의 수장이자 구대륙 최고의 정보 길드 마스터로서 그녀는 이하의 언행을 용서할 수 없었다.

무엇보다 그녀가 이번 신대륙 원정대원으로 참가한 큰 이유 중 하나는 삼총사를 낱낱이 관찰하겠다는 목적도 있지 않았던가.

그런데 여기서 이하가 툭, 빠져 버리면 그녀의 목적 중 하나는 달성하지 못하는 셈이다.

'이잇…… 젠장, 젠장! 망할 놈, 망할 새끼!'

어떤 의미에서 이하의 돌발행동은 치요에게 가장 큰 상처를 주는 것과 마찬가지였다.

단순히 블랙 베스로 데미지를 입히거나, 그녀의 주점을 파괴하는 행위보다 더더욱 말이다.

그 증거로 치요는 평소와 다르게 연기조차 하기 힘들어했다.

노골적으로 불편하다는 표정을 드러내며 이하를 노려보고 있는 그녀.

그녀에게 다행이라면 이하를 비롯한 원정대원들은 치요 '따위'에게 신경을 쓸 정도의 정신이 없었다는 것이다.

"하이하 씨……. 정말 고마워요."

안대 밑으로 루비니의 얼굴에 홍조가 띄었다. 이하의 손을 꼭 부여잡는 그녀의 손이 파르르, 떨렸다.

"그– 저기, 네, 네, 뭐……."

이하는 허둥거리며 손을 빼려 했지만 그것조차 쉬운 일은 아니었다.

그렇다고 매몰차게 '당신 때문에 한 일이 아니니 착각 마라.'라고 하기엔 이하의 마음이 너무 착했다.

"이하 씨……?"

"오빠."

[뀨뀨!]

신나라와 람화정의 표정이 일그러진 것은 어쩔 수 없는 일이었다.

블라우그룬도 어느샌가 신나라의 근처로 가서 이하를 향해 투정을 부리고 있었다.

"아니, 저기– 어쨌든! 최고, 최선의 수 같아서 얘기하는 거예요. 정말로!"

"하이하 당신 혼자서 인어 퀘스트를 클리어 하는 게 최고, 최선의 방법이란 말입니까."

"응. 그래요."

"……물속에서 탄환이 어떻게 되는지는 알고 있습니까."

물 밖에서 물속을 향해 발포하는 게 아니다.

바닷속의 일이라면 물속에서, 물속의 물체를 향해 사격해야 한다는 뜻!

통상의 권총이 2~3m, 통상 소총이 5m 내외밖에 나가지 못한다.

음속보다 빠른 탄환은 물속에서 발사될 때 모든 에너지를 잃는 셈이나 마찬가지. 회전력을 가속의 근간 중 하나로 삼는 총알의 특성상 어쩔 수 없는 일이다.

"물론. 제아무리 블랙 베스, 스나이퍼 라이플이라 할지라도 사정거리는 10m 안쪽으로 줄어들겠지. 한 2m 거리에서 맞춰도 어인 같은 녀석들은 안 죽을 거라는 것도."

키드가 걱정이 되어 물어본 것이었으나 이하는 그것조차 인지하고 있었다.

"그나마 블랙 베스라면 쏠 수라도 있지, 네 녀석의 장난감 같은 화약총들은 아예 무용지물이다. 뭐, 못생긴 머리통이나마 돌아간다면 그것도 알고 있겠지?"

"시끄러, 루거. 당연히 알고 있지. 내가 아무 생각 없이 한다고 했을까 봐?"

네가 더 못생겼거든? 이라고 말하기에는 이하도 양심이 있었다.

바다 한가운데에서도 포마드를 발라 넘긴 루거가 이하보다 잘생긴 건 엄연한 사실이었으니까.

"호오, 생각이 있었나? 몰랐군."

이하의 답변을 들으며 루거는 킬킬거렸다.

니들 건-피스톨이나 허밍 버드-피스톨은 아예 쓸 수조차 없다는 경고. 그 빈정거리는 말투에 담긴 걱정을 이하는 느낄 수 있었다.

"하이하."

"으음…… 베일리푸스 님, 혹시 방수 마법은 있나요?"

"물론이다. 그러나 어떻게 돌아올 셈이지?"

"아시잖아요."

씨익 웃는 이하의 머리 위로 블라우그룬이 날고 있었다.

블라우그룬을 두 선박 중 한 군데에 위치시키고 출두 스킬을 쓴다면? 저 깊숙한 해저에서도 올라올 수 있지 않을까?

"과연. 그러나 시간이 문제일 것이다. 파트너라지만 영혼으로 이어진 사이가 아닌 이상 제약을 벗어날 순 없을 테니까."

"그렇겠죠. 뭐, 그거 외의 방법도 일단 있으니까요."

퀘스트를 클리어 하는 게 늦어지거나 해저에서 머뭇거리는 사이에 스킬 범위를 넘어 버릴 가능성도 염두해 둬야 했다.

물론 이하의 계산으로 그럴 일은 없었다.

'그 정도로 해저에서 오래 걸린다면…… 어차피 내가 죽을 테니까.'

잠시 베일리푸스와 대화하며 자신의 탈출 방법을 확인한 이하는 곧장 몸을 돌렸다.

"자, 결정됐으면 나갑시다! 페르낭 씨가 보류해 놨다지만 괜히 퀘스트 사라지면 큰일이잖아요?"

이하는 밝고 활기차게 선실 밖으로 나갔다.

그가 어떤 탈출 방법과 어떤 계획을 갖고 있는지 모르는 유저들은 이하를 묘한 표정으로 바라볼 수밖에 없었다.

자기 자신이 희생양이 되어 페널티를 뒤집어쓰게 될지도 모르는데, 심지어 그 대가로 십시일반의 특정 보상을 원하지도 않는다?

이젠 이하가 퀘스트를 클리어 할 수 있는지가 중요한 게 아니다.

이 상황에 당당하고 의연하게 나설 수 있는 그 태도. 그 자신감을 향한 일종의 존경심과 경외감이 유저들 사이에 퍼질 수밖에 없었다.

"……어떻게 하시겠소?"

선실 밖으로 우르르 나오는 인간들을 보며 시브림이 초조한 표정을 지었다. 유저들의 눈앞에 다시금 홀로그램 창이 떴다.

이미 이야기가 끝난 만큼 더 이상은 고민하는 시간도 아까웠다.

[정화조 청소]
내용 : 운디네의 일족이 보유한 '정화조' 내부 오염원인 제거
실패 조건 : 사망 시, 해신 사망 시, 해신근위대장 시브림 사망 시

"정말 괜찮겠어요, 하이하 씨?"

"네. 듣는 대로 고스란히 말씀드릴 테니까. 뒤를 부탁합니다, 페르낭 씨."

페르낭은 고개를 끄덕이며 퀘스트 수락 거절 버튼을 눌렀다. 다른 유저들 또한 마찬가지였다.

오직 이하만이 시브림을 향해 한 걸음 더 나아가며 수락 버튼을 눌렀다.

"제가 도와드리겠습니다."

샤아아아……!

수락 버튼을 누르자마자 또 다른 알림창도 떴다.

['물의 고리' 제약에 동의하셨습니다.]

시브림과 이하의 몸을 잇는 하늘색 끈이 생성되었다.

단순한 상태 이상을 넘어선 마법은 마치 기정이 사용하는 〈수호의 인장〉과도 같은 것이었다. 시전자와 대상자를 하나의 운명으로 묶는 것. 그 해제는 오직 시전자만이 가능하리라.

[이동 제한 '물의 고리'에 걸렸습니다.]
[시전자 : 시브림]
[해제 전까지 시전자와 20m 이상 멀어질 수 없습니다.]

'끙, NPC니까 약속을 어길 일은 없겠지? 유저가 이런 걸 건다고 생각하면 진짜 최악이네.'

그렇기 때문에 동의가 필요하리라. 이하는 고개를 끄덕이고 자신이 동의한 운명을 받아들였다.

"그럼 알려 주시죠. 구대륙과 신대륙을 잇는 여명의 바다의 중심부가 어디인지."

─정확히 말하면 구대륙과 신대륙을 잇는지는 알 수 없소.

─엥? 약속이 다르잖아요!

─그렇기 때문에 애당초 말하지 않았소? 신대륙이 그곳에 있는지 내 눈으로 확인한 게 아니라 그 중간이라고 확언할 수는 없다고.

─끄응, 그게 그 말인 것 같은데…… 좋아요. 어쨌든 그렇게까지 본인의 말에 책임을 지시는 분이니까 이제 말씀해 주세요. 바다의 중앙부는 어디입니까?

이하가 뭘 하고 있을지 추측하는 건 어려운 일이 아니었다. 따라서 원정대원 전원은 조용히 이하의 대화가 끝나길 기다리고 있었다.

시브림은 이하를 똑바로 바라보며 퀘스트의 선보상을 제시했다.

―용궁이오.

―용궁? 지금 우리가 갈 용궁의 해역인지 뭐, 그곳이요?

―그렇소. 해신께서 용궁을 지을 때, 모든 바다의 중간이 되는 곳에 용궁을 세웠다고 알려져 있소. 그 증거로 용궁으로부터 직선 해수면에 '움직이지 않는 섬', 즉, 부표를 세우셨지.

―부표…… . 역시 '신'급이라 사이즈도 확실하네요. 섬만한 부표라니.

―물론이오. 육지와 연결되어 솟아난 게 아님에도 그 섬은 절대 움직이지 않소. 스스로 빛을 발하는 해신님의 왕관만큼, 그 섬 또한 해신님의 권능을 빛내고 있는 셈이오.

"아…… ."

"왜요?"

신나라가 물었으나 이하는 그녀에게 답할 여유도 없었다.

지금부터 나아가야 하는 용궁의 해역 내부에 있는 것이 용궁! 그 용궁의 머리 위가 바다의 중앙이고, 심지어 움직이지 않는 섬이 있다고?

"야 이―! 이 퀘스트 수락 안 했어도 됐잖아!"

"네?"

"아으, 아으으으으으!"

어차피 애당초 계획 중 하나이지 않았던가!

드레이크가 태풍을 부분적으로 지우고, 가속 스킬 등으로 나아간다! 인어들을 태우고 가든, 버리고 가든 가다 보면 분명히 '부표'라는 섬이 보였을 텐데!

'아니지, 아니지, 그렇게 생각할 건 아니다.'

그게 움직이지 않는 섬이라는 정보도 없었을 거다.

거기다 정확히 그 위치로 간다는 보장도 없다. 이 퀘스트를 수락하지 않으면 알아채지 못했을 가능성이 더 크다는 뜻.

무엇보다 지금 바다의 중앙이 어디인지 찾는 이유가 무엇이었던가.

'거기에 마나 중계탑을 세워야 해.'

그러나 어떻게?

한 번 용궁의 해역으로 들어가면 멈출 수 없다.

NPC들을 데리고 작은 보트에 자재를 옮겨 싣고, 부표라는 섬까지 가서 중계탑을 지어야 하건만…… 청새치 호와 뉴-서펜트 호는 멈출 수 없다.

"뭔가 고민스러운 답변이 나왔나 보죠?"

슬쩍 묻는 목소리에 이하의 고개가 돌아갔다.

여리여리한 체구에 기다란 지팡이를 들고 있는 사람. 이하는 문득 또 하나의 아이디어가 떠올랐다.

"혜인 씨."

"네?"

"만약 텔레포트 하고자 하는 장소가 눈에 보인다면, 가 본

적 없는 곳이라 할지라도 그곳으로 텔레포트 가능하죠?"

"으음…… 미리 계산도 하고 해야 하지만- 불가능할 건 없죠."

"NPC들과 매스 텔레포트도?"

"마나 소모가 크겠지만…… 역시 불가능할 건 없죠."

"자재들까지 가지고?"

"무슨, 무슨 소리를 하려고 그러는 거예요?"

혜인이 불길한 표정을 지었다.

허나 너무 늦었다. 이미 이하의 머릿속에서 혜인이 활발히 활동을 시작하고 있었으니까.

"오케이! 전부 모이세요! 일단 들은 거 토씨 하나 안 틀리고 전달해 드릴 거고! 그에 따라 우리가 어떻게 해야 할지, 제가 초안부터 말씀드릴 테니까."

"잠깐만! 뭐가 오케이예요?! 하이하 씨!"

이하는 시브림에게 들은 정보와 함께 마나 중계탑 건설 계획을 원정대원들에게 털어놓았다.

마나 중계탑의 건설부터, 이하 자신이 용궁으로 들어가 퀘스트를 클리어하고 복귀하기까지.

이하가 이야기를 하는 동안 누군가는 발상에 놀랐고, 누군가는 걱정했다. 누군가는 자신이 뽑히지 않아 다행이라고만 생각하고만 있었고 누군가는 날카로운 눈매를 빛냈다.

확실한 건 모든 계획이 불확실하다는 것뿐이었지만 그 불안감을 입 밖으로 내뱉는 유저는 아무도 없었다.

이미 주사위는 던져졌으니까.

"키킷, 대단한 사람이라니까. 하이하이 씨를 우리 길드에 받았다간 정신병에 걸릴 사람 여럿이겠어요."

"더 열 받는 건 이하 형이 저런 말을 하는데 말릴 수가 없다는 거죠."

비예미와 기정이 한숨을 내쉬었다.

"그렇죠. 지금까지 몇 번이고 증명해 냈으니까⋯⋯. 그걸 대단하다고 해야 할지⋯⋯."

옆에 있던 혜인 또한 기정의 말에는 동의할 수밖에 없었다.

"청새치 호의 인원들은 즉각 복귀한다."

알렉산더도 혜인과 마찬가지인 생각일까? 그는 또 다르게 생각하고 있었다. 이하의 계획은 불확실한 것이 아니다.

현 시점에서 하나밖에 없는 '유일한 방법'이기도 하다.

그 가능성이 낮다고 할지라도 방법이 있다면 뚫고 나가는 게 알렉산더의 성격에 더 부합하는 것이었다.

"내일 오전, 인어들이 알려 준 방향을 향해. 용궁의 해역에 진입한다."

항행 42일 차의 밤, 청새치 호와 뉴-서펜트 호는 천천히 뱃머리를 돌렸다.

폭풍전야였다.

"아직 3.5km는 족히 남았는데 벌써 여파가 있네."

하늘 위에 고여 있는 먹구름의 덩어리들은 이하를 꽤 놀라게 만들었다. 마치 바다와 제자리에서 순환하듯 비바람을 뿌려 대고 천둥과 번개를 날리는 태풍이라니.

"이 정도로 놀라면 안 돼, 형. 형은 저 바닷속으로 들어가야 할 사람이라고."

"그나마 지난번과 다른 방향에서 진입한다지만 어인들도 금방 따라붙을 거라고요."

점차 높아지는 파도에 놀라는 이하를 보며 유경험자인 기정과 보배가 씨익 웃었다. 그들이라고 즐거울 리는 없지만 이렇게나마 긴장을 풀기 위함이었다.

페르낭과 드레이크, 그리고 해신근위대장 시브림은 지난번 탈출 경로와 다른 방향까지 옮긴 후, 용궁의 해역으로 진입하기로 결정했다.

"맞소. 용궁의 해역에 무언가가 진입하는 순간 용궁 내부에선 알게 될 테니까."

"다른 인어분들은 도우러 못 나오나요?"

"용궁 내성에서 마지막 방어선을 지키고 있을 거요. 좌우 양옆은 물론 상부에서의 침공도 대비해야 하는 만큼 여력이 없겠지. 무엇보다 내가 살아 있는지도 확신하지 못하고 있을 텐데…… 아직 뚫리진 않았을는지…….”

시브림이 말끝을 흐렸다.

안데르송의 경우는 어인에게서 도망치다 지쳐 쓰러진 상태를 우연히 발견한 것이지만 시브림의 경우는 달랐다.

‘어인 퇴치를 위한 조력자를 모으기 위해 필사의 탈출을 했다니…… 드레이크를 발견했을 때 그렇게 글썽인 이유가 있군.’

하물며 그 드레이크와 함께 다니는 인간들에게 얼마나 힘을 빌리고 싶었을까.

인간들이 원하는 정보가 무엇인지 알면서도, 그것을 ‘선보상’으로 제시해야 할 정도로 마음이 다급했으리라.

‘만약 이 시브림이라는 인어가 조금만 더 협상에 능했으면 큰일 났을 거야. 아니, 그렇게 했으면 정말로 퀘스트 따위 무시했으려나? 흐흐.’

시답잖은 생각을 하며 긴장을 풀며, 이하는 주변을 돌아봤다.

“A팀은 괜찮겠어?”

“괜찮고 자시고가 있나. 우린 그냥 무조건 앞으로 가는 거지.”

“키킷, 그럼요. 로그아웃 로테이션까지 6명으로 줄여 가면서 풀로 달려야 하는 건데…… 안 괜찮으면 뭐 어쩌겠어요.”

이번 작전을 위해 임의로 나눈 세 팀, 그중 첫 번째 A팀은 두 선박에 탑승하고 용궁의 해역의 중앙부를 거쳐, 동쪽을 향해 계속해서 나아가는 것이 목표!

그사이 어인들의 습격을 막아 내며 신대륙을 향한 항해에 무리가 없도록 선박을 보호하는 게 그들의 임무였다.

"게다가 용궁의 해역 중앙은 외곽에서 이 배의 속도로 약 20일 거리라면서요? 저 태풍과 해역을 원으로 가정하고 20일 거리를 반지름이라고 본다면, 탈출까지 역시 약 20일 거리, 용궁의 해역을 최종적으로 빠져나갈 때까지 도합 40일가량 걸린다는 얘긴데……. 그걸 더 적은 휴식으로 뚫어야 하다니."

징경경이 징징거릴 법했다.

끊이지 않을 위협을 고려한다면 현재와 같은 로그아웃 로테이션 유지는 당연히 불가능했기 때문이다.

따라서 용궁의 해역을 벗어날 때까지 각 조별 로그인 시간은 그대로 유지하면서 휴식은 기존의 절반으로 줄여 버리는 특단의 조치를 취할 수밖에 없었다.

"그래도 좋게 생각해야죠. 쉽게 말하면 결국 60일 항해거리가 바다의 중앙이라는 뜻 아니겠어요? 신대륙의 위치가 동편이라는 건 우리가 알고 있으니까! 반대로 말하면 용궁의 해역을 벗어나고 동쪽으로 40일만 더 가면 신대륙일 거라고요!"

지난밤, 이하의 이야기를 들은 페르낭이 계산해 낸 것이었다. 신대륙 원정대원들에게 힘이 될 만한 유일한 소식이나 다름없었다.

용궁의 해역에 들어서기까지 구대륙에서 약 40일.

그리고 외곽에서 중심부까지 현재 선박의 속도로 대략 20일.

즉, 구대륙에서 60일 항해 거리가 바로 여명의 바다 중앙부라는 답이 나온다.

그리고 구대륙에서 중앙까지 60일 거리라면?

해신이 정말 '정중앙'에 용궁을 만들었다면, 그로부터 다시 60일 거리에 반드시 '신대륙'이 있을 거라는 것!

'지난 1차 신대륙 원정 당시 페르낭 씨가 봤다는 건 아마 부표겠지.'

갈매기가 날아다니고, 멀찍이 육지가 아른거리는 걸 봤다는 페르낭의 경험은 자연스레 '부표'의 확인 행위가 된 셈이었다.

"지금 A팀을 위로할 땝니까, 하이하 씨…… 하아……."

"그, 그치만 어쩔 수 없는 거 알잖아요? B팀에선 혜인 씨 아니면 할 사람이 없으니까! 베일리푸스 님이 마나나 공간 관련으로 도움은 좀 주기로 했다면서요."

"그래도…… 두고두고 원망할 겁니다."

혜인의 음울한 눈이 이하를 향하고 있었다.

B팀의 팀장은 혜인!

마나 중계탑을 짓기 위한 NPC 인부들과 자재들을 가지고, 용궁의 해역 중앙부를 스쳐 지나갈 때, 그 모두와 함께 '부표'로 매스 텔레포트를 해야 하는 게 그들의 목표!

'구대륙에서 실시한 연습대로라면 마나 중계탑 한 기 건설에 걸리는 시간은 대략 4일.'

아무런 장해물도 없는 바다에서, 그것도 버크와 드레이크가 스킬까지 써 가며 나흘을 내리 달린다면 엄청나게 거리가 벌어질 것이다.

"잘 돌아올 수 있죠?"

"하이하 씨는 무사히 돌아올 수 있을 것처럼 말씀하시네요. 저야 베일리푸스 님과 연계하면…… 딱 100시간 거리까지 돌아올 수 있어요."

베일리푸스의 도움이 있다 하더라도 혜인이 다시금 매스 텔레포트를 사용하여 NPC들과 복귀할 수 있는 한계선이 딱 100시간이라는 뜻.

중계탑을 짓는 데 필요한 시간이 4일, 즉, 96시간이니 결국 여유는 겨우 4시간밖에 없다.

그러나 혜인의 핀잔처럼 지금 이하는 누굴 걱정할 때가 아니었다.

"이제 곧 진입이오. 안데르송! 너도 준비해라."

"넵, 근위대장님!"

"알았어요. 준비해야지. 이쪽으로 좀 와 주세요."

마지막 C팀, 이하와 인어들은 용궁의 해역 진입 후 바닷속으로 뛰어들어야 할 처지였기 때문이다.

"용궁의 해역까지 약 1해리! 이제 곧 접근입니다! 서치라이트 준비 완료!"

"크라벤 유저 전원은 정신 바짝 차려! NPC들이 마나 중계탑을 지으러 가고 나면 우리가 뭐 빠지게 더 뛰어야 해!"

메인마스트의 망루의 외침과 후크의 고함이 선박 위를 떠들썩하게 만들었다.

"시브림 님, 잠시 같이 움직여 주시죠."

"알겠소."

이하는 베일리푸스를 호출하곤 〈물의 고리〉로 묶여 버린 시브림과 함께 움직였다.

호흡 마법을 미리 준비하던 베일리푸스는 이하의 말을 듣곤 잠시 눈을 크게 떴다.

"방수 마법만 있으면 된다고?"

"네. 호흡은 필요 없어요. 제 가방 속 아이템 전부와 블랙 베스에게 방수 부탁드립니다."

누구에게 맡기고 가고 싶은 게 이하의 솔직한 심정이었지만 블랙 베스는 거래가 불가능하다.

어쩔 수 없이 등에 메고 다녀야만 했다.

"호흡이 필요 없다면 방수는 얼마든 걸 수 있다. 지금 즉시 걸어 주지."

이하가 이 퀘스트를 하겠다고 나선 첫 번째 믿는 구석이

128 마탑의 사수 17

바로 이것이었다.

　호흡 마법은 아무리 길어 봐야 몇 시간 가지 못한다. 그러나 자신은?

〈업적 : 해신의 아들이 인정한 자(A)〉

보상 : 스탯 포인트 17개, 수중 호흡 가능

업적이 있다.

무려 수중 호흡이 가능한 것.

한 번도 테스트 해 보지 못했지만 분명 지상과 다를 바 없는 시스템으로 되어 있으리란 게 이하의 믿음이었다.

　"용궁의 해역 진입 직전입니다! 드레이크 선장님!"

　"알았다."

　드레이크의 옷은 지금까지와 달랐다. 오히려 유저들에겐 익숙한 모습이었다.

　이하가 줄곧 입고 있었던 코트는 원주인에게서 더욱 멋지게 펄럭이고 있었으니까.

　드레이크의 몸속으로 푸른 마나 알갱이들이 모이고 얼마 후.

　"〈퍼펙트 스톰〉."

　파아아아ー—————!

　"워오……."

"대박. 진짜 무슨 지우개로 지우듯 사라지네."

"범위는 그렇게 넓지 않네요. 하긴 넓게 할 필요도 없나? 선박 두 척만 지나가면 되니……."

먹구름 가득한 해역의 상공에 푸른 하늘이 드러났다.

주변의 요동치는 바다와 너무 뜬금없이 달라 오히려 보는 사람이 어색할 정도의 바다.

그러나 그곳 또한 용궁의 해역이다. 푸른 바다에서도 어인은 얼마든지 날뛸 수 있다.

"용궁의 해역 진입합니다!"

데에에엥……!

묵직한 종소리와 함께 청새치 호와 뉴-서펜트 호의 선장은 동시에 가속 스킬을 사용했다.

이하는 현실 자연세계에선 있을 수 없는 광경을 보며 다소 흥분되기까지 했다.

그러나 여행 온 것 같은 흥분과 즐거움은 만 하루도 가지 못했다. 용궁의 해역 진입 9시간 만에 이하와 유저들은 물보라 치는 해수면을 발견할 수 있었다.

"어인 떼 등장! 전원 전투 준비—————!"

"시브림 님, 안데르송 씨."

"음." "넵, 준비됐어요."

인어 둘과 이하는 뉴-서펜트 호의 선미로 다가섰다.

후우, 후우 심호흡을 고르길 몇 번. 이하는 전투를 준비

중인 유저들을 향해 외쳤다.

"그럼, A팀, B팀 여러분 잘 부탁합니다!"

"엉아야! 살아서 다시 만나!"

"재수 없는 소리 말고 너나 잘 해! 갑시다!"

모든 계획은 완벽했다. 시브림이 점프하는 순간 뒤에서 들린 울음소리만 아니었어도 말이다.

[뀨뀨! 뀨뀨뀨!]

파닥, 파닥 거리는 날갯짓 소리와 함께 이하를 향해 고속으로 돌진하는 생명체!

"어? 어어어!? 블라우그룬 씨가 여기로 오면 안-"

이하가 황급히 뒤를 돌아 블라우그룬을 막으려 했으나 이미 해신근위대장은 바다로 몸을 날렸다. 〈물의 고리〉에 의해 그와 떨어질 수 있는 거리는 20m.

테에에엥———!

마치 잡아당긴 고무줄의 끝처럼, 이하는 켁! 소리와 함께 바닷속으로 빨려 들어갔다.

첨벙, 하는 작은 소리와 함께 신대륙 원정대원 세 팀의 고군분투가 시작되었다.

"읍, 우우읍!?"

바다에 적응해야 하는 것만으로도 힘든데, 블라우그룬까지 따라오다니!

[뀨뀨! 뀨!]

이하가 어버버 하고 있음에도 블라우그룬은 아무렇지 않았다.

같이 물속으로 들어오고서도 드래곤의 눈망울은 초롱초롱하기만 했다.

"과연 드래곤이로군. 공기로 호흡하는 게 아닌 종족은 물속에서도 영향을 받지 않는다더니―"

"읍, 우읍?"

시브림이 진귀한 것을 구경했다는 듯 블라우그룬을 보며 고개를 끄덕였다.

"헤헷, 그러게요. 하이하 님, 준비되셨어요?"

근처의 안데르송까지 휘익, 휘익! 빠르게 헤엄치며 이동을 서둘렀다.

말 그대로 물 만난 고기들이나 다름없었으나 이하에겐 아직도 적응할 시간이 필요했다.

"흐으읍, 하아아……. 흐으읍, 하아아아……."

숨은 쉬어졌다. 육지와 똑같이.

'근데 말이 안 나오잖아! 이런 젠장, 뭐 이딴 업적이 다 있어?'

말 그대로 숨만 쉴 수 있는 거라고? 이하는 새삼 미들 어스의 야박함에 놀라는 동시에 빠르게 다른 길을 찾았다.

미들 어스에선 귓속말이 가능하니까.

–가죠!

이하는 슬쩍 뒤를 돌아 멀어지는 선박의 하부를 바라보
았다.

용궁의 해역에 새로운 물체가 들어왔을 때만 알람이 울린
다. 즉, 들어온 이후 어인에게 걸리기 전에 배에서 빠져나온
다면 어인들에게 걸릴 위험이 적어진다는 뜻.

어떤 의미로 A팀은 B, C팀을 위한 미끼이기도 했다.

–꽉 잡으시오.
–드래곤님은 제가 모실게요!

시그림은 이하를 붙잡고 안데르송은 블라우그룬을 껴안
았다.

수중에서 호흡만 가능하게 해 놓고 말도 못하게 만든 미들
어스였으니, 이하의 수영 실력이 올라가길 바라는 건 어불성
설이다.

다행히 이 점에 대해선 미리 얘기한 바가 있었다.

인어 두 사람이 빠르게 꼬리를 흔들며 헤엄을 치고 나갔다.

폭풍우가 몰아치는 해수면과 달리 바닷속은 평온하기 그

지없었다. 아래로, 아래로 더 내려갈수록 고요한 바다는 이하에게 생경한 느낌을 주었다.

'블라우그룬 씨가 쫓아온 건 조금 뼈아픈 일이지만 어쩔 수 없지. 그나마 불행 중 다행이라니까.'

주변을 감상하는 와중에도 돌아갈 방법에 대한 고민은 멈추지 않았다. 베일리푸스에게 지나가듯 이야기했던 또 다른 방법을 살펴보며.

'이게 출두 스킬만큼 위력이 강해야 할 텐데……. 국가전의 전체 공간 결계를 뚫을 정도는 됐다지만 과연 이번에도 될까?'

이하는 〈체인 텔레포트 : 삼총사〉 스킬을 활성화시켰다.

-키드! 루거! 체인 텔레포트 켜 놔! 나중에 그거 타고 돌아갈 거니까!

-이 와중에 무슨 소릴-

-바빠 죽겠는데 뭔-……-개소리야?!

약 43일 항해 거리, 전체 항해 기간 45일째, 이하는 드문드문 들려오는 키드와 루거의 귓속말을 들으며 고소한(?) 미소를 지었다.

-낄낄, 고생들 해!

키드와 루거는 다시 갚아 주지도 못하며 이하의 놀림을 듣기만 해야 했다. 그러나 진짜 고생은 누가 더 할지, 아직은 알 수 없는 일이었다.

"부그르르륵……."

시브림에 안겨(?) 가던 이하가 말을 하려고 입을 벌리자 기포가 보글보글 올라왔다.

"네?"

[뀨뀨?]

안데르송과 그가 안고 있는 블라우그룬이 기포를 발견했다. 귓속말이 어렵진 않은데, 아무래도 직접 말하는 것보다는 불편했다.

－으, 답답해서 말도 못하겠네! 아, 별건 아니고 어인들에 대한 대비는 하고 있는지 궁금해서요!

"물론이오. 지상에서라면 모를까 여기라면 우리의 탐지 능력도 결코 뒤지지 않소."

"헤헷, 여기서 나가는 초음파로 확인할 수 있거든요."

시브림의 말을 들으며 안데르송이 자신의 이마를 가리켰다.

남성형 인어임에도 예쁘장하게 생긴 안데르송의 이마에 작은 비늘이 하나 박혀 있었다.

'저렇게 말할 정도면 일단 경계는 괜찮다고 봐야 할까? 문제는 속도인데. 물속인데다 헤엄을 쳐서 가는 거니까 확실히 선박보다 빨리 움직일 수 있겠지만…… 인어들도 휴식은 할 것이고, 결국 용궁의 해역 중앙부에 도착하는 건 비슷한 시기라고 봐야 할까? 예상대로라면 앞으로 19일 하고도 12시간가량.'

용궁의 해역 중앙부의 해수면에는 움직이지 않는 섬, '부표'가 있고 그 해저에는 '용궁'이 있다.

신대륙 원정대원들이 작전을 수행해야 할 위치 자체는 비슷했다.

그러나 이하의 머릿속은 복잡했다.

'작전 시작 시점은 차이가 좀 날 텐데.'

A팀은 유저가 여럿이다. 용궁의 해역 중앙부를 거쳐, 용궁의 해역을 빠져나갈 때까지 로그아웃 로테이션을 돌릴 수 있다.

B팀은 혜인 한 명이지만 '부표' 섬 인근까지 가야 작전이 시작된다.

즉, 그때까지는 A팀의 유저들과 함께 어인들에 대한 방어에 치중하다가 적당한 시점에 로그아웃해서 휴식 후 접속, 자신의 임무를 다하면 된다는 뜻이다.

그러나 C팀은?

팀이랄 것도 없이 말 그대로 이하 혼자다.

게다가 B팀의 혜인과 달리 벌써 작전을 수행하기 시작했다.

따라서 로그아웃 로테이션을 돌려 줄 사람도, 잠깐이나마 임무를 맡아 줄 사람도 없다는 얘기다.

'게다가 해신이니, 운디네의 일족이니 뭐니 해서 그런지 몰라도 용궁의 해역도 엄청나게 넓네.'

용궁의 해역 전체 지름은 선박의 항행 속도로 약 40일 거리, 용궁의 해역 외곽에서부터 중앙부까지만 해도 20일 거리다.

외곽에서 진입한 지 고작 9시간 만에 작전을 시작한 이하가 앞으로 작전을 수행해야 할 기간은 대체 며칠이란 말인가.

그 기간 내내 접속을 유지하는 건 이하라도 불가능에 가깝다.

따라서 미리 확인했던 것이 〈물의 고리〉의 효과였다.

이하가 가장 고민하고 생각했던 것.

'로그아웃 하고 있는 도중에는 20m 거리 제한이 어떻게 적용될까?'

불행 중 다행이었다.

'다시 로그인해도 시브림의 근처에서 바로 나온다.'

단순하게 생각하면 이동 제약 스킬이었으나, 응용 방법을 만들고 보니 그것은 훌륭한 이동 스킬로 사용할 수 있게 된 셈이었다.

'지금은 최대한 접속을 오래 유지하며 가야 해. 최대한 빠르게!'

멈춰서 쉴 때가 아니다.

어인들이 미끼가 되어 주는 선박들을 향해 우르르 몰려갔을 지금이야말로 가장 여유가 있을 때라고 봐야 한다.

'인어들도 쉬지 않고 무리해서 속도를 높이고, 내가 로그아웃 하는 시점에 하루 동안 푹 쉬는 데에 동의했다. 쩝, 나도 나지만 인어들의 경우는 열흘 이동, 하루 휴식인 셈이군. 인간 NPC였으면 그냥 기절해서 뻗어 버렸겠어.'

인어들은 찬밥, 더운밥 가릴 처지가 아니다.

그들이 인간 NPC보다 체력이 높은 것인지, 잠을 자지 않고 버틸 수 있는 것인지 이하는 확인할 수 없었다.

그러나 시브림과 안데르송도 10일 이동−1일 취침, 다시 10일 이동−1일 취침에는 동의해 줬다.

물론 이동 중간중간 멈춰서 쉴 시간도 마련하겠지만, 그야말로 지옥의 행군이나 다름없는 일정이었다.

이하 또한 현실의 시간으로 따지면 48시간 접속−5시간 취침, 48시간 접속−5시간 취침이나 마찬가지였으니, 인어들이 억울해할 건 아니었다.

쪽잠만으로 버티며 극도의 집중력을 발휘해야만 하는 작

전이다. 웬만한 체력의 일반인은 버틸 수도 없으리라.

C팀으로 이하가 나서겠다고 했을 때 신나라가 적극적으로 말린 것도 그 이유 때문이었지만 그녀 역시 이하를 꺾을 순 없었다.

'불행 중 다행이라면 나는 이보다 더한 것도 이미 겪어 본 사람이라는 거야! KCTC 때 오줌까지 뭉개 가며, 화장실도 못 가고 한자리에서 엎드려 60시간 대기 하는 건 진짜 지옥 같았지. 눈을 뜨고 있는 건지, 감고 있는 건지도 헷갈릴 정도였으니까. 지금은 그때에 비하면 꿀이지. 완전 개꿀이라고!'

스스로를 안심시키는 이하였지만 표정이 썩 밝은 것은 아니었다.

그래도 힘든 건 힘든 거라는 것을 아주 잘 알고 있으니까.

'하여튼 지금부터 미들 어스 시간으로 22일 후면 용궁 바로 인근, 거기서 잠시 휴식하고 용궁까지 가면 딱 23일째가 될 거야. 하루 안에 끝내야 해.'

이하는 그 시점에서 자신이 움직일 수 있는 작전 시간을 계산했다.

혜인과 베일리푸스의 연계를 활용한 공간이동도 선박의 속도를 고려했을 때, 고작 100시간 거리밖에 이동할 수 없다고 말한 것이 큰 참고 자료였다.

'국가전 때의 광역 결계보다 강한 게 에인션트 드래곤의 공간 잠금이다. 그걸 뚫은 혜인 씨조차 100시간 거리니까…… 삼총사의 체인 텔레포트가 얼마나 강할지 모르지만 그보다 강하다고 확신할 순 없어. 내 타임 리미트는 그것보다 더 이전으로 잡아야 한다.'

즉, 혜인의 여유 시간은 24일 4시간까지이므로 23일이 다 되어 진입하는 이하는 24일이 채 되기 전에 자신의 한계 시점을 설정해 놔야 한다는 뜻이었다.

'계산상으론 총 작전 시간이 하루 하고도 몇 시간 정도 있지만 그 생각으로 움직여선 안 된다. 용궁이나 정화조에 대한 이야기를 듣기는 했지만…… 이론과 실전은 또 달라. 조금 더 타이트하게, 20시간 안에 끝낸다는 각오로 움직여야 아슬아슬하게 맞을 거야.'

어인들은 최대한 피하며 정화조만 해결하려는 게 이하의 작전이었다.

'오염된 해신이 원래대로만 돌아와 준다면, 그가 인어들을 이끌고 어인들을 맡아 주겠지?'

안데르송과 시브림의 추측이었지만, 이하와 베일리푸스 등도 가능성이 높은 일이라 생각했다.

해신은 그전까진 어인을 같은 종족으로 취급했기 때문에 나서서 벌하지 않았었다고 했다.

그걸 발판으로 생각하자면, 해신은 그들과의 상생을 고려하고 있었고, 그 길을 모색하는 도중 정화조가 오염되어 이런 일이 벌어졌다고 인지하지 않았을까, 이하는 추측했다.

즉, 오염원을 제거하면 어인들의 흉포성이 사라질 거라 생각하여 행동에 옮겼으나 실패하여 지금과 같은 사태가 벌어진 것으로 봐야 한다.

당연히 오염원이 제거되면 해신도 원래대로 돌아올 가능성이 높다는 것과 같다.

그렇게 되면? 그때의 그는 어인들을 그대로 두지 않으리라.

'할 수 있어. 정화조의 오염원인만 제거한다면 해신은 반드시 돌아올 거야. 해신의 사망이 실패 조건으로 나온 것도 그 이유 때문일 테니까.'

퀘스트에서 비롯되는 힌트.

미들 어스가 노리는 바가 무엇인지 아는 이하에게 더 이상 걸릴 것은 없었다.

'모든 작전이 계획대로 흘러간다면 C팀인 내가 A팀에 합류하고 10시간이 채 지나기 전에 B팀이 A팀에 합류하게 된다. 거기다 따라붙는 어인들은 해신과 인어들이 상대해 줄 테니, 즉각 정상적인 로그아웃 로테이션도 가동이 가능해. 그렇다면? 용궁의 해역을 빠져나갈 때쯤엔 다들 체력 회복이 되어 있을 거다.'

물론 이 와중에도 변수는 있었다.

이 모든 계획은 청새치 호와 뉴-서펜트 호가 감속이나 휴식 없이 일정 속도로 움직인다는 기준 하에 짜인 것. 중간에 무슨 일이라도 생기면 전부 다 틀어질 수밖에 없었다.

'믿어야 해. 나 혼자 모든 곳을 커버할 수 있는 게 아닌 이상, '전우'들을 믿어야지.'

전쟁은 혼자 치르는 게 아니니까.

이하는 해수면의 상태를 잠시 상상하다 입을 열었다.

"뿌그르르륵–!"

빠르게, 더 빠르게!

굳이 귓속말을 하지 않아도 인어들은 이하의 뜻을 이해했다.

슈우우우우——————!

기포들이 방울방울 수면으로 올라갔다.

일정과 작전 계획은 A, B, C팀 모두 공유하고 있는 것이다. 모든 팀은 각자의 기한을 맞추기 위해 피땀을 흘리고 있었다.

이하뿐만이 아니라 A, B팀도 또한 일말의 여유 따윈 찾아볼 수 없을 상황이었다.

Geschoss 5

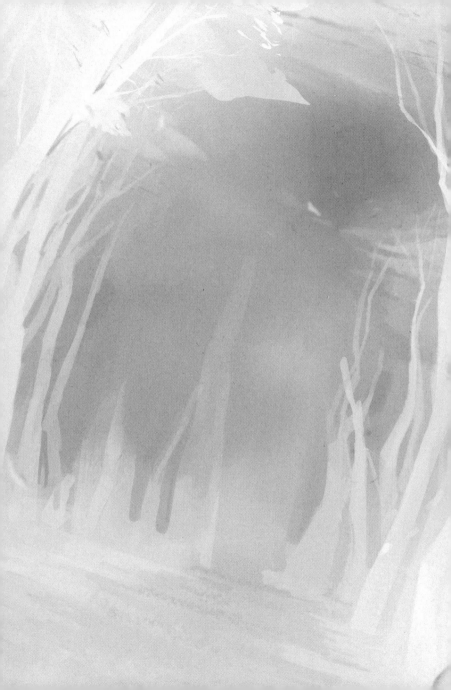

"좌현 포, 준비되는 대로 사격! 맞추지 않아도 좋다! 견제가 우선이야! 놈들의 속도를 떨어뜨려!"

콰아아앙, 콰아아앙, 콰아아아————앙!

선실 내부에선 캘버린의 발포 소리가 끊임없이 울리고 있었다. 어인들은 물고기의 몸체에 인간의 팔, 다리가 돋아난 생명체다.

해수면에서 돌고래처럼 수영하며 선박을 향해 오는 녀석들도 있지만, 해저에서 헤엄쳐 오는 놈들도 상당히 많았다.

그러나 놈들은 갑판의 유저들에겐 보이지 않는다.

심지어 오라클 루비니나 무희 치요의 스킬에도 잡히지 않는다.

녀석들을 상대할 방법은?

따로 생각하기가 어렵다. 무차별 사격 외에는.

"탄 종류 변경! 준비한 어망탄으로 삽입! 어망탄이 준비되지 않은 포실은 사슬탄으로 삽입하라!"

"우현 포——— 발사!"

투쾅, 투콰아아아앙—————!

거대한 캘버린 대포의 포구에서 날아간 두 개의 탄환이 퍼지기 시작했다. 탄환과 탄환 사이에 이어진 것은 얇고 긴 그물들이었다.

통상은 사슬을 이어 돛이나 마스트의 파괴를 노렸지만, 용궁의 해역으로 들어오며 크라벤의 유저들은 어인들을 상대할 더 나은 탄환을 개발해 냈다.

단 한 번 싸워 봤던 경험만으로 대처 방안을 만들어 내는 수준급 유저들이 바로 신대륙 원정대원!

포탄이 날아가는 휘파람 소리와 함께 거대한 물분수가 마구 치솟아 올랐다.

"하쿳-!" "큐큐학, 핫!"

"좋았어! 먹힌다!"

"더 만들어! 손이 놀고 있는 놈은 뭐야! 어망탄이라도 계속 만들어!"

외부에서 보이지 않는 선실 내부도 이토록 바쁘게 돌아가고 있었다.

하물며 갑판은 이루 말할 것도 없었다.

하늘의 태풍은 드레이크가 일정 부분 삭제했고, 청새치 호와 뉴-서펜트 호의 가속 스킬과 파도 무시 스킬은 그 효과를 마음껏 뽐내고 있는 중이었으나 어인들의 공세도 결코 만만치 않았다.

"키킷, 이런 놈들이랑 싸웠다고요? 〈포이즌 스팅크〉"

푸후우우우우……!

비예미가 고개를 절레절레 저으며 갑판 밖으로 물안개를 뿜었다. 바다에서 일어난 물보라와 다를 바 없어 보이던 작은 입자들은 넓게, 넓게 퍼지며 하나의 결계를 만들어 내었다.

"하큐- 우웃?"

"웁, 하킷! 하킷!"

그곳을 향해 다가오는 어인이 무려 다섯.

그러나 아가미를 벌름대며 접영을 하던 놈들이 황급히 방향을 틀고 있었다.

"우와, 무슨 스킬이에요?"

"킷킷, 혹시 몰라서 써 본 건데 먹히네요. 악취惡臭를 활용한 독이에요. 독이라기보다 조류나 곤충형 몬스터 쫓을 때 써먹는 건데……."

비예미가 기분 좋게 웃었다.

단순히 HP가 지속적으로 닳는 것만이 독은 아니다.

미들 어스의 시스템을 완전 활용할 줄 아는 베넘 메이지는, 다른 유저들이 상상도 할 수 없는 방법으로 생선들을 내쫓고 있었다.

"몰이하면 경험치 상타치겠는데, 흐으으음……. 써먹을 만한 게……."

모두가 바빠 어인들을 상대하는 와중, 이지원은 마스트 위로 올라가 태평하게 주변을 살피며 읊조렸다.

"이지원 씨! 뭐해요?! 빨리 잡- 〈스프레드 애로우〉!"

촤라라라락-!

보배는 갈래 화살을 뿌려 대며 이지원에게 한 소리 했지만, 랭킹 2위 마검사, 이럴 때야말로 필요한 유저는 아랑곳 않고 앉아 있을 뿐이었다.

"우악! 보배 씨, 저쪽, 저쪽!"

"어휴, 참! 〈헤비 샷〉!"

쭈우우우욱, 팟!

기정이 가리킨 방향으로 재빨리 쏘아지는 한 가닥의 화살이 어인의 미간을 헤집어 놓았다.

200m가 넘는 거리였지만 보배에겐 아무런 문제도 되지 않았다. 이 배엔 전투 보조 시스템을 켠 유저가 단 한 명도 없었다.

"오케이! 각 나왔다! 뉴-서펜트 호 선미 쪽은 제가 맡을 테니까 돈터치! 〈라이트닝 로드lightning road〉"

"뭐라는 ㄱ-"

콰르르르르르릉─────!

"–꺗! 뭐야, 번개?!"

"어, 어어, 드, 드레이크 선장! 우리 쪽 마스트에 번개가 치잖수? 우리 배는 태풍 반경 벗어난 거 아니었습니까?"

이지원이 들어 올린 검으로 번개가 내리꽂혔다. 그것도 한 발이 아니었다.

번쩍, 번쩍, 번쩍!

드레이크 근처에 있던 후크가 혹여 배의 마스트에 문제가 있을까 걱정했으나 드레이크는 이지원을 흘끗 보기만 하고 무시했다.

"괜찮다. 저놈이 피뢰침을 하고 있으니까."

"피뢰침?"

이지원의 스킬 이름 자체가 그것이었다. 라이트닝 로드, 피뢰침.

스킬로 번개를 만들어 내려면 막대한 마나와 캐스팅 시간이 필요하다.

그러나 지금 자신들이 가는 곳이 어디인가? 머리 위의 태풍은 지워졌다지만 주변의 모든 곳이 먹구름 가득한 태풍의 한가운데다.

번개와 관련된 에너지는 잔뜩 깔려 있는 셈이나 마찬가지! 지금 이지원은 자신의 흑검을 들어 올린 채, 주변의 모든 번개를 끌어모으고 있는 것이었다.

"우하– 하하하핫– 하하하–! 지렸죠?! 작살나죠!?"

"저런 미친 놈……."

건너편 배의 루거가 황당해할 정도였다. 여전히 번개는 내리꽂히며 주변을 끊임없이 명멸시키고 있었다.

[버크.]

[알고 있어! 저런 미친놈이 우리 배에 안 타서 다행이군.]

이지원의 검에 차곡차곡 에너지가 쌓이는 모습을 보며 두 명의 선장이 바다 건너 의견을 나눴다.

앞으로 무슨 일이 벌어질 것인가, 자신들이 어떻게 해야 할 것인가. 닳고 닳은 선장들은 이미 알고 있었다.

"준비하라."

"뭐, 뭘–"

"캬캬캬캬캭! 주체가 안 될 정도야! 〈방–"

[가속.] [가속!]

후와아아아앙————————!!!!!

두 배가 한 번 더 가속을 실시했을 때!

"–출〉!"

이지원은 자신의 검을 배의 선미 방향으로 향하며 스킬을 시전했다.

[재미있는 놈이군. 역시 그때 살려 놓길 잘했다는 생각이

들지 않나, 알렉산더.]

청새치 호의 상공에서 어인들을 향해 브레스를 뿜던 베일리푸스가 흥미로운 표정으로 이지원을 바라보았다.

골드 드래곤은 지난날, 인간들의 국가 전에 참여하며 이지원과 겨뤘던 일을 떠올리고 있었다.

당시 알렉산더는 이지원을 죽이려 했으나 베일리푸스가 그를 막았다.

티아마트의 부활을 막기 위해 한 사람의 힘이라도 더 필요하니 우선은 살려 둬야 한다는 이유였고, 알렉산더는 반신반의했지만 결국 동의했었다.

"저런 오만한 놈이 우리와 뜻을 함께하며…… 이곳에서 이렇게 활약할 줄은 몰랐다."

알렉산더도 그때를 떠올리고는 피식, 웃었다.

그러나 당시에 그가 이지원을 살려 줬기 때문에 현재 이지원이 이곳에서 저런 에너지를 뿜내는 것일까? 알렉산더는 그 점에 대해선 회의적이었다.

"허나, 놈이 이곳에 있는 것은 우리가 살려 줬기 때문만은 아닐 터."

[음?]

"인간들의 원한은 깊다. 특히 이지원이나 루거 같은 자가 우리와 뜻을 함께하기란 더욱 어려운 일이지. 녀석들은 아직도 우리를 '목표'로 삼고 있으니까."

알렉산더가 이지원을 살려 준 이후에도, 이지원은 알렉산더와 베일리푸스를 암살하기 위한 기회를 몇 번이나 엿봤었다.

골드 드래곤인 베일리푸스와 달리, 알렉산더는 인간이기에 알 수 있었다.

세상엔 힘으로 굴복시킬 수 없는 류의 사람들이 있다는 것. 그런 성향의 대표적인 유저들이 바로 루거와 이지원이었다.

살려 줬으니까, 봐줬으니까 은혜를 갚는다는 생각 따위가 애당초 없는 유저들이다.

오히려 굴복시키려 할수록 스프링처럼 튀어나오는 성질을 지닌 인간들에 가깝다.

[그렇다면 보상 때문인가?]

"보상…… 같지만 다르다."

그들이 지금 이곳에서 얌전히 협력하는 이유는 하나밖에 없었다.

퀘스트를 받았기 때문에? 그게 정답이라고 한다면 그것보다 더 근본적인 답변이 필요했다.

이번 퀘스트를 수락하도록 설득한 자가 있었기 때문이다.

단지 설득했을 뿐만 아니라 사실상 멱살을 붙잡고 끌고 가는 또 다른 유저의 존재.

그들이 이곳에 있을 수 있도록 한 가장 큰 요인은 바로 그것이라고 알렉산더는 생각했다.

베일리푸스는 알렉산더의 모호한 말에서 답을 찾아내었다.

그게 누구인지까지도.

[……그렇겠군. 연결 고리가 있었기 때문이라는 건가.]

"그렇다. 선과 정의를 위해 자신을 스스로 궁지로 내모는 자가 있으니까."

[하이하가 없었다면 쉽지 않은 일이었겠어.]

"음. 그에게 집행관 보조의 자격은 충분하다."

[하핫.]

집행관은 알렉산더 자기 자신이며 그 보조가 하이하라는 의미일까? 베일리푸스는 알렉산더의 말을 들으며 경쾌하게 웃었다.

그때는 서른일곱 번째의 번개가 이지원의 검에 치던 때이자, 두 명의 선장이 가속 스킬을 사용한 직후였다.

이지원의 입이 다시 열렸을 때와 거의 동시라는 의미다.

"캬캬캬캬캭! 주체가 안 될 정도야! 〈방출〉!"

가속 스킬을 사용하고 방출 스킬이 시전될 때까지의 찰나, 그사이에도 세 번의 벼락이 이지원의 검에 더 맺혔다.

무려 40개의 번개 에너지가 모여 있는 이지원의 흑검이 뉴-서펜트 호의 선미를 가리켰을 때, 유저들은 모두 눈을 감아야 했다.

"다 뒤져라아아아아아─────────────!"

"우아아앗!"

"눈부셔!"

"크로울리의 선글라스가 있었으면 좋을 뻔했습니다."

눈꺼풀 너머에서도 동공을 찢어 버릴 듯 광량을 뿜어 대는 하얀빛은 한참 동안이나 유지되었다.

단순히 눈앞에 번개가 내리치는 것과는 사뭇 다른 느낌이었다.

천둥소리 대신 찌직, 찌직, 쥐의 울음소리 같은 자잘한 소리가 계속해서 들렸기 때문인지도 몰랐다.

실제로는 고작 5초도 되지 않는 시간이었다.

그러나 번개, 즉, '빛'의 속도를 고려한다면, 무려 5초간 뿜어진 에너지의 양은 대체 얼마나 된다는 것일까.

스킬에 의해 한데 모여 다시금 방출 에너지를 갖게 된 번개는 공기를 태우고, 바닷물을 증발시키고, 어인들을 몽땅 구워 버리기에 충분했다.

"……전기 구이……."

"키킷, 저걸 먹었다간 목구멍이 다 타 버릴 것 같은데요."

슈우우우우————!

엄청난 에너지에 의해 증발한 바닷물이 안개처럼 뉴-서펜트 호의 뒤에서 가물거리고 있었다.

둥둥 떠 있는 어인의 사체는 셀 수조차 없는 수준이었다.

"가자, 베일리푸스. 우리는 전방이다."

[이미 준비하고 있었지. 흐으으읍-!]

화아아아아악!

전방과 후방이 완전 정리된 시점에서, 측면으로 어인들이 올라오는 것은 불가능에 가까웠다.

두 선박은 나란히 가고 있었기 때문이다.

청새치 호의 모든 유저는 좌측에, 뉴-서펜트 호의 모든 유저가 우측에 스킬들을 쏟아 내자 어인들의 움직임이 차츰 느려지기 시작했다.

"후우, 안 온다! 놈들이 더 이상 다가오지 않아요!"

"꺅! 정말?! 이제 끝인 거예요?"

"그, 그건 모르지만 적어도 지금은 안 오는 것 같은데요? 아마도 이지원 씨의 피뢰침-방출 콤보에다 알렉산더 씨의 브레스를 겪으면서 겁을 먹은 건가······?"

페르낭이 망원경을 꺼내 녀석들을 살피다 고개를 갸웃거렸다.

정확한 이유는 알 수 없지만 어쨌든 잠시나마 휴식 시간을 벌었다는 건 천만 다행이었다.

"으아아아아! 왜 안 와! 나도, 나도 보여 주고 싶다고! 저 이지원 못지않은 스킬이 아직 잔뜩 있는데!"

"넌 내가 상대해 주겠다, 파이로."

"오, 루거! 좋았어! 한판 뜰까?"

불꽃술사 영웅의 후예, 파이로의 양손에서 불꽃이 화르륵, 피어올랐다.

그걸 보고 가만히 있을 루거가 아니다.

루거에게 아쉬운 점이라면 '그걸 보고 가만히 있을' 사람이 루거 자신 외에도 엄청나게 많은 점일 것이다.

"어이, 어이! 그럴 에너지 있으면 와서 수리하는 거나 좀 도우쇼! 저 엄청난 번개가 우리 배의 꼬리도 망가뜨려 놨다고!"

"망치 가져와! 목재! 목재 자투리 남는 거 전부 들고!"

전투가 끝나기 무섭게 곳곳에서 뚝딱뚝딱 소리가 울리기 시작했다.

파이로와 루거는 그런 분위기 속에서도 치고받을 정도로 분위기 파악을 못하진 않았다.

아니, 그보다 더 현실적인 이유도 있었다.

"지금 둘이 싸웠으면 여기 있는 전원을 상대할 기회도 얻을 수 있었을 텐데, 아쉽겠습니다, 루거."

이런 분위기에서 1:1을 하겠다고 나섰다간 다른 유저들이 모조리 달려들어 두 사람을 제압해 버렸을 것이다.

"시끄러워, 키드."

어느새 청새치 호로 건너온 키드가 루거의 곁에서 씨익 웃음을 보였다.

루거는 핏, 하면서도 그의 곁에 같이 섰다.

그리곤 누가 먼저랄 것 없이 삼총사의 친구 창을 띄워 놓고, 이곳에 없는 또 다른 삼총사의 위치를 확인했다.

[여명의 바다-용궁의 해역-수심 47m]

"흐음……."

"수심 47m라…… 공기통 없이 잘도 돌아다니는군. 망할 놈."

"업적이 있다고 하지 않았습니까."

"그래서 망할 놈이라고 하는 거다. 지 혼자만 치사하게……."

투덜대는 루거를 흘끗 바라본 키드는 옅은 미소를 지을 수밖에 없었다.

지금의 불만이 무엇 때문에 나오는지 그도 잘 알고 있었기 때문이다.

"만약 업적이 있었으면 같이 가 줬을 텐데- 라는 생각을 하고 있는 겁니까."

키드는 이하에게 힘이 되고 싶어 하는 것이 루거의 본심이라 깨달았다.

"무, 무슨 개소리야? 지 혼자 스탯 처먹고 배 터져 죽어 버리라지. 흥."

과잉반응하며 자리를 떠나는 루거였지만 그게 오히려 키드에게 더욱 확신을 주었다.

그도 같은 마음을 가지고 있었으니 말이다.

'아쉽습니다.'

용궁의 해역에 들어오고 이지원이 날뛴 첫 번째 날 이후 다시 어인들이 나타나기까지는 일주일이 넘는 시간이 걸렸다.

그사이 이하와 시브림, 안드레송 또한 꾸준히 속도를 내고 있었다.

"후우, 후우."

"쁘르르륵, 쁘륵!"

"쉴 필요 없소. 한시라도 빨리 용궁 근처로 가고 싶으니까."

"쁘륵, 쁘르륵, 부그르르르……."

아무리 물 만난 생선이라지만 생선도 쉬어야만 한다.

더군다나 홀몸(?)이 아니라 이하까지 끌어안고 헤엄을 치는 데에는, 인어라도 많은 체력을 소모할 수밖에 없었다.

"미안하지만 지금 말은 못 알아듣겠군."

"전 알아들었어요! 무리해 봐야 어차피 정해진 일정이 있으니까 괜찮다는 거죠?"

"꼬록, 꼬록."

"……그런가. 알겠소. 그렇다면 저쪽 산호초 인근에서 잠시 쉬도록 하지."

시브림은 이하의 말을 못 알아들은 척하려 했지만, 안데르송 때문에 그럴 수 없게 되었다.

필사적이면 통한다는 것일까? 아니면 안데르송 자신이 너무나 지쳐 얼버걸린 것인지도 모른다.

'속도는 높이되 체력은 관리해야만 해.'

어쨌든 이하의 뜻은 안데르송이 해석한 것과 같았다.

이하 또한 시브림과 마찬가지로 급하게 움직이고 싶었지만 지금은 그럴 때가 아니었다.

어찌 보면 '행군'에서 가장 어려운 것이 바로 체력분배다. 적절한 시기에 쉬어 주지 않으면 누적된 피로로 단번에 무너질 수 있다.

'첫 번째 행군 기간만 열흘이다. 무박열흘짜리 행군이라고 생각하면 완전…… 지상에서는 죽어도 이상하지 않을 정도라고.'

그들이 인어였기에, 인간보다 우수한 체력을 지닌 종족이었기에 그나마 가능한 것이었지만, 용궁의 해역 진입 7일째가 되었을 때부터는 시브림과 안데르송의 체력저하가 눈에 띄게 드러났다.

'지상은…… 로테이션은 돌고 있다. 하지만 저쪽도 만만치 않을 거야.'

이하와 시브림, 안데르송이 이곳에 무사히 있는 이유가 무엇인가. 어인들이 그들을 경계하지 않고 있는 상태이기 때문이다.

모든 정신이 해수면을 쉼 없이 내달리는 선박에 팔려 있을 테니, 해저를 떠도는 생명체 네 개 정도에 신경을 쓸 수는 없을 것이다.

"꼬로로록?"

[뀨, 뀨!]

괜찮냐는 이하의 물음에 블라우그룬이 고개를 끄덕였다.
이하는 방수 처리가 된 가방을 열어 간단한 먹을거리들을 꺼
냈다.

─이것들 좀 드세요. 체력이라도 채우면서 다녀야지.

"고맙소."

"잘 먹을게요!"

[뀨뀨, 뀨뀨뀨!]

시브림도 허기를 채우느라 허겁지겁 이하가 건넨 음식을
받아먹었다.

건조 처리가 된 육포를 바닷속에서 먹는 모습이라니…….

이하는 새삼 드래곤의 방수 마법과 자신이 갖고 있는 업적
의 위대함을 깨달았다.

'현실적인 게임이 이래서 싫다니까. 수중 호흡 스킬이 있
었더라도, 만약 이 업적이 아니었다면 클리어도 불가능한 퀘
스트잖아! 아니, 그런 스킬에도 옵션으로 달려 있었을까?'

바다로 뛰어든 첫 번째 날 저녁, 이하가 가졌던 의문은
한, 두 개가 아니었다.

꽤 넓은 강을 건너거나, 섬과 섬 사이를 지날 때 유저들은

혹시 몰라 수중 호흡 스킬을 쓴다고 했다.

　그러나 그건 어디까지나 해수면 인근에서의 이동일 뿐이다.

　지금 이하가 있는 곳은 대체 수심이 몇 m던가. 인간은 맨몸으로 30m 이상만 잠수해도 위험하다.

　'압력은 물론이고 보는 것도 마찬가지. 더 이상 햇빛이 들어오지 않을 정도로 들어가면 내 눈은 아예 쓸모가 없어지는 셈이었는데.'

　이것만큼은 이하도 미처 생각하지 못한 난관이었다.

　용궁은 해저에 있다고 했다.

　그 해저라는 게 5,000m 이상이면? 태평양의 마리아나 해구 같은 곳에 있으면?

　'마리아나 해구라면 평균 수심이 7~8,000m잖아……. 에베레스트 산도 그 골짜기에 들어갈 정도라고.'

　인간이 버틸 수 있는 장소가 아니다. 따라서 미들 어스에서 얻은 이 업적은 일종의 특혜나 다름없었다.

　'[수중 호흡이 가능해진 인간은 아무리 깊은 물속에서도 해양생물처럼 반응할 수 있습니다]…….'

　"꼬로로록, 꼬로로록!"

　[뀨?]

　'근데 왜 말은 못하게 했냐고! 해양생물처럼 반응할 수 있어서 물속에서 숨도 쉬고, 바닷속을 넓게 보고, 수압에도 잘 견디지만- 성대가 없으니까 말은 못하는 거냐!'

라고 이하가 따져 보지만 미들 어스 운영진이 반응을 해 줄 리가 없다.

─용궁까지 앞으로 얼마나 더 가야 하죠?

"이 속도라면……. 13일, 아니, 12일가량에도 도착할 수 있소."

─좋습니다. 피곤하시겠지만 앞으로 3일만 더 힘써 주세요. 그 후에 하루 푹 쉬침하시고, 다시 열흘 동안 움직입니다.

"그렇게 하지. 잘 쉬었나, 안데르송?"
"하아아, 네엡!"
안데르송은 꼬리지느러미를 흐느적대며 자세를 바로 했다.
시브림은 대견한 듯 그 모습을 바라보았다.
"이번 임무만 무사히 수행한다면, 네 녀석을 해신근위대에 들이는 것도 고려해 보마."
"왓?! 저, 정말요? 진짜진짜죠?"
"체격이 조금 작지만 이 정도의 강행군을 버틸 체력, 그리고 어인들을 뿌리칠 정도의 민첩함이라면 충분하겠지."
시브림이 고개를 끄덕이자 안데르송이 순식간에 백덤블링을 두 바퀴 돌았다.

방금 전까지 죽 쑤는 표정을 하고 있던 인어 청년의 얼굴은 온데간데없었다.

　"오! 오오오예! 좋았어! 그럼 저도 이제 다른 해신근위대처럼 막 정령의 힘 구체화도 쓸 수-"

　"아직 멀었다. 우선 이번 임무에만 집중하도록 해."

　"-히힛! 알게씀다, 시브림 대장님!"

　이하 또한 그 모습을 즐겁게 바라보았다. 희망이 있다는 것만큼 어두울 때 힘이 되는 게 없다.

　'그리고 방금 그 말…….'

　언젠가, 그리고 어쩌면, 하는 생각이 이하의 머릿속을 스칠 때, 시브림은 다시 이하를 끌어안았다.

　"출발하겠소."

　[뀨뀨! 뀨뀨!]

　블라우그룬은 마치 지정석인 듯 안데르송의 가슴으로 날아가 그에게 폭, 안겼다.

　이젠 너무나 익숙한 포메이션으로 네 개의 생명체는 다시 해저에서 속도를 높였다.

　"대, 대장님. 앞에-"

　"음. 잠시 몸을 숨겨야겠소."

안데르송의 안색이 잠깐 질리나 싶더니, 시브림이 황급히 움직이기 시작했다.

"꼬록?"

그러거나 말거나 이하는 물속에서 스스로 몸을 가누기도 힘들었기에, 그가 유도하는 대로 흐느적댈 수밖에 없었다.

'해양생물이 무슨 해삼이나 멍게 이런 건가? 하다못해 움직임이라도 좀 유연하게 해 주지. 돌고래나 참치급은 아니어도 생선들 많잖아!'

구시렁거리는 이하의 마음도 모른 채, 안데르송과 시브림은 방금 전 휴식을 취하던 산호초들 사이로 몸을 숨겼다.

–무슨 일이에요? 어인?

몸을 숨기자마자 이하도 상황판단에 나섰다. 그들이 지금까지 이런 모습을 보인 적은 없었다.

위험한 것을 피하려 한다는 건 당연했지만 그게 이하가 생각하는 것이 맞는가?

"쉿……. 해수들이 단체로 움직이고 있소."

"거리는 멀어서 이 정도 말소리는 들리지 않겠지만, 함부로 헤엄쳤다간 파동이 전달될 거예요."

–해수들이? 해수들이 단체로 움직이는 경우가 있어요?

아! 목도리 도마뱀인가?

"그런 질 낮은 해수들이 아니오."

시브림의 눈동자가 흔들렸다. 안데르송도 불안한 표정만 짓고 제대로 말을 하지 못했다.

−그럼 뭔데요?

"제, 제가 아는 그게 맞다면……. 하나는 크라켄 무리예요……. 아무리 작게 잡아도 30m급− 수는 대략 13, 14마리?"

"블랙 서펜트와 화이트 서펜트도 있소. 해신님의 쌍두마차를 끄는 녀석들이 어째서 여기에……?"

"아무래도……. 어인들이 해수들을 몰아가는 것 같아요."

"서펜트들은 몰아서 갈 수 있는 생명체가 아니다. 서펜트들을 조종하는 건가……? 그 사이 정신지배가 가능한 어인이 태어났다고? 아니, 그럴 리가− 제길, 여기서 판단할 수가 없군."

"설마! 조종은 아니겠죠? 해신님이 아니면 말도 안 듣는 녀석들이잖아요."

안데르송이 고개를 세차게 저으며 시브림을 바라보았다.

그러나 확신에 찬 말은 아니었다.

오히려 '부디 그게 아니었으면' 하는 바람에서 나오는 간절

함일 뿐.

"속단할 수 없다, 안데르송. 근위대는 언제나 모든 상황을 가정하고 대비해야만 한다."

그들의 '초음파'에 어인들의 움직임도 잡히고 있다는 것을 이하도 알 수 있었다.

크라켄이라면 거대한 오징어, 서펜트 또한 드레이크가 자신의 심볼로 삼는 바다뱀이라는 것 또한 알고 있다. 그 위용만으로도 인어들을 겁먹게 하기 충분한 존재라는 것도.

'해신이 아니면 조종할 수 없는 녀석들을…… 조종이 되었든 몰이가 되었든 굳이 끌고 나왔다는 얘기잖아. 아니, 설마–'

그런 몬스터들이 어째서 갑작스레 움직이는가, 왜 단체로 움직이는가.

인어들의 반응만 봐도 이런 경우는 드물거나 또 없는 게 분명했다.

그렇다면? 이하의 머릿속에 한 가지 이유만이 떠올랐다.

–방향은요? 선박이 있는 쪽인가요? 저놈들 지금 어딜 가는 거죠?

인어조차 당황할 정도의 상황을 만들어가며 어인들이 향하는 곳은?

지금 용궁의 해역 안에서 어인들이 저런 몬스터들을 이끌고 갈 만한 곳은?!

"그건 알 수 없소. 이곳에서 선박의 파동이 잡히질 않으니…… 하지만 아마도 그쪽으로 가는–"

"꼬로로– 부그르륵!"

그걸 먼저 말했어야지! 이하는 기포 덩어리를 토해 내며 재빨리 귓속말을 보냈다.

–키드! 루거! 나라 씨! 기정아! 전원에게 전파해! 어인들이 해수들을 끌고 선박 쪽으로 향하는 중! 선박까지의 거리가 얼마나 되는지 모르겠지만, 곧 도착할 거야! 몬스터의 종류는–

이하는 현재 접속한 사람 중 가장 준비가 빠릿빠릿할 것 같은 유저들에게 귓속말을 날렸다. 그리고 새삼 신대륙 원정대원 소속 유저들의 준비성에 감탄했다.

귓속말을 받은 유저들 상당수는 이하가 그 귓속말을 다 마치기도 전, 이미 답변을 보내고 있었기 때문이다.

–크라켄과 바다뱀, 게다가 어인의 수는 낮게 잡아도 백 마리. 맞습니까.

–오징어의 배 속에서 연락하는 건가? 늦어도 너무 늦다.

–미쳤어, 진짜…… 저거 어떻게 잡아야 한대요? 주변에

있는 인어한테 그거나 좀 물어봐 줘요. 이하 씨.

─엉아야, 나랑 임무 바꿀까?

'과연…… 이라고 해야 할지.'

이하는 아랫입술을 지그시 깨물었다. 이하에게는 몬스터들의 모습이 보이지도 않는다.

그러나 분명히 보통 이상일 것이다. 적어도 지금까지 겪어 왔던 위기들보다는 한 차원 높으리라는 것을 이하도 알 수 있었다.

"하이하 님! 안 가 보셔도 돼요?"

"꼬록?"

"네! 하이하 님이 안 계시면……."

안데르송은 차마 뒷말을 잇지 못했다. 안데르송은 NPC다. 당연히 로그아웃 따위는 없이 구출된 이후 줄곧 선박의 항행에 함께했다.

따라서 그는 알고 있었다.

이하가 있을 때와 없을 때, 단순히 장거리 저격수 한 명이 있고, 없고의 차이 이상의 차이가 있음을.

이하 또한 그의 말을 들으며 흔들리는 건 마찬가지였다.

'기정이가 장난처럼 얘기했지만 분명히 진심도 있었다. 목소리가 떨리고 있었어.'

몬스터를 상대할 때 가장 체감도가 높은 유저 직군이 탱커 아니던가.

크라켄과 서펜트들의 실제 크기까지 확인한 지금, 그 누구보다 두려움과 싸우고 있는 유저가 기정이리라.

"한시라도 빠르게 용궁으로 가고 싶지만…… 그대가 간다면 나 또한 돕겠소. 녀석들은 보통이 아니오. 나와 안데르송, 그리고 그대가 다른 인간들을 돕는다 하더라도 승패를 장담할 수 없는ㅡ"

"꼬록……."

"ㅡ음?"

시브림조차 잠시 되돌아가자고 말했으나 이하는 고개를 저었다.

ㅡ아뇨. 그냥 가요.

"괜찮겠소?"

ㅡ네. 이번 항해는 물론이고 신대륙에서도 뭐가 더 나올지 몰라요. 이 정도 위기도 이겨 내지 못한다면 아직 인간들이 신대륙에 도전할 때가 아니라는 거겠죠.

페르낭이 제1차 신대륙 원정대를 끌고 실패했을 때처럼 아직 시기상조라서 그럴 수도 있다.

미들 어스 시스템이 작정하고 훼방을 놓으려 이런 몬스터를 보낸 것이라면?

이하가 참전한다 한들 결과는 바뀌지 않을 것이다.

'그러나…… 말 그대로 우발적 이벤트 같은 거라면. 우리 멤버들은 반드시 이겨 낼 거야.'

이하는 믿음이 있었다.

"그, 그럼 그냥- 정말 안 돌아가고 계속 용궁으로 가실 거예요?"

-그럼! 막말로 지금 내가 안 간다고 다 전멸할 정도의 전력이면 어차피 더 이상 항해도 불가능하다고 봐야지. 안 그래요? 얼른 갑시다!

"으음……."

"좋소. 우리 일족 못지않은 그대의 결의에 다시 한 번 감사드리오. 안데르송, 준비됐나."

"네. 대장님."

충분히 멀어진 것을 확인 후, 시브림과 안데르송은 다시 출발을 준비했다.

이하는 자신의 동료들을 믿었다. 그러나 한 번 정도는 다시 생각해 봐도 좋았을 것이다.

인어 NPC들이 어째서 저렇게까지 권유했을까. 크라켄과 서펜트의 사냥 난이도는 이하의 상상을 초월하는 수준이었기 때문이다.

이하가 바닷물을 삼키며 다시 이동을 시작했을 즈음, 해수면은 이미 한바탕 난리가 벌어지고 있었다.

그들이 이하보다 먼저 알 수 있는 이유는 간단했다.

어인들은 루비니의 지도에 잡히지 않았지만 다른 '해수'들은 그렇지 않았기 때문이다.

3차원 스캐너 스킬로 구현한 루비니의 지도에 보이는 물체들을 보며 차분하게 있을 수 있는 유저는 없었다.

"이지원, 피뢰침을 다시 쓸 수 있겠나."

"콧털 선장이 태풍을 너무 많이 지워서 불가능!"

항행 도중 드레이크는 태풍을 계속해서 지워 나가는 중이었고, 하필 두 선박은 태풍의 삭제 면적이 가장 큰 점을 지나고 있었다.

"드레이크 선장님이 지금 바로는 스킬을 못 쓴대요! 쿨타임!"

이지원의 외침을 듣고 다른 유저가 확인을 마쳤다. 당장 태풍을 다시 만들어 낼 수는 없다.

"음."

알렉산더는 주변을 살폈다.

스킬을 쓸 수 없다면? 다가오는 몬스터들을 처리하기 위해 다시 태풍 속으로 뱃머리를 돌려야 할까?

알렉산더의 고개가 돌아가는 모습을 보며 베일리푸스가 먼저 입을 열었다.

[그럴 순 없지.]

"물론이다, 나의 교우여. 다시 우리들이 나서는 수밖에 없겠군."

전투가 얼마나 갈지 모른다. 무엇보다 녀석들을 전부 죽여야 할 필요도 없다.

지난번처럼 적당히 내쫓고 최대한 속도를 높이며 집중하는 게, 이번 임무의 주요사항임을 알렉산더는 다시 한 번 되뇌었다.

"부히힛, 거대 오징어라! 우리나라에서 오징어로 할 수 있는 요리가 이천 개는 넘을 텐데!"

"어머나, 그래서 삐뜨르 당신이 요리라도 해 주게요?"

"헛소리 하지 말고 춤이나 춰, 치요!"

"야박하기는. 자, 여러분! 이번에도 힘들 냅시다앙~! 〈사교社交의 춤〉"

치요의 발걸음이 사뿐, 사뿐 청새치 호의 갑판을 디뎠다.

역시 어디선가 들려오는 것 같은 악기 소리까지 곁들어진 그녀의 춤에, 뭇 유저들의 눈길이 쏠렸다.

그러나 치요에게 집중됐던 그 시선은, 곧 그녀가 부여한 버프에게로 옮겨 갔다.

"어……? 이거 뭐지?"

"와! 이거 정말 신기하네요. 이거 버프 맞죠?"

"보, 보통 버프가 아닌데? 지금 님, 오른팔 들어 올리려고 했죠?"

"헐, 대박. 어떻게 알았어요?"

신대륙 원정대원급 유저조차 생전 처음 받아 보는 버프였다.

"오라클은 지도를 통해 미래를 보고-"

"-무희는 마치 '춤'처럼…… 상대방의 움직임을 느낄 수 있다는 건가."

"몬스터의 공격도 반투명하게, 적어도 1초 정도 미리 읽어진다는 얘기잖아? 엄청난 스킬이군."

같은 듯, 다른 류의 직업.

치요가 다른 유저들이 움직이기도 전, 빠른 몸놀림으로 그들을 제압할 수 있는 이유 중 하나였다.

치요는 그들의 감탄과 칭찬을 들으면서도 티내지 않았다. 그저 살포시 미소만 지을 뿐이었다.

'벌써 공개하긴 아깝지만, 신나라가 나를 보는 눈이 영 시원치 않으니까…… 우훗, 어쩔 수 없지. 이번만큼은 나도 전신전력으로 돕겠어.'

치요를 향한 신나라의 도끼눈이 거둬진 것도 그때쯤이었다.

그녀가 사용한 스킬, 〈사교의 춤〉의 이름처럼, 인간관계를 조종하고 관리하는 데 있어서는 신대륙 원정대 그 누구도 치요를 당할 수 없으리라.

"680m 거리 진입했습니다."

"와…… 이젠 지도 안 봐도 되겠는데요."

"저거…… 저거야? 저기 파도 갈라지는 거?"

"무슨– 야, 무슨 로봇이 나올 것 같은 분위긴데."

유저들은 루비니의 말에 집중하지 못했다. 이젠 지도가 필요 없어질 거리가 되어 버렸다.

아직 몬스터들은 해수면으로 나오지도 않았다.

그러나 거대한 덩치와 해류를 거스르며 다가오는 힘 덕분에, 마치 해수면은 반으로 쪼개지는 것 같은 장면을 연출하고 있었다.

그것들의 정체에 대해 고민할 것도 없었다.

[가속.]

청새치 호는 속도를 내며 앞으로 나아갔다. 뉴–서펜트 호의 드레이크는 그 모습을 보며 알아서 속도를 줄였다.

나란히 달리던 두 대의 선박은 어느새 일렬로 자리하게 되었다. 그리고 두 대의 선박 우현 포문이 열린 것도 거의 동시였다.

"우현 포오오———"" "우— 현— 포——!"

"발사!"

"발사아아아아————!"

크라벤 해적 유저들의 같지만 다른 호령과 함께, 캘버린 포들이 불을 뿜었다.

휘이이이…….

사슬로 이어진 탄환들이 아무것도 없는 해수면으로 처박혔다.

바다가 터져 나갈 것 같은 굉음과 함께 솟아오르는 물보라들을 보며 유저들은 입을 다물었다. 적중했나? 맞았나? 어떻게 된 거지?

"적중했습니다. 하지만—"

"우오오오오! 좋았어! 크라벤 해적 놈들이 제법인데?!"

"어헛! 해적이라니! 명실상부 사략선장이라고! 30m급 오징어도 못 맞추면 그게 해적선의 선장—"

끼에에에에에——— 에에에———……!

아직 해수면엔 아무것도 없다.

그렇다면 이 소리는 '어떻게' 울려 퍼지는 것인가?

소리의 전달을 방해하는 바다를 꿰뚫고 나와, 공기 중에 퍼지는 게 이 정도의 포효라고……?

들떴던 유저들은 삽시간에 입을 다물었다.

후크 또한 뒷말을 잇지 못하고 그냥 입을 다물어 버리고 말았다.

"루비니 님? 아까 하시려던 말씀이 혹시…… . 적중은 했지만–"

보배는 등골을 스치고 지나가는 서늘함을 느꼈다. 루비니의 고개가 보배 쪽으로 서서히 돌아갔다.

"네…… 아무런 타격도 입히지 못했어요. 그리고 지금– 올라옵니다!"

끼와아아아아아아앗━━━━━━━━━━━!

푸확, 푸확, 푸확–!

바다에서 거대한 오징어 다리들이 튀어나오기 시작했다.

"선박 방어 대형으로! 다시 나란히 달려! 측면을 서로 보호해 줘야 한다!"

버크의 외침에 앞서 나갔던 청새치 호는 다시 뉴–서펜트 호의 좌측으로 이동했다.

단 한 번의 공격만으로도 능숙한 뱃사람 버크는 알 수 있었다.

크라켄은 화포 따위로 상대할 적이 아님을 말이다.

Geschoss 6

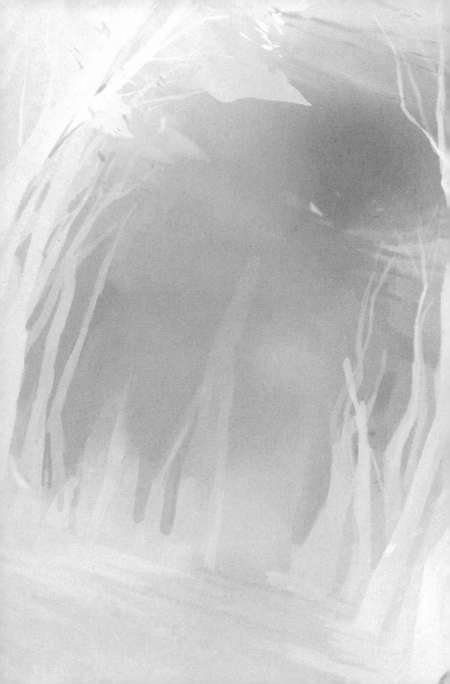

"커!" "두꺼워!" "길어!"

"무엇보다…… 많아!"

"뭣들 하는 거예요, 여러분?! 빨리 싸우기나 하시라고요!"

도미노처럼 튀어나오는 유저들의 감탄사를 들으며 보배가 투덜거렸다.

거리낌 없이 활시위를 당긴 그녀였으나 '어디로' 쏴야 하는 가? 그녀의 손이 바다 여기, 저기를 겨누며 허둥거렸다.

'어디를 공격해야 하지? 크라켄은 오징어 형태의 몬스터— 오징어와 같다고 한다면 다리가 열 개잖아!'

오징어 한 마리의 다리가 열 개다. 그런 크라켄이 열네 마리. 해수면 바깥으로 튀어나오는 다리의 수는 이미 백 개가 넘었다.

"으으음, 〈스프레드 애로우〉!"

그렇다면 우선 전부 다 먹여 버리자!

보배다운 화끈한 사고방식에서 나온 결과가 바다 위에 흩뿌려졌다.

갈래로 퍼지는 화살들은 청새치 호나 뉴−서펜트 호의 마스트만큼 두꺼운 오징어의 다리에 푸욱, 푸욱 박혀 들어갔다.

'좋았어, 먹혔나?!'

그러나 오징어 다리들의 움직임엔 변함이 없었다.

데미지가 얼마만큼 들어간 것인가? 크라켄들의 비명과 포효, 외침을 구분할 수 있는 유저는 없었다.

여기저기서 스킬 소리가 울리는 두 선박의 사이를 가로지르며, 페르낭이 고래고래 소리쳤다.

"안 돼요! 다리는 소용이 없어요! 물론− 모든 다리를 끊어 버리면 공격이야 무력화 되겠지만, 효율이 안 나옵니다! 녀석의 약점은 본체예요. 죽일 놈의 크라켄들! 다리는 최대한 견제하고 피하기만 하세요! 반드시 본체가 올라옵니다, 그때 회심의 일격을 먹여야 해요!"

"페르낭 씨……?"

"어쩔 수 없습니다! 놈들을 상대론 희생을 각오해야 해요! 엄청나게 끈질기니까, 오징어 같은 성질이 전투에도 적용이 되어서− 하여튼! 스킬들은 아끼면서 견제만 하세요. 가장 중요한 것은 타이밍! 그리고 그 타이밍까지 살아 있어야 하는 회피 능력입니다! 그것도 선박에 피해가 가선 안 되고요!"

페르낭은 악을 썼다.

평소와 달리 감정에 북받쳐 토로하는 그를 보며 유저들은 잠시 어리둥절했다.

"이번에야말로……."

페르낭은 크라켄에 대해 갖는 감정이 다른 유저들과 차이가 있을 수밖에 없었다.

지난 제1차 신대륙 원정대가 돌아서야만 했던 이유가 바로 저 크라켄 때문이었다.

각종 해수들을 상대하며 가까스로 온 여정이었기에 더 이상 희생양으로 내어줄 선박도 없었다.

유저인 페르낭이 있는 선박이 우선되는 시스템 덕에 결국 다른 선박이 희생하겠다며 나섰지만, 크라켄은 그것마저도 두고 보지 않았다.

동료 선박은 선박대로 희생당하고도 크라켄은 페르낭의 선박을 끈질기게 노리며 쫓아왔었다.

'결국은 부상당한 NPC 몇몇을 바다에 던지는 것으로 겨우 빠져나왔다…… 그때의 치욕이 아직도 잊히지 않아.'

게임이라는 것을 알지만 더 이상 오갈 수 없는 상황에 봉착했을 때의 긴장감, 위기 그리고 동료애.

페르낭은 이미 지난 제1차 신대륙 원정대에서 그 모든 것을 강제로 느꼈다.

바로 저 크라켄에 의해서 말이다.

끼에에에에에————————!

"한 마리!!"

크라켄의 포효 못지않게 페르낭의 외침도 컸다.

"뭐, 뭐가요?"

"겨우 한 마리 때문에 제1차 신대륙 원정대는 파멸했습니다! 이번엔 열네 마리에요! 무슨 뜻인지 아시겠죠?!"

단순 계산으로도 난이도가 14배 증가했다는 뜻.

하물며 이번엔 크라켄 주변의 어인들과 정체 모를 서펜트들도 있다고 했다.

유저들의 등골에 찌르르, 긴장감이 타고 흘렀다.

아지랑이처럼 넘실거리며 다가오는 오징어 다리들이지만 한 방, 한 방의 파괴력은 결코 적지 않다.

게다가 녀석들의 공격을 유인하고, 회피하며 본체에 스킬을 꽂아 넣되, '선박'에는 피해가 가지 않게끔 유도해야 한다고?

"겁나는가, 페르낭."

펄럭——— 펄럭————!

서펜트 호의 상공에서 알렉산더의 목소리가 들려왔다.

"제가 겁나는 게 아니라-"

"걱정 마라."

랭킹 1위이자 원정대의 대장은 지금 이 순간, 자신이 무엇을 해야 하는지 정확히 알고 있었다.

자신감을 불어넣어 주는 것.

적이 누가 되었든, 처음 상대해 보는 몬스터의 수가 얼마가 되었든.

상대 할 수 있다는 자신감을 심어 주는 것!

[저토록 많은 크라켄을 본 것은 처음이다. 실버 녀석들이 봤다면 좋아했을 텐데.]

"하지만 이제 못 보게 되지 않겠나."

[그렇겠지. 후으으으으읍―――――!]

"하쿳, 하키이이, 드래곤이다!"

"크라켄들을, 하키이잇, 아래로―! 물속으로!"

"하킷― 잠해에엥, 잠해에에엥―!"

크라켄들의 주변에서 첨벙, 첨벙 접영을 하며 돌아다니던 어인들이 황급히 물속으로 뛰어 들어갔다.

[어딜.]

화아아아아아―――――!

그러나 에인션트급 골드 드래곤의 브레스는 그렇게 녹록치 않았다.

바닷물을 증발시켜 버리는 초고열의 백화 브레스가 지나

간 자리는 뿌연 수증기만 남아 아지랑이처럼 피어올랐다.

까맣게 타 버린 오징어 다리 몇 개와 함께 말이다.

크라켄과 서펜트의 레이드 난이도가 높다?

페르낭의 걱정과 인어 NPC들의 근심, 그리고 이하의 불안을 마치 먼지처럼 불어 버려 없애는 사람이 바로 알렉산더였고, 또 그의 드래곤 베일리푸스였다.

끼에에에━━━━━━━━━━━━!

수증기가 미처 사라지기도 전, 오징어 머리 하나가 수면 밖으로 튀어나왔다.

베일리푸스의 브레스에 당한 녀석일까? 어차피 그런 것은 이제 중요하지 않았다.

"〈정의의 심판〉"

슈아아아악!

알렉산더의 창이 장대처럼 늘어나며 그 끝에 하얀빛이 모이기 시작했다. 파우스트가 봤다면 트라우마라도 걸릴 정도의 위력이 있는 그의 고유 스킬!

용기사로 주어진 스킬이 아니다.

'정의'를 수호하는, 마魔를 처단하고 선善을 집행하는 자에게만 주어지는 것! 이지원도 마스트에 올라가 군침을 흘리고 있었다.

"가자."

알렉산더는 베일리푸스의 목을 쥐고 창대를 겨드랑이에 끼웠다.

골드 드래곤과 알렉산더, 그리고 그의 창은 마치 원래 하나였던 것인양 크라켄을 향해 쏘아졌다.

끼이이이잇, 끼야아아아아악―

크라켄은 발광을 쳐 보지만 이미 녀석이 할 수 있는 일은 없었다.

전부 타 버린 다리는 말을 듣지 않는다.

그저 본능처럼, 자신을 향해 쇄도하는 빛의 덩어리를 향해 아가리를 벌리는 것뿐.

"입 닥쳐라, 오징어."

그리고 하나가 된 알렉산더와 베일리푸스는 크라켄의 아가리를 향해 정면으로 날아갔다.

입으로 들어가서 뒤통수로 나오는 엄청난 파괴력이었다.

크기조차 베일리푸스를 전부 삼킬 정도로 크지 않았기에, 그 돌격이 끝난 직후 크라켄의 머리는 완전히 산산조각이 나 버리고 말았다.

"와⋯⋯."

"저 돌격 공격을 보고 있으면, 알렉산더가 왠지 주인공 같다니까."

"흠, 어우, 냄새 고소한 것 봐."

"……기정 씨는 저 스킬을 본 소감이 그거예요?"

기정이 코를 벌름거리자 보배가 핀잔을 주었지만 그것은 오히려 좋은 신호였다.

"키킷, 뭐, 에인션트급 드래곤이 난리 친 것 치고는 한 마리밖에 못 잡은 거지만…… 저 정도라면 우리도 할 수 있죠."

"조오오와쓰! 거기, 진 님! 저번에 그 불 마법 준비되죠?"

"카운트 15초! 같이 갑시다!"

굳어 있던 유저들에게 다시 활기가 돌기 시작했다는 뜻이니까.

마법사 유저들이 스킬을 캐스팅하는 사이, 페이우와 '빡빡이 팬더', 그리고 배추 도사, 무 도사 형제도 선박 밖으로 뛰쳐나갔다.

"배로 다가오지 못하게 유인하는 건 우리들이 하겠습니다!"

"뉴-서펜트 호의 선수를 기준으로! 왼쪽에 분포된 녀석들부터 1, 2, 3, 4번 해서 쭉 번호 매길 테니까 광역 스킬 쓰기 전에 미리 신호 주세요!"

촤촤촤촤촤촤촤ㅡ!

수면을 스치듯 달리면서도 그들은 계획을 짜고 또 실행할 정도의 여유가 있었다.

물론 그들만 있는 건 아니었다.

테이머 용용도 그의 펫을, 소환사 엘미도 그의 소환물을, 징정정 또한 비행체로 변신해 크라켄의 다리를 공격하며 시선을 끌기 시작했다.

선박을 향해 다가오던 크라켄들은 더 이상 진행을 계속하지 못했다.

데미지가 크게 들어오지 않는다지만 '공격 수단'인 다리를 잃으면서까지 이동하는 것은 무리였기 때문이다.

"〈철사장〉"

"〈선풍각〉"

무도가들을 붙잡기 위해 오징어들의 다리가 허공에서 춤을 추듯 움직였으나, 무도가들은 능숙하게 그 공격을 피하고 있었다.

일반 배에 비하면 훨씬 작고 재빠른 그 움직임을 바닷속에 있는 오징어들이 붙잡는 것은 불가능에 가까웠다.

"진 님!? 준비 완료?"

파이로는 이미 캐스팅을 마치고 몸을 부들부들 떨며 엘리멘탈리스트 '진'을 불렀다.

마나 풀 챠지 상태에선 조금만 집중이 어긋나도, 스킬을 주체하지 못하고 강제적으로 토해 내는 위험이 있건만, 이런 상황에서도 그는 완벽할 정도로 콘트롤하고 있었다.

"준비 완료입니다!"

"우리도 거들겠습니다."

"번호나 말해라, 방화범."

그들의 곁에 키드와 루거도 다가왔다. 파이로의 큰 입이 좌우로 찢어졌다.

"조와아아아아쓰, 그럼 2버어어어언————!"

항행을 멈추지 않던 뉴-서펜트 호가 잠깐 흔들리지 않았나, 싶은 충격이었다.

불꽃술사 영웅의 후예 파이로, 엘리멘탈리스트 영웅의 후예 진, 머스킷티어 영웅의 후예인 키드와 루거.

네 사람의 스킬이 불처럼 전방으로 쏟아져 나간 곳에 남아 있는 다리는 없었다.

끼에에에에에에-!

고통을 참지 못한 크라켄의 본체가 수면으로 떠오르고, 루거가 다시 포환을 장전할 때, 그들의 뒤에서 목소리 하나가 빠르게 다가왔다.

"하드 리쉬 오졌고, 지렸고, 〈솔 블레이즈〉"

"이- 이지원 너 이-"

"〈코로나 제트〉!"

슈와아아아악-!

번개처럼 날아간 이지원은 크라켄의 눈에 정확하게 자신의 흑검을 꽂아 넣었다.

그것으로도 모자라, 이지원은 마치 눈알 속으로 들어가겠다는 듯 검을 돌리며 후벼 버리는 동작까지 행했다.

다소 잔인해 보이는 그 행위는 초-대형종 몬스터를 많이 상대해 본 이지원의 경험에서 녹아 나오는 즉사 포인트에 대한 공격이었고, 경험이 헛되지 않았다는 듯 크라켄은 단박에 잿빛으로 변했다.

"경험치 지린다! 감사! 수고렁!"

"너- 너 이놈, 저번 이고르 때도 그렇더니! 멈춰, 이 개새-"

루거가 화가 나서 달리려 했으나 이미 이지원은 비행 마법을 사용해 사라진 다음이었다.

루거는 부글부글 끓는 마음을 또 다른 크라켄을 향해 토해 냈다.

단순히 오는 것을 막거나, 나아가 싸우는 것만이 아니었다.

전투에 특화된 유저들이 날뛰고 있을 때에도 두 개의 선박에선 각 직업별 특성에 따른 완벽한 분업체계 소식이 상호간 전해지고 있었다.

"휴우, 우선 서, 선미 측 트랩은 전부 설치됐습니다. 크라켄의 다리가 그걸 건드리면 아주 작살이 날 거예요."

"저도 방패 조각 완료! 청새치 호 메인마스트만큼은 부러지지 않게 지키겠습니다!"

"뉴-서펜트 호 각 모서리와 키 주변에도 토템은 설치했습니다."

"HP 떨어지신 분은 저한테 오세요! 제가 대신 다 맞아 드릴 테니까! 젠장, 저것도 근접공격으로 분류되긴 하겠지?"

"수호성인의 검과 장판도 있어요! HP나 MP부족하면 채우고 가세요!"

말 그대로 그들의 목적 '신대륙 원정'을 위해 할 수 있는 최고, 최선의 스킬 구성들을 보며 페르낭은 잠시 전율에 몸을 떨었다.

역시 이 멤버는 '진짜'다.

끼에에에에에엣—

이전보다 열 배 이상 난이도가 높다고?

지금의 우리는 과거 제1차 신대륙 원정대보다 최소 백배 이상 강력한 팀이다!

"그런 건 아무런 문제도 안 돼, 이 빌어먹을 오징어 새끼들아아아아아——————!"

북받친 페르낭이 몇 년 묵은 체증을 쓸어 내듯 고함을 토해 냈으나 그에 답한 것은 크라켄들이 아니었다.

"하킷, 하큐우우웃—!"

"하큐, 하큐!"

크라켄 못지않게 거슬리는 어인들이 곳곳에서 튀어 오르기 시작했을 때, 바다의 분위기가 조금 바뀌었다.

"크윽, 이건 또 무슨— 형!"

"동생아! 〈금제禁制부〉!"

쉬이이익, 따아아악—!

배추 도사가 날린 부적 하나가 무 도사를 향해 다가가는 검은 선에 부착되었다.

디스펠처럼 해당 스킬을 무효화시켜 버리는 효과가 있는 것이었으나, 검은 선은 멈추지 않았다.

"어?"

검은 선이 무 도사에게 닿는 것은 순식간이었다.

퍼어어억……!

둔탁한 소리와 동시에 무 도사의 육체가 바닷속으로 처박혔다.

"무, 무야! 이런—"

동생을 향해 방향을 꺾던 배추 도사의 눈앞엔 어느샌가 하얀 선이 가로로 길게 그어져 있었다.

늦었다, 라고 생각했을 땐 이미 그의 몸이 날아가고 있는 중이었다.

수면을 밟으며 크라켄의 다리 사이를 가로지르던 두 명의 도사 유저의 시야가 검붉게 물들었다.

스킬도 아니고, 고작 평타형 타격 공격 한 방에.

수직으로 찌르듯 쏘아진 검은 선과, 수평으로 휩쓸듯 지나간 하얀 선은 다시 바닷속으로 들어갔다.

푸화아아아악—! 푸화아아아악—!

그리고 잠시 후, 다시 물보라가 튀어 올랐다.

분명 기둥 같은 것이 먼저 치솟았지만 유저들의 눈에 보인 것은 세로로 길게 찢어진 눈동자 네 개였다.

"저게……."

"서펜트…… 겠군요."

블랙 서펜트와 화이트 서펜트.

검고 흰 바다뱀들이 혀를 날름거릴 때마다, 세로로 길게 찢어진 그들의 눈에서 빛이 났다.

루비니의 안대마저 뚫어 버릴 듯 지독한 안광이었다.

"하큐웃! 가랏-! 하키!"

하큐쿠큐쿠큐————————!

하키캬키캬키————————!

어인들이 신이 난 듯 접영과 평영을 하며 수면을 요란스럽게 만들었을 때, 서펜트 두 마리가 두 채의 선박을 향해 다가오기 시작했다.

-크라켄의 약점은 몸통, 눈이 있는 그곳이라고요?

"그렇소. 오징어의 신체 구조를 알면 간단한 일이지만…… 만약 상부의 삼각뿔이 뇌가 있는 곳이라 착각한다면 힘든 싸움이 될 것이오."

"꼬로로록……."

이하는 고개를 끄덕였다.

기정에게 방금 전 받은 귓속말에 의하면 그 점에서 신대륙 원정대를 걱정할 것은 없는 듯했다.

'이지원도 그렇고 다들 약점을 찾아내는 데에는 귀신들이니까. 문제라면 방금 그건가.'

기정의 마지막 귓속말이었다.

'어, 바다뱀-' 하는 말과 함께 더 이상 연락이 오지 않고 있었다.

'그건 확실히 보통이 아닐 거야.'

말할 시간도 아껴 가며 속도를 높여야 하는 C팀이었지만, 이하는 시브림에게 계속해서 말을 걸 수밖에 없었다.

-그럼 서펜트는요? 그건 약점이 뭐죠?

"[스스로 빛나는 왕관을 머리에 얹고, 쌍두마차를 끌며 바다를 지배하는 해신] 해신님의 영광과 권능을 이 바다에선 그렇게 전하고 있소. 용궁의 해역 안에선 빛나는 왕관이, 용궁의 해역 안팎에선 바로 쌍두마차가 해신님의 권능을 증명하는 것이나 마찬가지란 말이오."

"부르륵?"

제대로 이해를 하긴 어려운 말이었지만, 이젠 시브림도 어느 정도 그 뉘앙스를 파악하고 있었다.

"바로 그 쌍두마차를 끄는 영광을 지닌 두 생물이자, '최강'의 바다 생물들이 서펜트요…… 그렇소, 문자 그대로의 최강이오. 바다의 그 어떤 해수도 서펜트를 상대로 이길 수 없소. 거대 곰치는 그들의 간식일 뿐이고, 간혹 해수면 근처까지 내려오는 자이언트 알바트로스조차 뛰어올라 낚아채 잡아먹기도 하오. 크라켄? 서펜트들을 마주 보면 먹물을 뿌려 대며 도망가기 바쁘지."

"꼬로로록……"

"해신님의 위엄을 퍼뜨리기 위해 그 권능을 나눠 받은 존재들이오. 약점 따윈 없소. 화염? 물? 얼음? 전기? 그 어떤 마법도 그들에겐 통하지 않지. 하물며 해저에서 가장 깊은 곳에 있는 돌보다 더 단단한 그들의 피부는? 가장 큰 문제가 그것이라오. 인간들이 만든 무기가 통할 존재가 아니라는 것 말이오."

시브림은 복잡한 표정이었다.

해신의 힘까지도 어느 정도 구현하는 존재가 바로 서펜트다.

따라서 운디네의 일족으로서 서펜트의 강함은, 그들 존재 자체에 대한 자부심이기도 하다.

허나, 지금의 상황은?

그게 곤란한 점이 되고 말았다.

서펜트들이 너무나 강해서 인간들이 전멸하면…… 그다음

곤란해지는 것은 자신들이다.

'뭐야? 스킬이 안 통한다는 건가? 아니, 그러면 아까 도우러 가자는 건 무슨 소리였지? 걍 가서 같이 죽자는 얘기였나?'

어쩌면 시간만 끌어 준다는 뜻이었을지도 모른다.

시브림의 복잡 미묘한 표정과 안데르송의 침울한 얼굴을 보면서도 이하는 포기하지 않았다.

들은 모든 것을 기정을 비롯한 유저들에게 전파하는 동시에, 어떻게든 한 가지 키워드라도 더 꺼내기 위해 애쓰고 있었다.

─그, 그럼 약점까진 아니어도 놈들을 잡을 방법은 없나요? 그냥 무작정 싸우기만 해야 하는 거라고요?

결국 원초적인 레이드의 방식!

상황이 상황이니 좀 더 효율적인 방법이 있다면 좋으련만, 결국 안 된다면 그렇게라도 해야 한다.

'아니야. 뭔가 방법이 있을 거야. 시브림의 말이 사실이라면 웬만한 보스급 이상, 어쩌면 어덜트급 화이트 드래곤 레이드 이상의 난이도가 있을지도 모른다는 소린데…… 그걸 아무런 공략법도 없이 그냥 때려잡으라는 건 심하잖아.'

이하는 철저하게 시브림을 추궁했다.

그리고 선박에 있는 유저들은, 부디 이하가 1분이라도 더

빨리 그런 정보를 얻어 주길 기다리는 상황이다.

빨리 뭐라고 말을 하라고!

이하의 조급함이 점점 더 커지고 있었다.

"〈아이스 블래스트〉"

"〈샐러맨더 러쉬〉"

람화정과 진의 마법이 빠르게 쏘아졌다.

단단하게 뭉친 얼음의 덩어리와 도마뱀의 형태를 갖춘 염화에도 서펜트들은 전혀 미동도 없었다.

그리고 한순간 혓바닥을 날름 내뱉었다.

——————!!

슈우우우…….

그들의 눈이 잠시 번쩍인가 싶었을 때, 이미 람화정과 진의 스킬은 무효화된 후였다.

"또…… 실패네요…….'"

"아니, 진짜 스킬이 안 먹히면 어떻게 싸우라는 거지?"

보배와 기정이 무력감을 느낄 때, 파앗-! 수면에서부터 두 개의 인영이 뉴-서펜트 호로 솟구쳐 올라왔다.

"후욱, 후욱, 라파엘라 님! 도사 형제들의 회복부터 부탁드립니다!"

"하아, 하아, 서펜트들이 나서고부터 어인들과 크라켄도 더 날뛰고 있습니다! 빨리 저걸 처리하지 못하면 이제 유인하기도 힘들 거예요! 지금은 사실상 알렉산더 님과 베일리푸스 님 두 분이 크라켄 전부를 막고 있는 셈이라고요!"

유저 한 명씩을 업고 올라온 페이우와 '빡빡이 팬더'도 고개를 저으며 주저앉았다.

이젠 일반 유저들의 수준에선 선박으로 녀석들을 다가오지 못하게 하는 것도 점점 힘에 부치고 있다.

남은 크라켄은 아직도 10마리.

그 모든 것을 골드 드래곤 혼자서 상대하고 있다는 뜻이었다.

크라켄들을 유인하다 가까스로 선박으로 복귀했으나, 그들에겐 조금의 쉴 시간도 허락되지 않았다.

"뿌히히힛, 자빠져 있는 네 녀석들을 위해 깜짝 파티를 준비했으니 놀지 말고 어인들 좀 잡아 봐!"

"〈런지〉!"

간혹 올라오는 어인들은 삐뜨르나 신나라 등 남은 유저들이 처리하고 있었지만, 점점 그들의 수는 점차 증가하는 추세였다.

조금 있으면 유저들이 막지 못할 정도로 어인들이 선박에 올라탈지도 모른다.

"젠장, 파도에 대한 저항 없이 쫓아오는 놈들에게서 어떻게 20일 이상 도망치라는 거야?!"

"처음부터 그럴 작정으로 진입한 거 아뇨! 가속 좀 더 해보쇼!"

버크와 크라벤의 유저는 투닥거리면서도 선박에 대한 조종에서 집중을 놓지 않았다.

그러나 버크의 말 그대로였다.

애당초 몬스터들에 대한 적절한 견제가 있다는 가정 하에 비슷한 속도를 유지할 수 있는 것이다.

그 견제도 없다면?

지금처럼 어인들과 크라켄, 그리고 서펜트는 차츰 선박을 향해 다가오는 건 당연한 일이다.

"혜인 님. 다시 한 번 준비되겠습니까."

"서펜트의 눈높이까지 올려 드리면 되죠?"

혜인의 말에 키드는 고개를 끄덕이곤 리볼버를 꺼내어 들었다.

"와일드 번치로 먹힐 녀석이 아니라는 건 네놈이 더 잘 알 텐데, 키드."

"그렇다고 해 보지도 않고 당신처럼 손 놓고 있을 순 없습니다, 루거."

"누가 손을 놓고 있었다고?"

투콱, 투콱.

루거는 〈코발트블루 파이톤〉에 탄 두 개를 연달아 넣었다. 그 모습을 흘끗 본 키드의 입가가 약간 올라갔다.

루거는 투쟁의 화신 같은 존재다.

알렉산더에게 패한 이후 오히려 더욱 자신을 갈고닦으며 성장시켰다.

평소와 다른 장전 방식을 보며 키드는 피식, 웃음을 내뱉었다.

"하여튼…… 아닌 척하는 데는 다들 선수입니다."

"하이하보단 아니지. 그리고 이딴 뱀대가리 하나 처치 못했다간, 그놈이 뭔 잔소리를 할지 모르니까 어쩔 수 없지 않나."

"그 점만큼은 동감입니다."

키드가 오른팔을 올렸다. 장전을 마친 루거는 키드의 곁에서 왼팔을 올렸다.

"캐스팅 완료입니다!"

"날뛰어 봐, 키드. 특별히 이번엔 이 몸이 보조해 주마."

혜인과 루거의 응원과 함께, 키드가 심호흡을 하며 앞으로 나섰다.

"〈리버스 그래비티〉, 〈스페이스 그랩〉"

혜인의 지팡이가 땅으로 꽂혔을 땐, 이미 공중의 키드는 자세를 잡은 후였다.

시이이————

샤아아아————

S자를 그리며 수면 위를 미끄러지듯 다가오던 서펜트들은 갑작스레 허공에 튀어 오른 인간을 발견하곤 전진을 멈추었다.

대가리를 치켜드는 것만으로도 이미 선박의 메인마스트 이상의 높이가 확보 가능할 정도로 거대한 몸통, 당연히 '먹이를 노리는 뱀의 눈' 또한 어마어마한 크기였다.

"어, 키드 씨!?"

"또 무슨 짓을 하려고- 〈썬더 볼트〉!"

암부스트의 석궁에서 빛이 번쩍였다.

날아가는 볼트에 담긴 강대한 전기 에너지는 수중 생물에게는 최악의 공격이다.

시이이이잇———————— 티잉-!

그러나 화이트 서펜트는 뭔 날파리가 꼬이냐는 듯, 꼬리부분을 들어 올려 볼트를 가볍게 쳐 내어 버렸다.

"……볼트는 박히지도 않고-"

"심지어 전기 속성도 그냥 무시해 버리네요."

"키킷, 하물며 저 속도에 반응한 건 또 어떻고요."

단단함과 속성 무시, 민첩성을 증명하는 데에는 고작 꼬리

흔들기 한 방이면 충분하다고 증명하는 것처럼 보였으나, 암부스트의 공격이 완전히 쓸모가 없는 것은 아니었다.

키드로 향한 서펜트들의 관심을 1초나마 돌릴 수 있었으니까.

샤아아아————!

그제야 다시 키드를 향해 눈을 돌리고 그를 잡아먹을 것처럼 수면에서 쇄도하는 서펜트들!

"루거! 3초만 더–"

"망할 놈이, 자신만만하게 올라가 놓고 드럽게 오래 걸리는 스킬도 쓰는군! 〈포탄 강화〉, 〈콜로스Koloss 쿠글Kugel〉."

루거는 스킬을 사용하기 위해 쇳소리까지 내며 〈코발트블루 파이톤〉을 들어 올렸다.

평소와 달리 끙끙거리는 소리를 내야 할 정도로 묵직한 포신이 가까스로 갑판 난간에 걸쳐졌다.

여태껏 많은 스킬들이 쏟아부어졌었다.

그러나 폭발과 화염을 비롯해 그 어떤 마법도 녀석에게 닿지 못함을 이미 다른 유저들 모두 파악한 상태다.

'콜로스 쿠글? 무슨 뜻이지? 괜히 애매한 스킬을 썼다간 시간을 끌기도 힘들 텐데–'

혜인은 자신의 곁에서 자세를 잡는 루거를 보며 잠시 걱정했다.

분석형 유저 타입의 세이지와 본능형 사냥 타입의 [관통] 머스킷티어는 서로를 평생 이해할 수 없을 것이다.

"크크크크, 서펜트 네놈들의 약점은 공격을 피하지 않는다는 것, 받아 낼 수 있다는 자신감 때문이겠지! 이럴 때일수록 복잡한 스킬을 쓸 게 아니야!"

철컥-!

서펜트들이 스킬을 삭제한다는 건 루거 또한 알고 있는 사실이다.

따라서 루거의 계획은 오히려 간단해졌다.

"더욱 심플하게! 오직 [힘]으로 밀어붙이는 거라고!"

루거는 조준을 마치곤 즉각 방아쇠를 당겼다. 평소의 몇 배나 되는 폭음이 이어졌다.

콰아앙, 콰아아앙————————————!

콜로스 쿠글!

〈거대한 포환〉이라는 이름 그대로의 스킬이 시전됐을 때, 루거의 코발트블루 파이톤에서 쏘아져 나간 것은 두 개의 바위나 마찬가지였다.

"우왁!?"

"뭐, 뭐야, 저 크기는!"

"총구보다 더 큰 총알이 어떻게 나갈 수 있는 거죠?"

유저들이 잠시 당황할 정도의 스킬이었다.

평소라면 엄청난 속도 때문에 포탄이 보이지 않아야 정상이건만, 포탄의 크기가 상상을 초월할 정도로 커졌기 때문에 유저들의 눈에도 똑똑히 보였다.

"대가리를 짓이겨 주마, 뱀 새끼들아아아아———!"

스킬로 급격히 확대된 포탄의 무게는 각각 약 30kg! 그 속도가 약간 줄어들었다곤 하지만 여전히 발사체의 속도는 시속 340km가량!

음속과 같은 속도를 내며 날아가는 각 30kg의 포탄을 보며 서펜트들도 잠시 당황했다.

샤아아앗————————?!

안광을 빛내 보지만 사라지지 않는다! 이것은 스킬이 아니라 말 그대로 강화된 물리적 타격!

"캬하하핫, 혜인! 대가리 좋은 네 녀석이라면 계산이 빠르겠지? 30kg의 무게가 시속 340km로 날아갈 때, 해당 물체가 갖는 운동 에너지는?!"

"-야, 약……."

갑작스레 질문을 받았으면서도 혜인은 머뭇거리지 않았다.

공간 좌표는 물리학과 수학이 그 근간이 되는 것, 저 정도의 질문은 암산이 귀찮을 뿐 혜인에겐 전혀 어려운 게 아니었다.

오히려 지금 이 순간!

서로를 전혀 이해할 수 없을 것 같던 세이지와 '포'를 다루는 머스킷티어는 같은 '수치'로 경악할 수 있는 것이다.

"대, 대략 일억 삼천삼백만 줄?! 무게 800kg의 경차가 시속 60km로 들이받을 때의 에너지 총량보다 큰 셈이에요!"

총 운동 에너지 133,783,704J.

루거는 무식했다. 아니, 어떤 면에선 가장 똑똑한 것이나 다름없었다.

시, 시이잇——!

서펜트들은 재빨리 꼬리를 휘둘러 포탄을 쳐 내려 했다. 그러나 에너지는 보존된다.

투콰아아아아악——————————!

서펜트들의 몸통이 휘청거리며 튕겨 나갔다.

최강의 수중 생물이 바닷속으로 처박히며 나가떨어진 것이다.

"……3초만 벌어 달라고 했더니 자신이 스포트라이트를 받는 겁니까……."

머쓱해진 키드가 혀를 찼으나, 싫어서 하는 소리는 아니었다.

바다 위에 둥둥 떠 있는 블랙 서펜트와 화이트 서펜트, 바다뱀들이 자랑하는 그 민첩성을 뽐낼 수 없다면?

바로 지금이 최고의 기회가 된다.

"고마우면 내 다리 사이를 기어서 지나가라고, 키드!"

"전혀 고맙지 않습니다."

루거 또한 그 사실을 알고 있었다.

키드는 퉁명스럽게 답하곤 스킬을 사용했다.

아주 작은 목소리였으나 키드의 발밑에 있는 루거는 똑똑히 들을 수 있었다.

스킬이 완전히 시전되기도 전, 루거를 놀라게 만드는 스킬 명名이었다.

"〈황야의 7인〉"

"저런 망할 놈⋯⋯."

루거는 누굴 향해서 하는 욕인지도 모른 채, 그저 본능처럼 욕을 흘릴 수밖에 없었다.

공중에 뜬 키드의 곁으로 생기는 흐릿한 인영은 무려 여섯.

'와일드 번치 때만 해도 셋이었다. 크롤랑을 잡을 때보다 또 성장했다는 뜻인가.'

키드를 포함해 네 개의 인영이 쏘아 대는 탄환의 수가 대체 몇 개였던가.

웬만한 자동 소총에 준하는 엄청난 연사와 속사가 이어졌던 걸 루거는 기억하고 있다.

'그때도 엄청났었는데, 지금은 공격력이 두 배가 됐다는 거군.'

여섯 명의 유령들은 키드를 중심으로 좌, 우에 늘어섰다. 키드를 포함한 일곱 명의 형체는 비슷하면서 조금씩 다른 포즈를 취했다.

'……지난번이 자동 소총급 [속사]였으면 이번엔 거의 개틀링급이로군.'

루거는 스킬의 위력을 보지 않아도 알 수 있었다. 준비는 빨랐고 사격은 더 빨랐다.

"갑시다."

키드의 신호와 함께 리볼버들이 불을 뿜기 시작했다.

일곱 사람이, 한 사람당 네 정을 들고, 한 정당 여섯 발을 뿜어낸다.

총성은 유저들의 귀를 멀어 버리게 할 정도로 끝없이, 계속해서 이어졌다.

————————————!

그것도 두 번이나.

━━━━━━━━━━━━━━━━━━━━━!

순식간에 쏘아진 탄환은 336발이었다.

블랙 서펜트의 비늘을 타격한 것이 168발, 화이트 서펜트의 몸을 헤집어 놓은 것이 또 168발.

수면에 떠 있는 어인들은 키드의 공격에 반응하지 못했다.

그 자신들, 어인들조차도 제대로 다룰 수 없는, 가까스로 끌고 온 서펜트들이 해면에 축 늘어져 있는 모습을 보면서 말이다.

"후우우우……."

키드는 리볼버를 두 바퀴 돌리곤 자신의 홀스터에 꽂아 넣었다.

"큭큭, 알렉산더랑 같이 다니더니 물들었군. 권총은 뭐하러 돌리나."

"흠, 흠, 이런 게…… 스웩이라는 겁니다, 루거."

"스웩 같은 소리. 웩이다, 웩."

곁에 있던 혜인은 새삼 이런 실없는 농담을 하는 유저들이, 방금 그 스킬을 쓴 유저들과 동일인물인지 헷갈렸다.

마치 [제2차 인마대전 영웅의 후예, 삼총사]는 저런 성격이어야만 할 수 있다는 것처럼 보일 지경이었다.

그러나 이하도 딱히 부정할 순 없으리라. 혜인의 추측 속에는 이하도 포함되어 있었기 때문이다.

"유령……? 소환 스킬인가요?"

"키킷, 더러워서 영웅의 후예 직업 새로 찾든가 해야지 원."

"대에에에바아아악!"

"와…… 근데 저걸 나한테 쏜다고 생각하면— 대체 어떻게 막아야 하지?"

청새치 호와 뉴—서펜트 호에선 감탄과 경악, 환호 등이 폭발적으로 터졌다.

서펜트 두 마리가 바닷속으로 처박히고, 어인들의 어안이 벙벙한 시간이 흘렀다.

그것은 머스킷티어 두 사람이서 만들어 낸 아주 소중한 틈이나 다름없었다.

"후우우…… 이제야 쓰러졌지만 진짜 괴물 같은 괴물이었어."

"꼬리 후려치기 한 방에 HP 4분의 3가량이 빠지던데…… 다시는 맞고 싶지 않군."

무 도사와 배추 도사를 비롯한 다른 유저들이 회복할 여유가 생겼기 때문이다.

"크라켄 녀석들이 여간 귀찮은 게 아니군. 베일리푸스, 남은 수는?"

[여덟 마리가량이다. 이젠 다리조차 뻗지 않는군. 수중으

208 맘답의 사수 17

로만 움직일 셈인가.]

베일리푸스가 콧바람을 훙, 뿜으며 상공을 배회했다. 최초의 브레스 이후로 크라켄들은 다리를 해수면으로 내미는 것조차 두려워하고 있었다.

눈치가 빠르다고 해야 할지, 약았다고 해야 할지.

알렉산더와 베일리푸스 입장에선 상대하기 어려운 몬스터들은 아니었으나, 계속해서 신경이 거슬렸다.

"마법 견제도 부탁한다."

[알고 있다. 선박으로 향하지 못하게 해야 할 테니.]

조금만 한눈을 팔았다간 크라켄 중 한 마리라도 선박에 다가갈 것이다.

트랩퍼와 조각가, 주술사 등 각종 방어 스킬들을 둘러놓았지만 그것도 한, 두 마리를 막을 때나 유효하다.

숫자가 늘어날수록 선박이 파괴될 확률은 기하급수적으로 올라갈 것을 알렉산더 또한 잘 알고 있었다.

"다행이라면 삼총사의 활약이겠군. 베일리푸스 네가 걱정하던 서펜트들을 훌륭하게 막아 냈어."

[음. 하이하에만 집중할 게 아니었다. 루거와 키드 또한 만만치 않게 성장하고 있어. 긴장되지 않나, 알렉산더.]

[플레임 스트라이크.]

쿠콰콰콰콰콰, 알렉산더와 대화하는 도중에도 베일리푸스는 화염 마법을 바닷속으로 꽂아 넣었다.

치솟는 물보라 너머, 아래의 검은 얼룩이 점점 더 깊은 곳으로 도망치는 모습이 보였다.

"긴장? 내가 왜 긴장해야 하지?"

[하핫, 그런가.]

알렉산더의 여유를 들으며 베일리푸스가 호탕하게 웃었다.

말도 안 되는 운동 에너지를 쏟아 낸 루거의 스킬도, 중세 시대 배경의 미들 어스에서 개틀링 건과 같은 화력을 뿜어낸 키드의 스킬도, 알렉산더를 긴장시킬 순 없었다.

"음?"

오히려 지금 긴장해야 할 것은 다른 쪽에 있으리라.

알렉산더는 반대편 갑판 방향을 보며 눈살을 찌푸렸다.

시—— 샤아———————…….

샤앗——— 시시시…….

"헐…….."

"서, 서펜트가 일어난다!"

바다 위에 떠다니는 미역 줄기처럼 뻗어 버린 서펜트 두 마리가 서서히 몸을 일으키고 있었다.

청새치 호와 뉴-서펜트 호 전역에 절망 섞인 불안감이 퍼졌다.

이제 저것을 어떻게 막아야 하지?

베일리푸스를 불러들이는 순간 크라켄에 의해 선박이 파

괴될 것이다.

오로지 유저들의 힘만으로 막아야 한다는 뜻.

그러나 아직 유저들의 회복은 전부 끝나지 않은 상태이며, 지금껏 사용한 스킬들의 쿨타임은 아직 다 돌지 않았다.

지금만큼은 알렉산더와 이지원, 람화정 등 온갖 랭커는 물론이고, 모든 유저들의 생각이 잠시 굳을 수밖에 없었다.

"후, 후우우…… 하아아아……. 저기, 반탈 님이랑 친하신 분 계신가요? 제가 나가게 되면 그분한테 연락할 테니 연락처 좀 알려 주세요. 바로 접속하라고 할 테니까. 이메일 같은 거라도."

그러던 와중에 손목, 발목을 풀며 서서히 앞으로 나서는 유저가 있었다.

약간은 어리숙한 표정과 본인도 긴장한 티를 철철 내고 있는 남자였다.

듬직한 체구에 장난기 많은 얼굴이 묘하게 잘 어울리는 사람.

"……기정 씨?"

보배의 눈이 동그랗게 되었다.

호흡을 가다듬고 자신의 무기와 방패를 어루만지며 앞으로 나서는 기정을 보며, 기정 또한 작은 미소를 지었다.

"제가 나서서 탱킹하면 몇 분이나 버틸 수 있을까요?"

Geschoss 7

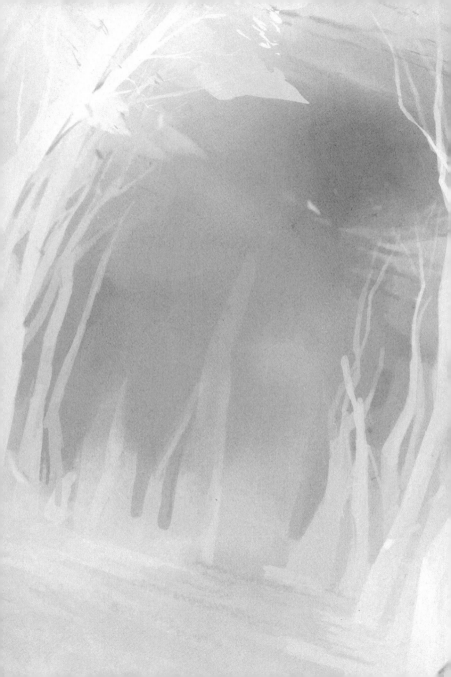

"그게 무슨-"

"하, 하다못해 10분만 시간 끌어도 거리를 벌리기엔 충분하겠죠?"

"무슨! 무슨 말도 안 되는 생각을 하는 거예요! 절대 허락 못해요."

보배는 기정의 생각을 바로 알 수 있었다.

현재 접속자 중 유일한 탱커인 자신이 나서서 시간을 끌겠다는 것.

얼마간은 버틸 수 있을지 모른다.

물 위에 멈출 수 있는 마법을 잠깐 써 주거나, 보트를 띄워 그곳에 버티고 선다면 확실히 5분은 버틸 것이다.

그러나 그 이후는?

"기정 씨가 죽는다고요! 다시 구하러 올 수도 없잖아요!"

100% 사망 확정.

그러나 기정의 눈은 결연했다.

"그래도 누군가는 해야 하는 일인걸요. 하핫, 안 그래요?"

하겠다고 나선 사람이 그 상황을 생각하지 않았을 리가 없다. 보배는 기정의 얼굴을 보다 말문이 막혀 버렸다.

"키킷, 어쩜 형제가 저렇게 똑같은지……."

"친형제도 아니라고 했으면서 말이에요."

비예미와 징겅겅이 한 소리씩 했다.

이런 소리를 하는 이유도 간단했다.

그들도 보배와 마찬가지로 기정의 생각에 동의하지 않았기 때문이다.

"케이, 네가 없으면 안 돼. 서펜트 이후에 나올 또 다른 녀석들의 가능성이나– 신대륙 도착 이후를 고려해도…… 우리는 하드 탱커가 필요해."

혜인도 적극적으로 나서서 기정의 팔을 잡았다.

그러나 기정의 고집을 꺾진 못했다. 만약 이 방법 외의 다른 방법이 있다면 그렇게 할 것이다. 하지만 없다.

양쪽 선박의 모든 '인간'들은 더 이상 다른 방법이 없다는 것을 알고 있었다.

"아니, 가망성 없는 얘기는 아니다. 후크! 키를 잡아 주겠나."

"……드레이크 선장?"

그러나 양쪽 선박에 '인간'만 있는 것은 아니었다.

드레이크는 후크에게 키를 맡기고 기정이 있는 갑판 난간 쪽을 향해 걸었다.

"마스터케이."

"예, 드레이크…… 선장님."

"얼마나 버틸 수 있지."

"저 서펜트들의 공격력은 알 수 없지만…… 적어도 열 대는 버틸 겁니다."

배추 도사와 무 도사, 힐러 계통 직군이지만 근접전에 능한 직업이다.

체력도 일반 사제들보다는 훨씬 많을 터!

그런 그들이 딱 한 방씩을 버티지 못했다. 그런데 열 대를 버틴다고?

주변 유저들의 눈이 휘둥그레졌지만 기정은 결코 자신의 실력을 과대평가하지 않았다.

도사 형제와는 방어구도 다르다, 버프도 받을 수 있다.

'무엇보다 이하 형이 준 검이 있다. 서펜트들이 근접 공격만 해 준다면…….'

열 대는 충분히 버티고도 남는다는 게 기정의 계산이었다.

"음……. 3분만 버텨 주게."

"사, 삼 분이요?"

열 대와 삼 분의 차이를 알고 얘기하는 걸까?

그러나 기정이 뭐라 말하기도 전, 이미 드레이크는 자신의 계획을 실행하기 시작했다.

"부탁하네."

화아아아아─────!!

"웃?!"

드레이크의 발밑에서 막대한 에너지의 파동이 뿜어져 나왔다. 크라켄들을 내쫓던 베일리푸스조차 움찔할 정도의 기운이었다.

"무슨 일이지?"

[……해신의 기운을?]

"해신의 기운? 드레이크가 뭔가를 하려고 한다는 건가?"

[뭔가를 하는 정도가 아니다. 드레이크는 아마…….]

베일리푸스는 뉴-서펜트 호의 갑판을 잠시 바라보았다.

드레이크와 그를 둘러싼 유저들이 보이는 지점에서 푸른 빛이 번쩍이고 있었다.

"어이! 드레이크! 이 빌어먹을 놈! 무슨 짓을 하려는 거야?!"

"버크."

"이, 이잇─ 키 잡아! 드레이크! 헛짓거리 하지 말고, 키 잡아! 우리는 뱃사람이다! 사람이라고!"

건너편 선박에서 지르는 소리임에도 버크의 쩌렁쩌렁한 목소리는 드레이크에게 충분히 닿았다.

드레이크는 잠시 청새치 호의 키를 잡고 운용하는 버크를 바라보았으나 그뿐이었다.

그는 다시 서펜트를 향해 고개를 돌렸다.

"인간이라면, 네 녀석이 정말 인간이라면 키를 잡아아아 아아아—!"

평생의 라이벌이 무언가를 하려 한다는 걸, 무언가로 '변하려' 한다는 걸 어렴풋이 느낀 버크의 외침은 허무하게 사그라질 뿐이었다.

시이이이잇————————

샤아아아————————

"3분이라…… 라파엘라 님! 그리고 도사님들, 저한테 풀 버프 주세요! 그리고 다른 분들은 모두 선실 아래로 피하시고! 괜히 휩쓸리면 아까운 작전만 실패합니다, 얼른 들어들 가세요!"

유저들이 전부 선실로 들어가면 어인은 어떻게 할 것인가? 아직 유저들의 의문은 미처 풀리지 않았지만 더 이상 여유가 없는 건 확실했다.

이제 남은 방법은 하나뿐이었다.

드레이크와 기정을 믿고 기도하는 것.

유저들의 생각이 일치되자 그들은 NPC들과 함께 우르르 선실 안으로 들어갔다.

마지막까지 발을 떼지 못하고 있는 사람은 한 명밖에 없었다.

"기, 기정 씨-"

"보배 씨! 저 화내기 전에 얼른 내려가세요! 어차피 화살로 데미지 안 박히는 거 뻔히 봤잖아요!"

보배의 걱정스런 얼굴에 대고 기정은 버럭, 화를 내었다.

그가 보배를 향해 언성을 높이는 것은 이번이 처음이었다.

"하지만……."

그럼에도 보배는 울상이 될 수밖에 없었다.

실패하면? 기정은 이제 끝이다.

재수가 좋으면 구대륙의 마지막 마을에서 태어나겠지만, 어쨌든 신대륙 원정대와 함께할 모든 메리트는 놓치게 된다.

보배는 자신이 아끼는 남자가 그렇게 희생하는 모습을 차마 볼 수 없었다.

"걱정 말아요. 걱정 말고 내려가 있어요. 가끔 이렇게 남자다운 모습 보여 줄 때는 못 이기는 척, 숨어야 더 매력 있어 보이잖아요. 히, 보배 씨 볼 살이 많이도 늘어나네."

기정은 그런 보배에게 다가가 볼을 잡아당겼다.

서슴없는 동작에도 보배는 그의 손길을 치우지 않았다. 청새치 호의 신나라가 그 모습을 어렴풋 보았을 뿐이다.

"알았어요. 죽으면 죽을 줄 알아요?! 대신 성공하면-"

"하핫, 알게쓰다! 걱정 맙쇼!"

기정이 보배와 눈빛을 나누는 사이, 이미 라파엘라를 비롯한 힐러들의 스킬이 기정의 몸을 잔뜩 덮었다.

"아자! 오늘 한번 죽어 보자!"

어느새 뉴-서펜트 호의 갑판 인근까지 다가온 블랙 서펜트를 향해 기정이 달려 나갔다.

드레이크의 앞을 가로막은 기정에게 가해진 첫 번째 공격은 꼬리치기가 아니었다.

샤아아아아앗————————!

새카만 비늘로 뒤덮인 바다뱀은 기정의 허리를 끊어 버릴 듯 아가리를 벌렸다.

"와라아아아아————————!"

콰드드드득-!

용궁의 해역 진입 약 8일차의 일이었다.

블랙 서펜트와 화이트 서펜트는 그 대가리만 해도 사람보다 훨씬 크다.

목을 옆으로 비틀며 번개처럼 쏘아진 공격 한 방은 사실상 기정의 머리를 제외한 전신을 깨물기에 충분했다.

"————————!"

갑주가 우그러지는 소리가 반대편 청새치 호에서도 들릴 정도였다.

비단 우그러진 것은 갑주만이 아니었다.

서펜트의 아가리 옆으로 삐져나온 기정의 얼굴도 한껏 구겨져 있었다.

기정과 이하가 서로 밝히지 않은 것 중 한 가지가 있었다. 그것은 바로 동화율.

확실하고 섬세한 탱킹을 위해 기정의 동화율은 50%를 '초과'한 상태였다.

미들 어스에서 그가 느끼는 현실적인 감각은 이하보다 더 또렷한 셈이었다.

서펜트의 이빨에 찍히는 아픔이 미적지근할 리가 없었다.

청새치 호의 유저들은 선실 아래로 전부 내려가지 않았다.

좌측 갑판 쪽에서 튀어 오르는 어인들을 상대하려면 최소한의 방어 인원은 필요했기 때문이다.

따라서 기정이 물려 있는 모습을 똑똑히 볼 수 있었다.

"기, 기정 씨이이이이이————————!"

신나라가 자기도 모르게 손으로 입을 감싸며 소리를 지를 정도로 말이다.

-소리…… 소리 지르지 마세요, 보배 씨 들을라…….

기정은 가까스로 고개를 돌려 청새치 호를 바라보았다. 신나라의 얼굴은 보이지 않았다.

'시야는 괜찮다. HP 감소가 생각보다 크진 않은 거야. 머

리가 안 물린 게 천만 다행이지만―'

마치 거대한 손에 기정이 쥐어진 것처럼 보였다.

그러나 손처럼 부드러운 피부가 아니라 독까지 있는 바다 뱀의 날카로운 이빨이라는 게 기정에게는 기분 좋은 일이 아니었다.

콰드드득―!

서펜트의 이빨이 갑주와 갑주 틈 사이로 다시 한 번 비집고 들어왔다.

기정은 자신의 피부를 파고드는 차갑고 뾰족한 물체의 감각을 아주 잘 느낄 수 있었다.

'역시 뱀은 뱀이라 이건가.'

상태이상 [중독]과 [출혈], [기절]의 삼종 콤보.

보통의 뱀이나 파충류 형 몬스터가 한 종류의 독을 지니는 점을 고려한다면 서펜트는 확실히 그 이름값에 걸맞는 몬스터였다.

'이하 형이 준 검이 아니었으면 위험했겠어. 이런 상황에 스턴까지 걸리면 진짜 죽었을 거야.'

서펜트의 깨물기 공격도 '근접 공격'으로 분류된다.

이름 없는 팔라딘의 검에 의한 버프 덕분에 이 공격도 절반가량의 데미지를 무시해 버린 것이나 마찬가지다.

상태이상 [중독]과 [출혈]에 더해 데미지도 만만치 않았지만, 상태 이상 [기절]에 빠지지 않은 게 기정에겐 천만다행이었다.

'킥킥, 하긴, 상태 이상이 아니어도 이런 거대한 뱀한테 물리면 쇼크 때문에 기절하겠는데.'

기정은 그 와중에도 스스로에게 농담을 걸며 긴장을 풀며 고개를 털었다.

지속 데미지가 계속해서 빠지는 상황을 가만히 두고 봤다간 정말로 위험해질지도 모른다.

"어서 빠져나오세요, 기정 씨!"

-소리, 지르지- 마시라니깐. 아! 보배 씨한테 이런 모습 보인 건 비밀입니다……?

그 와중에도 좋아하는 여성에게 약한 모습이 들킬까 걱정인 게 남성의 마음이지 않을까.

기정은 신나라에게 재빨리 귓속말을 날리곤 안간힘을 쓰기 시작했다.

"망할 뱀…… 새끼가-!"

시이이잇————?

블랙 서펜트는 자신이 물고 있는 상대가 아직 죽지 않았다는 사실에 황당했다.

하물며 기절조차 하지 않았다니?

시브림이 말한 대로 최강의 수중 생물인 서펜트에겐 이해할 수 없는 반응이었다.

"움─ 직이는 건─ 현실 같아도────────"

기정은 꾸물거리며 팔을 올리고 있었다.

오른손은 검을 쥔 주먹으로, 왼손은 들고 있던 방패로 서펜트의 입천장과 혀에 각각 닿기 위해 처절하게 몸부림치는 기정.

그극─ 그그그극…….

동화율은 50%를 초과한다는 것은 고통만 현실에 가까운 감각으로 느낀다는 게 아니다. 미들 어스 안에서 자신의 신체 전부를 더욱 현실에 가깝게 움직일 수 있다는 뜻!

기정의 얼굴이 터질 듯 새빨갛게 달아올랐을 때, 그는 모았던 힘을 양팔에 한 번에 주며 서펜트의 아가리를 밀어 젖혔다.

"─내 힘은─ 미들 어스의 근력 수치─ 그대로라고────!"

파아아앗─!

기정은 서펜트의 입에서 풀려나기 무섭게 이름 없는 팔라딘의 검을 휘둘렀다. 그러나 지능이 높은 서펜트는 일찌감치 그 반격을 예측하고 있었다.

시이이이잇──!

기정을 물었던 블랙 서펜트가 황급히 고개를 떼어 내고, 기정이 허공을 향해 헛손질 했을 때, 날아오는 것은 화이트 서펜트의 꼬리였다.

"두 번 당하겠냐!? 〈아흘로의 가디언〉, 〈신속 방어〉!"

화아아아악!

기정의 몸에서 주황색 빛이 번쩍였다.

기정은 단순히 방패만 사용하는 탱커가 아니다. 그의 직업은 엄연히 템플러, 에즈웬 교단의 신성력을 빌려 쓰는 성기사격의 직업이다.

자신이 갖고 있는 신성력을 방어력으로 전환하고, 민첩이 높은 적의 공격에도 방패가 반응할 수 있도록 버프를 걸고, 덩치 큰 적을 상대할 때 물러서지 않기 위한 대비까지!

"그리고 〈전선 유지〉! 자체 버프라면 나도 얼마든지 있——!"

콰아아아아아앙——————!

말을 끝내기도 전, 화이트 서펜트의 꼬리 부분이 기정을 강타했다.

"기, 기정 씨이-"

신나라가 다시 한 번 소리를 질렀으나 그 소리조차 주변의 다른 소음에 먹혀 버릴 수밖에 없었다.

화이트 서펜트가 기정을 향해 최초의 꼬리치기를 한 이후에도 공격은 멈추지 않았다.

콰아아앙, 콰아아앙, 콰아아아앙————!

블랙 서펜트와 화이트 서펜트는 마치 번갈아 가며 못이라도 박듯, 온갖 방향에서 기정을 향해 꼬리를 휘두르고 있었으니까.

청새치 호의 다른 유저들도 질겁을 할 정도로 매서운 공격이 계속해서 몰아쳤다.

거대한 채찍이 기정의 몸을 쉼 없이 후려갈기고 있는 모습에, 기정의 실루엣도 제대로 보이지 않을 지경이었다.

"기정 씨이——!"

레벨의 대부분을 왕궁과 세이크리드 기사단의 퀘스트로 올린 신나라는, 보는 것만으로도 기절할 것 같은 상황이었다.

압도적인 체격 차이에서 무차별적으로 꽂히는 공격!

청새치 호의 유저들은 악에 받친 기정의 외침을 듣고서야 그가 살아 있다는 걸 알 수 있었다.

"으아아! 때려 봐, 이 뱀- 새- 끼-들아————!"

서펜트들은 기정의 외침을 무시하지 않았다.

녀석들의 공격은 더욱 매섭고, 더욱 빨라졌다.

시이이이잇———!!

뉴-서펜트 호의 갑판 끝에서 진짜 서펜트들이 거리낌 없이 날뛰고 있었다.

기정이 호언장담했던 열 대의 공격 버티기는 이미 지난 지 오래였다. 1분도 채 되지 않아 기정에게 가해진 공격이 이미 열여덟 대가 넘기 때문이다.

그러나 드레이크가 벌어 달라고 부탁한 시간은 3분이다.

기정의 수난은 이제부터 시작이었다.

……! ……!

문을 꽉 닫은 선박 내부의 선실에선 간헐적으로 소음이 들렸다. 무언가가 거세게 부딪치는 소리, 누군가가 비명 또는 고함을 지르는 소리……!

"방금 그 소리 뭐였죠? 기정 씨 소리 아녜요?"

주먹이 하얗게 될 정도로 활을 꽉 움켜쥐고 있던 보배의 몸은 그때마다 움찔거렸다.

금방이라도 달려 나가겠다는 그녀의 몸짓과 표정은 비 맞은 강아지처럼 불안해 보였으나, 다른 유저들은 그녀와 생각이 달랐다.

"키킷, 지금 나가시면 길마님이 보배 님 원망할 거예요."

"믿고 기다리는 때도 필요한 겁니다."

보배와 기정이 대략 어떤 사이인지 비예미와 혜인 또한 알고 있었다.

그러나 보배의 걱정은 단순히 기정과 연인에 가까운 사이이기 때문에 우려하는 것이 아니었다.

"하지만…… 기정 씨 약하잖아요."

보배는 기정과 단 한 번도 사냥을 같이 해 본 적이 없기 때문이다.

　토너먼트에서 기정이 싸우는 모습을 봤지만 그것은 PVP의 상황이었을 뿐이다. 보스급 몬스터의 레이드 사냥 등은 본 적이 없으니, 당연히 걱정이 될 수밖에 없었다.

　그 생각은 뉴-서펜트 호로 건너와 같이 선실에 들어와 앉아 있는 치요도 마찬가지였다.

　'맞아. 실력으로 따지면 별초에서 제일 특이 사항이 없는 게 '마스터케이'일 텐데…… 단순히 그 친화력 때문에 후임 길드 마스터의 자리를 이어받은 것 아니었나?'

　시노비구미의 수장이 가진 정보력으로도 그 정도까지밖에 알려진 게 없었다.

　별초가 대륙급 규모의 길드도 아니었거니와, 화홍과의 길드전에서 패한 후부터 크게 관심에 들지 않았기 때문이다.

　그러나 치요는 직감적으로 알 수 있었다.

　같은 별초 소속인 비예미와 혜인의 표정을 보면서.

　'이상할 정도로 너무 침착해.'

　루거와 키드의 압도적인 스킬을 맞고도 일어난 것이 저 서펜트들이다.

　지능적인 기동에 재빠른 몸놀림, 웬만한 마법을 디스펠해 버리는 스킬의 구비까지 보자면 한 마리, 한 마리가 최소 레벨 280 이상의 필드 보스급.

　조금 더 보태면 어덜트 드래곤급이라고 봐도 과언이 아

니다.

'애당초 혼자서 탱킹하는 게 말도 안 돼. 그것도 두 마리나 되는 걸……. 저 이고르가 풀 도핑을 하면서 싸워야 상대할 만할까. 그런데 변변한 공격 스킬 하나 없는 탱커 주제에…….'

그런 녀석에게서 홀로 3분을 버티겠다고 나서는 길드 마스터를 보고도 길드원들은 너무 침착했다.

어차피 곁에 있어 봐야 도움이 되지 않으니, 합리적인 선택에 의해 탱커를 희생양으로 세웠는가?

'그렇다고 생각했는데…… 뭔가 숨기는 게 있어?'

치요는 비예미, 혜인 등 기정과 친한 유저들을 재빠르게 한 번 훑었다.

옅은 미소만 띄고 있는 그들의 얼굴. 그 표정이 치요에게 거슬렸다.

"키킷, 이거, 이거……. 우리 길마님 간만에 멋지게 보이려고 나선 것 같은데."

"크흠, 그러게요. 제가 보기에도 그래 보이던데. 보배 님이 그런 말 했다는 건 저희가 비밀로 해 드릴게요."

"무, 무슨 말씀이세요……?"

비예미와 징경징의 말에 보배는 고개만 갸웃거렸다. 혜인이 차분한 얼굴로 보배를 마주 보며 그녀를 안심시켰다.

"케이가 저 성격 때문에 약해 보이는 일면이 있긴 하지만 그렇지 않습니다. 길드 마스터가 된 것도 단지 성격 때문만이 아니라는 얘기죠."

"그럼요……?"

"키킷, 보배 님은 들어도 모르실 거예요. '탱킹 각'이라고 아세요?"

"네? 아뇨……."

"미들 어스는 그냥 맞는다고 같은 데미지가 적용되는 게 아녜요. 전투 보조 시스템이 켜져 있다면 그럴 만하지만……. 하여튼 우수한 탱커일수록 적의 공격 모션을 보며 자신의 피격 각도와 부위를 조절할 수 있어요. 저도 얼마 전에 마스터 케이 님께 배운 거라 아는 척하기에 민망하네요."

혜인과 비예미의 말에 징겅겅이 설명을 보탰다.

같은 길드원이 아닌 징겅겅에게도 기정은 자신의 노하우를 알려 줄 정도로 친절했다.

그 성품 때문에 길드 마스터가 된 게 아닐까, 생각했는데 그게 아니라는 뜻이다.

"키킷, 그리고 우리 길마님은- 보기엔 믿음이 안 가는 건 저도 인정하지만…… 저래 봬도 '탱킹 각'의 천재라고요."

공격도 일반 공격과 다른 치명타 부위와 즉사 부위가 있다.

일반 공격이 적용되는 부위에서도 각 부위별 데미지가 다르게 들어가는 건 당연하다.

그렇다면 방어에선 그런 시스템이 없을까? 물론 있다!

'탱킹 각'을 잘 조절한다는 것은 말하자면 [최대한 안 아프

게 맞는 것]이라는 뜻!

쓸모없는 재능이라고 할 수는 없을 것이다.

기정은 본능적으로 그 노하우를 알고 있었다.

그것이야말로 회피가 아니라 방어로 적을 상대하는 '탱커'의 재능이리라.

—바닷물을 체력 회복의 근원으로 삼는다고요? 그거 완전 사기—

"그렇소. 인간들의 힘은 믿으나 그들만의 공격으론 서펜트를 쓰러뜨릴 수 없을 것이오."

시브림과 안데르송은 그 와중에도 속도를 늦추지 않았다. 이제 와서 이하가 돌아가자고 한들 돌릴 수 없다고 주장하듯이.

이하 또한 돌아갈 마음은 없었다.

그러나 크라켄의 공략 방법도 만만치 않은데 서펜트의 공략 방법은 더욱 오리무중인 상황이어서 답답할 따름이었다.

—그러면 대체…….

"방법이 있다면 하나뿐이오."

-그게 뭐죠?

"서펜트들이 어인에 의해 강제 조종을 당하고 있을 경우라
면…… 방법이 있소. 그 조종술을 풀어내기만 하면 되오."

-어인들을 전부 잡으면 된다는 말씀이신가요?

이하는 귓속말로 물으며 고개를 들었다.

자신을 뒤에서 끌어안고 고속으로 나아가고 있는 시브림
이 고개를 젓는 모습이 이하에게 보였다.

"그게 아니오. 조종술은…… 하물며 서펜트를 조종하는
것은 일반 어인 따위가 할 수 있는 게 아니오. 아까도 말했듯
서펜트는 해신의 권능을 나눠 받고, 해신의 위력을 온 바다
에 행하는 존재들."

"……꼬록-!"

이하의 입에서 기포가 튀어나왔다.

시브림이 지금 말하고자 하는 뉘앙스가 무엇인지 알 수 있
었다.

-해신이…… 오염된 해신이 서펜트들을 보냈다는 말씀이

신가요?

"단순히 서펜트들을 몰아서 갔다면 그게 아니겠지만……
지능적인 서펜트들을 단순한 협박이나 몰이 따위로 끌고 가
기는 힘들 것이오. 가능성이 가장 높다고 한다면 조종이고,
내가 마지막으로 보았을 때에도 '정신지배'가 가능한 수준의
어인은 태어나지 않았었소. 그러니 해신님께서— 아니, 허
나, 확답할 순 없소. 가능성이 있다면 그게 가장 높다고 말해
줄 수밖에."

―하, 하여튼! 해신 님이든 새로운 종류의 어인이든! 조종
당하고 있는 서펜트들을 어떻게 조종에서 벗어나게 만들 수
있죠?

시브림은 잠시 입을 다물었다.
안데르송은 더 이상 아는 바가 없기에 입을 다물고 있었다.
블라우그룬도 심각한 분위기를 파악하고 뀨뀨, 거리는 울
음소리를 더 이상 내지 않고 있을 때, 시브림이 마침내 다시
입을 열었다.
"해신의 권능은 해신의 권능으로 상대해야만 하겠지…….
도련님께서 그 생각이 있으시다면 말이오……. 물론 제 발로
걸어 나간 도련님께서 다시 해신의 권능을 사용할 경우…….

그 후폭풍은 어떻게 될지 나로선 알 수 없소. 기나긴 용궁 역사상 그런 경우는 단 한 번도 없었으니까."

서펜트 이야기를 하며 시브림의 표정이 줄곧 어두웠던 이유!

"끄레리륵!"

드레이크.

이하는 시브림의 말을 들으며 드레이크의 신변에 어떤 이상이 생길 수도 있음을 깨달았지만, 지금 그에겐 드레이크 한 명보다 다른 신대륙 원정대원의 안전이 더 중요했다.

—기정아! 드레이크 선장한테 가서 말해! 서펜트를 막을 사람은 선장님밖에 없다고! 무슨 방법이 있으면 그걸로 지켜 달라—

—커— 형아야. 콜록, 콜록…… 빨리도 말한다.

이하의 귓속말에 기정이 기침 섞인 답변을 보내 왔다.

이하가 기정에게 귓속말을 했을 땐 뉴—서펜트 호의 갑판에서 이미 3분의 시간이 흐른 후였다.

기정이 죽도록 맞고, 끝끝내 버티는 데에 성공했다는 뜻이기도 했다.

"고맙다, 마스터케이."

드레이크가 저벅, 저벅 기정을 향해 걸었다.

"헤에……."

기정의 어두운 시야는 더 이상 한 치 앞도 보이지 않았지만, 소리는 들을 수 있었다.

드레이크의 목소리와 함께 빠밤-! 경쾌하게 울리는 업적의 효과음까지도.

"스발트. 흐빗."

시이이잇———————— 샤아아————————!

블랙 서펜트와 화이트 서펜트가 안광을 빛냈다.

그들을 향해 나서는 드레이크의 몸에선 푸른빛이 반짝였다.

한 걸음, 또 한 걸음, 갑판 끝을 향해 내딛을 때마다 그 빛은 짙어졌다.

"물러서라."

샤아아아————————————!

블랙 서펜트의 대가리가 꺼떡, 꺼떡하는 것은 아주 잠깐이었다.

순식간에 그 이빨은 드레이크의 몸통까지 날아왔다.

"꺄아아악! 드레잌-!"

"물러서라고 명했다. 스발트."

신나라가 깜짝 놀라 소리를 지르고 기정이 그 소리에 허둥거렸으나 정작 당사자인 드레이크에겐 아무런 일도 일어나지 않았다.

물러서라는 한 마디.

눈동자의 크기가 드레이크의 머리보다 큰 서펜트건만, 놈은 드레이크의 눈을 똑바로 바라보며 명령하고 있었다.

싯– 스샤아아―――.

블랙 서펜트는 공중에서 얼어붙은 듯 움직이지 못했다.

놀라운 것은 그 이후였다.

"물러가라."

드레이크의 몸에서 뿜어져 나오는 푸른빛이 거의 새파랗게 되었을 때, 블랙 서펜트는 눈을 꿈뻑이며 대가리를 다시물리기 시작했다.

"흐빗. 너도 물러서라. 더 이상 다가오는 것은 아버지의아들로서 용납지 않겠다."

샤아아아…….

화이트 서펜트도 마찬가지였다.

블랙 서펜트가 물러선 거리만큼 화이트 서펜트 또한 바다에서 몸통을 꾸물대며 뉴–서펜트 호와 거리를 벌리기 시작했다.

"히킷–! 하쿳! 뭐, 뭐, 하는 거야!"

"공격하라, 서펜–타쿳! 당장 배를 침몰시킷!"

어인들이 물에서 첨벙, 첨벙 튀어 오르며 서펜트에게 소리 쳤지만, 서펜트들은 아무런 반응도 보이지 않았다.

그 난리통 속에서, 드레이크는 다시 뒤를 돌아 기정에게 다가갔다.

"하아아…… 하아아……."

"괜찮나."

"히힛, 업적 창도— 후우우, 안 보여서…… 하아아."

검은 도화지에 바늘로 구멍을 하나 뚫고, 그것을 눈앞에 대면 현재의 기정과 비슷한 시야각이 나올 것이다.

거의 아무것도 보이지 않는다는 뜻.

허둥거리며 균형조차 잡지 못하는 그의 모습을 드레이크 가 안쓰럽게 쳐다보았다.

"우— 우왓—"

터억…….

기정은 갑작스레 자신의 팔 뒤에 닿는 감촉에 움찔했으나, 그가 반응하기 전에 이미 드레이크는 기정의 어깨를 눌렀다.

"조심히 서게. 음, 그대로 뒤로…… 천천히……."

드레이크는 자못 감동 받은 표정으로 기정을 부축하며 안 전한 곳으로 이동하게끔 도왔다.

크라벤의 유저들조차 드레이크의 이런 표정은 보지 못했 으리라. 아니, 표정뿐이 아니었다.

푸른빛이 사그라들기 시작했을 때, 드레이크의 얼굴이, 그의 손이, 그의 다리가 어떻게 변해 가고 있는지 청새치 호의 유저들은 거리가 멀어 제대로 볼 수 없었고, 기정은 시야가 가려져 볼 수 없었다.

기정의 몸을 메인마스트에 기대어 앉힐 때쯤, 드레이크는 인간의 모습에서 상당히 멀어져 있었다.

"이렇게 된 것 또한 운명이겠지. 설마 스발트와 흐빗의 공격을 견뎌 낼 줄이야."

서펜트의 공격을 3분간 버티는 것은 불가능에 가깝다.

드레이크는 보편타당한 가정에서 그렇게 믿었다.

스발트와 흐빗, 블랙 서펜트와 화이트 서펜트의 공격을 3분 내내 받으며 버틸 수 있는 인간이 있을 리는 없다고.

그러나 기정은 해냈다.

드레이크가 생각할 수 없었던 두 가지 요소, 이하가 준 전설급 검과 그 검의 능력을 극대화시킬 수 있는 기정 자신의 능력을 통해서.

"네? 뭐가—"

"아니네. 어쩌면 나 또한 자네에게 내 각오를 맡겼던 것 같군……."

만약 검이 없었더라면 기정은 틀림없이 죽었으리라.

그랬다면 드레이크 또한 지금의 '변신'을 끝마치지 못했을 것이며, 블랙 서펜트와 화이트 서펜트 또한 그의 명령을 따르지 않았을 것이다.

즉, 드레이크 자신 또한 죽을 가능성도 있었다는 뜻이다.

기정이 성공했기 때문에 드레이크도 살 수 있었다.

그럼에도 기정을 바라보는 저 눈빛과, 기쁜 듯 슬픈 듯 복잡 미묘한 목소리를 내고 있는 그를 기정은 정확히 이해할 수 없었다.

기정이 아직 드레이크의 '모습'을 보지 못했기 때문이다.

"이젠 나한테 맡겨 주게. '나의 왕'과의 약속 때문에…… 다시는 인간, 자네들을 볼 수 없게 되더라도 이번 일만큼은 마무리 지을 테니까."

만신창이가 된 기정을 한참 동안 바라보던 드레이크는 마침내 결의를 다졌다.

눈이 제대로 보이지 않는 기정이었지만 드레이크의 목소리에 힘이 들어가기 시작했다는 건 느낄 수 있었다.

"선장…… 님?"

"입 벌리게."

"네? 무-읍!"

기정이 뭐라 묻기도 전에 드레이크는 기정의 볼을 잡았다.

기정은 새삼 자신의 볼에 닿는 '차가운' 감촉에 질겁했으나 몸을 뺄 수는 없었다.

"읍- 우- 케헥, 이건 무-슨-"

질겁할 만한 감촉은 그거 하나뿐이 아니었다.

갑작스레 입안에 무언가가 뚝, 뚝 방울져 떨어지는 감촉은 발버둥을 쳐도 이상하지 않을 정도!

토악질이 날 것 같은 느낌이었으나 기정은 가까스로 입을 닫지 않고 벌리며 '무언가'를 입으로 받았다.

"삼키게."

꿀꺽…….

"카학, 후우, 삼키라고 안 하셔도 어차피 삼켜질– 음……?"

어두컴컴한 도화지로 눈앞을 가려 놓은 것 같은 기정의 눈앞이 순식간에 밝아졌다.

HP의 완전 회복임을 탱커인 그가 모를 리 없었다. 성녀 라파엘라도 그의 HP를 이렇게 단기간에 회복시킬 수는 없다. 기정의 입가에 황홀한 미소가 걸리는 것은 당연한 일이었다.

"우와! 무슨 회복이– 이이이이――――――?!"

파파파파파팟!

그러나 그 미소는 오래 가지 않았다.

기정은 자신의 눈앞에 있는 드레이크를 보자마자 곤충처럼 빠르게 뒤로 기어 거리를 벌렸다.

그럴 수밖에. 기정은 자신의 눈앞에 있는 자가 몬스터라고 착각했기 때문이다.

"인어?! 아니, 어인– 아니, 인어? 어인? 아니…… 드레이크 선장님?"

기정의 눈에 보이는 건 드레이크였다.

인간의 모습에서 탈피한, 해신의 아들, 물의 정령이자 운디네의 일족, '인어' 드레이크.

"하키이이잇, 하큐우우웃-!"

파앗, 파앗-!

서펜트들을 독촉하고 협박하던 어인들은 아무런 성과를 얻을 수 없었다.

이제 그들에게 남은 것은 직접 나서는 것뿐!

그들은 동시에 뉴-서펜트 호의 갑판으로 뛰어 오르기 시작했다.

어인들은 인어화된 드레이크를 보며 잠시 당황한 듯했으나, 그들의 수가 열, 열다섯, 스물로 늘어날 때쯤에는 그런 머뭇거림도 모두 사라지고 없었다.

"캬하- 인어?! 하킷, 하큐- 인어-"

"하킷, 하킷! 모습은 다르지만! 인어라면 전투 능력이 낮은-"

"하큐! 하큐!"

어인들이 무기를 들고 갑판을 달려올 때, 여전히 안타까운 눈으로 기정을 바라보던 드레이크가 자리에서 일어났다.

확실히 그의 모습은 보통의 '인어'와 달랐다.

'안데르송이랑 시브림은 진짜 인어였어. 상반신은 인간, 하반신은 어류. 저 어인이라는 몬스터들은 그냥 생선의 몸통에 사람의 팔, 다리가 붙은 흉측한 모습…… 근데 드레이크는―'

이게 바로 '해신의 아들'이라는 것일까?

처음엔 당황스러웠으나 정신을 차리고 보자 기정도 느낄 수 있었다.

여전히 인간의 옷을 입고, 뉴―서펜트 호 '선장'의 모자를 쓰고 있다. 상체와 하체는 모두 인간의 그것이었다. 인어처럼 반반 섞인 모습 따위가 아니었다.

인간과 똑같은 육체를 지니고 있으나 피부가 생선 비늘처럼 파드득, 돋아나 있으며, 펄럭거리는 고급스러운 코트의 뒷부분으로 살짝 삐져나온 꼬리지느러미 같은 것이 다소 거슬릴 뿐.

그러나 그것은 오히려 파랗게 물든 피부와 비인간적인 비늘과 어우러져 일종의 위엄을 나타내는 것만 같았다.

그리고 '해신의 아들'은 그저 외모만 특이한 것이 아니었다.

"하키키키키―"

"하큐, 하큐웃―!"

"꺼져라, 오염된 불순물들. 〈하이드로 커터〉"

검도 꺼내지 않았다. 특별히 캐스팅 시간이 오래 걸리지도 않았다.

그저 오른팔을 대각선으로 쳐올렸을 뿐이건만, 드레이크

의 손에선 새하얀 물줄기가 뿜어져 나갔다.

"하―" "쿳―"

그것은 일종의 검이었다.

가장 강한 철도 자를 수 있는 고압의 수력水力, 드레이크를 향해 달려오던 어인들은 재래시장 고등어처럼 모조리 토막 났다.

"……헐……."

기정은 어인과 처음 싸웠을 때를 기억하고 있었다.

야만용사 영웅의 후예 반탈이 휘두른 도끼도 놈들을 반 토막 내지는 못했다. 보기보다 단단한 어인들의 비늘은 웬만한 골렘 이상의 강도를 지니고 있었기 때문이다.

'근데 그게…… 아예 토막이 나?'

청새치 호의 유저들도 뉴―서펜트 호에서 벌어진 일들을 인지하기 시작했다. 그러나 이 정도는 아직 놀랄 일도 아니었다.

"스발트. 흐빗."

드레이크의 목소리는 매우 작았으나 그가 부르는 존재들은 그 부름을 알아들었다.

"설마……."

"저, 저기 보세요!"

[역시. 다시 그때로 돌아간 것인가.]

기정과 신나라, 그리고 크라켄 무리를 상대하던 베일리푸스도 사태를 완전히 이해했다.

시이이이이……!

서펜트들이 뉴-서펜트 호의 갑판으로 다가와 대가리를 조아리고 있었기 때문.

사태의 종지부를 찍은 것은 드레이크의 마지막 명령이었다.

"바다의 불순물들을 모조리 정리해라."

샤아아아―――――――――――――――!

블랙 서펜트 스발트와 화이트 서펜트 흐빗이 움직이기 시작했을 때, 더 이상 그들을 막을 수 있는 존재는 없었다.

"하키이이이-!"

"하캿, 하캿- 서펜트의 조종이 풀렸다!"

"조종술사가 죽었다! 도망- 하큐웃-! 도망-"

꼬리치고, 물고, 집어 던지고, 그들의 아가리 앞에 모여서 방출되는 '드레이크와 같은 스킬' 하이드로 커터로 도망가는 어인들을 굳혀 버리는 마비, 어인들의 마법을 없애는 디스펠 등등.

"……뭐야, 도대체."

방금 전까지 자신을 향해 쏟아붓던 맹공들을 이젠 같은 편의 입장에서 바라보게 되었다는 것.

기정은 좋으면서도 어딘지 모르게 씁쓸한 기분을 감출 수가 없었다.

블랙 서펜트와 화이트 서펜트가 가세한 이상, 해저에서 도망 다니던 크라켄들 '따위'도 더 이상 방해물이 아니었다.

어인 백여 마리와 크라켄 열네 마리 중 살아서 도망간 녀석은 모두 합쳐 열이 채 되지 않았다.

'해신의 아들' 드레이크가 그 위엄을 드러낸 지 고작 20분 만의 일이었다.

뉴-서펜트 호의 갑판에는 이제 청새치 호와 뉴-서펜트 호의 유저 전원이 모여 있었다.

선실에서 나오자마자 기정의 이름을 부르며 보배가 눈물 콧물을 쏟으려는 표정을 지었다는 것은 단순한 해프닝에 지나지 않았다.

"……드레이크 선장?"

"이런 젠장할, 이게 또 무슨-"

인어와도 다르고 어인과도 다른 드레이크의 모습을 보며 유저들이 정신을 차리지 못했기 때문이다.

"이제 어떻게…… 하죠?"

누군가 말했으나 누구도 답할 수 없었다.

유저들의 눈이 하나, 둘 신대륙 원정대장에게 모이기 시작했다.

알렉산더는 자신을 향해 쏠리는 시선을 느끼다 드레이크를 바라보며 물었다.

"어떻게 하고 싶소, 드레이크."

"내가 뭘 할 수 있지."

드레이크의 목소리는 침울했다.

그는 이 모습을 유저들에게 보이는 게 수치스럽다는 듯, 코트를 여몄다.

"뭐든지. 이 위기에서 우리를 구해 낸 것은 드레이크 당신이오."

"그렇다, '해신의 아들'이여. 저기서 기다리는 서펜트 또한 그대의 명령에 따르는 것 아닌가."

알렉산더에 이어 베일리푸스도 입을 열었다.

유저들의 기대치는 다소 올라갔다.

저 서펜트들이 이 여정을 함께해 준다면! 앞으론 어인이고 뭐고 무서울 게 없을 텐데!

"……나는 함께할 수 없소."

"왜 그렇지."

"나는 인간일 때만 인간과 함께한다고 약속했으니까."

"그게 무슨-"

"그것이 나의 왕과의 계약이오. 미안하다고 전해 주시오."

드레이크는 알렉산더와 베일리푸스를 한 번씩 보고는 시선을 멀리 두었다.

그의 눈에 잡히는 것은 여전히 청새치 호에서 키를 잡고 있는 또 다른 NPC였다.

버크는 드레이크를 바라보지 않았고, 그에게 그 어떤 질문도 하지 않았다. 그 점이 드레이크의 표정을 우울하게 만들었다.

"하지만…… 드레이크 선장님이 같이 계셔 준다면―"

"미안하게 됐소. 향후 날 다시 볼 일은 없을 것이오. 그러나 '그대들의' 여정에 이 옷은 필요하겠지. 이건 두고 가겠소."

신나라가 그를 붙잡으려 했지만 말을 듣지 않았다.

퓌비엘, 미니스, 크라벤 그 어떤 국가의 인물도 지금의 드레이크를 잡을 순 없었다.

드레이크는 몸을 돌려 서펜트들을 향했다. 이렇게 보내야 하는가?

'엄청난 전력일 텐데…… 아무도 못 돌려세우는 거야? 으음, 보는 눈만 적었어도 우선 인사라도 터놓으면 좋을 것을.'

그 와중에도 치요의 머리가 재빨리 돌아가고 있었지만, 그녀 또한 이런 상황에 눈에 띄게 나설 순 없었다.

점점 멀어져 가는 드레이크를 불러 세운 것은 기정이었다.

"선장님!"

"……마스터케이."

드레이크는 반쯤 몸을 돌려 기정을 보았다. 기정의 머릿속에 많은 생각과 말들이 얼기설기 생겨났다 사라지고 있었다.

무슨 말을 해야 하는가. 남아 달라고? 왜 굳이 가야 하냐고? 하다못해, 어디로 가는지라도 물어봐야 하나?

그러나 다른 유저들이 듣지 못한 드레이크의 각오를 기정만은 듣지 않았던가.

결의에 찬 그의 목소리를 다시 상기하며 기정은 그저 상체를 푹, 숙일 뿐이었다.

"구해 주셔서 고맙습니다."

그가 할 수 있는 최선은 감사 인사였다.

드레이크는 그런 기정을 보며 모자챙을 한 번 들어 올리는 것으로 답했다.

단 한 번의 등장으로 뚜렷한 이미지를 각인시킨 인어는 서펜트와 함께 떠났다. 풍덩, 바다로 빠지는 그의 모습을 보며 유저들은 씁쓸한 표정을 짓고 있었다.

갑판 끝에는 그가 입고 있었던 코트만이 널브러져 있었다. [대여] 딱지는 떨어진 상태였다.

Geschoss 8

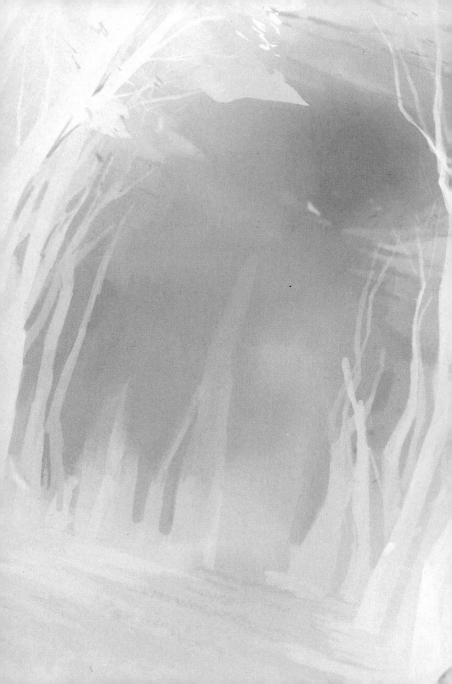

"……이번 원정까지라도 함께해 주셨으면 좋았을 것을."

"설득이 통하지 않는 상대를 설득하는 것만큼 어려운 건 없지. 불가능했을 거요."

"그럼 드레이크 선장님은 이제 어디로 가는 거죠?"

"용궁으로 가지 않을까요?"

"그럴까요? 그때 시브림이랑 대화할 때 '제 발로 나왔다'라고 말했었는데."

"내 생각도 같다. 이유는 몰라도 해신에게서 벗어나기 위해 스스로 인간이 된 자다. 이제 와서 용궁으로 돌아가진 않겠지."

"하지만 그 용궁이 지금 엉망진창이잖아요. 해신도 오염됐고. 돌아가서 뭔가 일을 하려고 하지 않을까요?"

"아니, 나는 반대일 것 같은데. 용궁이 엉망진창이고 해신도 오염됐다는 건…… 위험하다는 뜻이잖아요. 그러니까 더더욱 안 돌아가지 않을까?"

신대륙 원정대에게 드레이크가 떠난 파장은 너무나 컸다.

새삼 그의 한 마디, 한 마디를 곱씹으며 일말의 힌트라도 되찾으려 할 정도로 말이다.

"젠장, 어쨌든 떠난 사람한테 미련 두지 맙시다! 지금 그게 문제가 아니라고! 이제 태풍은 어쩔 거야? 뉴-서펜트 호의 선장은 누가 하고? 자이언트 알바트로스를 잡아서 식량이 조금 늘어났다지만 여전히 머뭇거릴 여유는 없수다!"

"맞아요. 게다가 드레이크 선장과 서펜트들이 이곳을 떠났다는 걸 어인 놈들이 다시 알아내기라도 한다면…… 분명히 또 올 거예요. 우리가 전부 못 죽이고 도망간 녀석들이 있으니까."

상황을 정리한 것은 후크와 페르낭이었다.

속닥거리던 유저들 모두 입을 다물었다. 떠난 사람은 떠난 사람이다.

지금도 움직이고 있을 이하는 물론이고, 자신들의 항행 일정에 맞추려면 드레이크의 향방 같은 것에 신경 쓸 여유가 없는 것이다.

"휴우우…… 이 코트에 태풍 삭제 스킬이 있을 텐데 업적 때문에 입을 수 있는 사람도 없고…… 결국 하이하 씨가 있어야 했나 봐요."

페르낭이 한숨을 내쉬었다.

멍한 표정으로 잠시 주변을 살피던 기정이 나선 것은 그때였다.

"제가…… 입을게요."

"네? 마스터케이 님이?"

"어- 네. 입을 수 있게 됐네요. 하핫."

기정이 멋쩍게 웃으며 머리를 긁적였다.

지금까지 조용했던 이유는 업적 창을 살피고 있었기 때문! 인간으로서 버티기가 불가능했던 일에 도전한 것은 그만큼의 가치가 있었다.

"기정 씨? 설마- 업적-"

"이하 형도 하여튼 욕심쟁이라니까. 이런 업적 있으면 진작 나 좀 알려 주지. 나중에 보배 씨도 알려 줄게요. 아니, 제가 딴 또 다른 업적은 이하 형도 없는 거니까. 흐흐."

[해신의 아들이 인정한 자], 수중 호흡이 가능한 업적은 물론, 드레이크와 관련된 또 다른 업적에, 서펜트에게 맞으며 버텼던 것의 대가로 또 하나의 업적까지 받았다.

목숨을 건 대가로 얻은 세 개의 업적의 효과는 기정의 상상 이상이었다.

"마나 소모가 장난 아니긴 하네요. 우선 마나 탈탈 털어서 써 볼게요. 근데 그래 봐야 한 번 쓰고 나면 당분간 못 쓸 것 같긴 해요."

기정은 드레이크의 코트를 갑옷 위에 걸치곤 스킬을 확인
했다.

〈퍼펙트 스톰〉의 마나 소모량은 일반 탱커가 몇 번이고
쓸 수 있는 수준이 아니다.

최대한도로 사용하는 것은 당연히 불가능하고, 정말 선박
두 척만 딱 지나갈 정도만 쓴다 하더라도 기정의 MP 총량으
론 하루에 몇 번 쓸 수가 없다.

"없는 것보단 낫지! 일단 쓰고 생각하자고!"

"맞아요. 그리고 마나 같은 경우는…… 제 걸 드릴게요."

"엥?"

"교환 비율이 나빠서 어지간하면 안 쓰는 스킬이지만……
마스터케이 님께라면 기쁘게 드릴 수 있을 것 같아요."

후크가 기정을 재촉하는 사이, 유저들의 무리에서 나선 또
한 사람은 성녀 라파엘라였다.

부끄러운 듯 기정을 흘끗, 흘끗 보다가도 눈이 마주치면
고개를 푹, 숙여 버리기 일쑤인 그녀.

그 모습을 보며 당황한 것은 기정이 아니라 보배였다.

"그, 그게 무슨 말이에요, 라파엘라 님?!"

"네? 아뇨, 그냥…… 믿음직스럽잖아요."

"누가요? 기정 씨가? 아니, 마스터케이 씨가? 아녜요! 믿
음직스럽기는 무슨! 완전 칠푼인데!"

"어…… 보배 씨?"

"아니, 그- 저기- 그러니까-"

라파엘라의 행동이 무슨 의미인가.

보배가 황급히 기정을 깎아내리려(?) 했으나 자신의 의도만큼 이루어지진 않았다.

"좋다. 그럼 마스터케이에 대한 지원은 라파엘라에게 맡기지. 모두 각자의 선박으로 돌아간다. 어인이 오기 전, 최대한의 속도로 중앙을 향하도록. 페르낭, 후크! 뉴-서펜트 호의 운용을."

"알겠어요."

"젠장, 이렇게 될 줄 알았지. 청새치 호에서 우리 국가 사람 한 명만 보내 주쇼."

후크는 직접 키를 잡았다.

드레이크가 없는 지금 뉴-서펜트 호로 청새치 호를 쫓아가려면 보통의 노력이 필요한 게 아닐 것이다.

"준비되셨으면 가겠습니다! 〈퍼펙트 스톰〉 어- 범위는…… 이 정도?!"

화아아아아ㅡㅡㅡㅡㅡㅡ!

기정의 스킬 시전과 함께 머리 위의 먹구름이 지워지고, 선박 두 척은 다시 속도를 높였다.

서펜트와 크라켄, 어인, 그리고 해신의 아들까지 온갖 사건이 휘몰아쳤던 용궁의 해역 진입 8일차, 크라벤의 항구를 기준으로 한 전체 항행 기간 53일차가 지나가고 있었다.

"꼬로로로록?"

"괜찮소. 도련님께서 다시 돌아오셨다는 소식까지 들은 이상 그런 사치를 부릴 순 없지."

"꼬로록……."

드레이크는 인어가 됐을 뿐 용궁으로 돌아간다고 한 건 아닌데요…….

이하는 벌써 몇 번이고 했던 얘기를 되풀이하기 싫었다.

미들 어스의 시간 기준으로 초반 10일의 이동을 마치고 1일 휴식, 그리고 두 번째 강행군 기간도 다시 7일이나 지난 시점이었다.

즉, 전체 항행 기간 기준 63일이자, 용궁의 해역 진입 18일차, 해수면에서 난리가 난지 10일이 지났다는 뜻이다.

'설마 드레이크가 인어가 됐다니. 나, 참. 하여튼 그 아저씨 놀라게 하는 데 소질 있다니까.'

인어들에게 안겨 이동하는 와중에도 이하는 그 사건에 대해 다각도로 확인할 수 있었다.

기정뿐 아니라 신나라, 보배, 키드, 루거, 페르낭 등등 온갖 사람들이 이하에게 그 이야기를 전달했기 때문이다.

'큭큭, 기정이 녀석…… 자랑해 대는 모습 하고는, 으이그.'

이하는 문득 흥분 고조의 목소리로 귓속말을 날리던 기정이 생각났다.

드레이크에게 받은 코트를 입은 이후 어딘지 모르게 원정대의 주요 인물이 된 것 같다며 호들갑을 떨었었다.

물론 태풍을 지우는 역할 때문만은 아니었다.

청새치 호의 유저들도, 뉴-서펜트 호의 유저들도 기정의 대활약이 너무나 인상 깊었기에 그에 대한 대우가 달라진 것이었으나, 정작 당사자인 기정은 아직도 그걸 잘 모르고 있었다.

'쩝, 그래도 다른 업적 두 개는 부럽다. 내가 남아 있었다면- 아니, 어차피 탱킹이 안 돼서 불가능했겠지.'

이하는 기정이 자신에게만 슬쩍 말했던 업적의 습득 조건과 효과를 떠올렸다.

그 중 하나는 드레이크가 기정의 입에 억지로 먹인 물에서 비롯된 것이었다.

'A+급 업적인 [마시자! 물의 정령의 정수!]…… 말 그대로 액기스만 쪽 빨아먹었다는 거잖아? 으음, 어떻게 그 액기스를 '짜냈을지' 생각하면 별로 먹고 싶지 않긴 하지만……. 혹시 드레이크의 땀 같은 건가?'

그 정수가 어떻게 나왔을지 상상하면 다소 역겨운 감도 있었으나 그 능력이 무엇인지 안다면?

미들 어스의 모든 탱커 유저들은 설사 그게 드레이크의 소변이라 할지라도 마시려 들었을 것이다.

비전투 시 HP 및 MP 회복 속도 +300%, 전투 시 HP 및 MP 회복 속도 +50%라는 경이적인 능력을 지닌 업적이었기 때문이다.

일반 전투 중에도 자연스레 회복되는 체력량이 체감될 정도로 오를 것이며, 혹 전투와 전투 사이 잠깐의 여유라도 가질 수 있다면 사실상 모든 체력을 회복시킬 수 있는 셈이었다.

'이것도 미친 능력이었는데 또 하나는 S-급 업적, [목숨보다 중요한 것을 지키는 자]라고? 나는 절대로 얻을 수가 없는 업적이겠지.'

이하에게 목숨보다 중요한 것이 없어서? 그게 아니다.

업적을 얻기 위한 조건 자체가 탱커 직업군이 아니면 불가능한 구조였기 때문이다.

상당수의 스탯을 '체력'에 투자한 기정의 총 HP는 5만을 약간 상회하는 수준이다.

그러나 서펜트와의 전투 당시, 라파엘라와 도사 형제로부터 받은 각종 체력 버프로 인해 '뻥튀기' 된 그의 총 체력은 대략 7만 8천여.

'그런데 업적의 획득 조건은 '외부의 체력 회복을 받지 않은 채, 한 번의 전투에서 데미지 15만 이상의 공격을 받고 살아 있을 것'이라고……. 미쳤다니까 하여튼. 그걸 누가 할 수

있냐.'

평소의 기정이었어도 불가능했다.

성녀 라파엘라급의 버프를 받고 올린 체력이 8만이 채 안 되는데, 그 두 배에 가까운 피해를 입고 살아 있어야 하니까.

이 업적 획득이 가능했던 이유는 하나뿐이었다.

이하가 건네줬던 전설급 검, 근접 공격에 대해 −40%의 피해량 감소가 있었기 때문에 습득된 셈이었다.

'총 공격량은 15만이 넘었지만, 방패와 '피해 각'을 적용해 실제 기정이 입은 데미지 자체는 7만 7천 얼마 정도 됐다는 뜻이겠지. 아예 눈이 안 보일 정도라고 했으니 어쩌면 7만 7천 900쯤 됐을지도 몰라.'

비단 전설급 검뿐만 아니라 기정이 원래 들고 있던 방패도 데미지 감소 효과가 있다. 거기에 기정의 '재능'까지 더해져 그야말로 가까스로 버텨 낸 셈!

'내 총 HP가 6천인데…… 15만이라니 이건 무슨 엄두도 안 나네.'

기정은 자신이 첫 번째라고 했다.

Top10 랭커는 물론이고 탱킹으로 유명한 그 어떤 아웃사이더도 이 업적을 따진 못했다는 뜻.

'단순히 15만을 버틸 수 없어서는 아니겠지. 중간에 누군가가 힐 한 방만 넣어도 끝나니까 일반적인 사냥에선 받을 수가 없는 거야. 기회는 한정적이고 조건은 까다롭다. S−급

난이도다워.'

기정이 모든 유저들을 선실 내부로 들여보낸 것은 어찌 보면 천만다행이었다.

그저 어그로가 튀지 않게, 다른 유저들이 피해를 입지 않도록 배려하기 위한 그의 선심이 이럴 때 보상으로 돌아온 셈이었다.

만약 14만 9천쯤 데미지를 받았을 때, 라파엘라가 힐이라도 한 번 넣었다면? 모든 조건이 초기화되어 버렸을 것이다.

'그런 거 보면 참, 미들 어스도 대단해. 어쩜 이렇게 유저들을 괴롭히기 위한 조건들을 많이 삽입해 놨을까? 그럼에도 인기가 좋은 거 보면…… 역시 게임은 어려워야 할 의욕이 나는 건가?'

이하는 보로로록, 기포들을 내뱉으며 고개를 저었다. 그러나 적어도 지금만큼은 게임이 조금 쉬웠으면 좋겠다는 생각을 하고 있었다.

이하의 C팀은 물론, 드레이크의 인어화 사건 이후 어인들에게 쫓기지 않는 A팀도 순조롭게 이동을 하고 있었기 때문이다.

'이대로 쭉 가면 좋을 텐데…… 앞으로 일주일이 중요하다.'

A팀은 이틀만 더 가면 용궁의 해역 중앙부에 진입하게 될 것이다. 그때 별일이 없다면 혜인의 B팀이 본격적으로 움직이기 시작하리라.

그리고 C팀인 이하 자신은?

사흘 후에 용궁 인근에 도착, 거기서 로그아웃 하여 미들 어스로 하루간의 휴식을 취하고 다시 접속하여 움직여야 했다.

[뀨뀨, 뀨뀨!]

안데르송에게 안긴 블라우그룬이 날개를 파닥거린 것은 그때였다.

"헤, 블라우그룬 님이라고 했죠? 저보다 경계 범위가 더 넓은데요?!"

"……좋아할 게 아니다, 안데르송. 무엇이 있는 겁니까, 드래곤님."

[뀨뀨뀨! 뀨뀨!]

브론즈 드래곤의 다급한 울음소리를 들으며 이하의 표정 은 굳기 시작했다.

C팀인 이하가 용궁의 해역 진입 18일차라는 게 무슨 뜻이 던가.

이하의 기준으로 보자면 벌써 48시간 접속 후 5시간 휴식, 그리고 다시 약 36시간째 접속 중이라는 의미였다.

정신적 피로감이 엄청나게 누적되었다는 뜻.

이하는 블라우그룬의 말을 알아듣고는 한숨을 내쉬었다.

"꼬록, 꼬로록……."

어인, 이라네요.

기포만 내뱉는 말에도 안데르송과 시브림은 이하의 표정을 보며 상황을 파악할 수 있었다.

'에휴, 그럼 그렇지.'

미들 어스가 그렇게 쉽게 보내 줄 리가 없었다.

[뀨! 뀨뀨!]

"아직 저희 탐지 거리에는 안 잡히는데…… 어떻게 할까요, 대장님?"

"우리의 파동이 저들에게 걸릴 수도 있다. 우선 드래곤님이 가리키는 방향에 주의하며 잠시 멈추도록 하지. 저쪽 정어리 떼와 이동을 함께한다."

"알겠습니다!"

고속으로 이동하던 안데르송과 시브림은 천천히 속도를 늦추며 주변의 생선 떼에게 다가섰다.

인간들이 다가갔다면 후다닥, 흩어져 버릴 생선 떼였으나 이들은 물의 정령이자 파도-운디네의 일족인 인어!

생선들은 부드럽게 유영하며 인어들을 자신들의 일원으로 받아들였다.

'파동으로 이해한다? 그렇군. 이렇게 속도를 맞추며 함께 이동하면 어인들의 초음파 탐지에는 우리도 정어리 떼의 일

부로 해석될 뿐이라는 건가.'

말하자면 위장 전술이었다.

단, 육지의 스나이퍼인 이하에게는 다소 생소한 위장, 그
것은 오히려 잠수함이 할 수 있는 위장에 가까울 것이다.

"꼬록?"

갑작스레 자신의 목덜미가 서늘한 느낌에 이하는 고개를
돌려 보았다.

이하의 손바닥만 한 생선이 목덜미를 콕, 콕 찌르고 있었
다. 정어리의 빛나는 눈동자와 이하의 눈이 잠시 마주쳤다.

'킥, 난이도가 어렵니, 어쩌니, 사람 짜증 나게 하는 게임
이지만 역시 이런 경험 때문에 끊을 수가 없다니까.'

기존의 가상현실 게임과는 다른 경험.

현실에서 느끼기 힘든 다양한 감각이 자극 받는 신선함.

미들 어스와 현실의 시간차를 합리적이고 효율적으로 쓰
는 실용주의자들은 물론, 그저 새롭고 독특한 경험을 위해
게임을 하는 유저들까지 많을 수밖에 없었다.

"아! 잡혔다! 저쪽이에요."

"벌써 알았다고?"

"네? 아…… 네."

시브림이 놀란 눈으로 안데르송을 보았다.

훨씬 작은 덩치에, 전투에서는 믿음이 가지 않을 법한 예
쁘장한 얼굴의 인어. 그러나 적을 탐지하는 능력만큼은 시브

림과 동등하거나 그 이상이다.

"훗, 과연…… 그 능력에 속도까지 더한다면 홀로 살아남을 만하겠군."

"네?"

"아니다. 적의 수는?"

"셋입니다. 다른 해수는 없고 어인 셋만 돌아다니고 있어요. 하지만 방향이…… 방향이 이쪽입니다. 이대로 가만히 있으면 마주칠 것 같아요!"

안데르송의 말을 듣고 시브림은 잠시 입을 닫았다. 해신근 위대장도 그제야 적을 탐지해 내곤 표정이 어두워졌다.

"이런. 근처에 숨을 곳이 마땅치 않은데."

"생각보다 속도도 빠르고 방향도 정확해요. 마주치는 건 아마도 6분 전후?! 저희가 있는 걸 알고 있는 거 아닐까요?"

움직일 곳이 없다.

게다가 단순 동서남북 이상으로 상하 축까지 있는 바다에서 하필이면 딱 이쪽 방향이라니, 어인들은 마치 이하 일행을 알고 오는 것처럼 다가오고 있었다.

[꾸꾸꾸…….]

여전히 안데르송에게 안긴 블라우그룬이 이하를 바라보았다. 불안해하는 드래곤을 보면서 이하는 다른 생각을 하고 있었다.

'어쩌면 잘된 일일지도 몰라. 어인 세 마리, 틀림없이 정찰

내지는 경계 순찰 조 녀석들일 거다. 우리가 있다는 걸 알면 전속력으로 달려오겠지. 아직은 모르는 거야.'

안데르송의 호들갑에 비해 이하는 침착했다.

아직 어인들이 모르고 있다면? 차라리 기회가 될지도 모른다.

　

－우선 이대로 정어리들 흐름에 맞춰 움직이죠.

　

"무슨 방법이 있소?"

"꼬록."

이하는 고개를 끄덕였다.

엄밀히 말하면 아직 이하는 어인과 제대로 싸워 본 적이 없다. 게다가 수중이라면 블랙 베스를 사용하는 게 불가능하지 않던가.

　

－시브림 님, 어인 몇까지 상대 가능하세요?

　

"셋은 무리요."

　

－둘은 된다는 거죠?

　

시브림은 고개를 끄덕였으나 표정은 밝지 않았다. 자신이 둘을 상대한다 한들 하나가 남는다.

안데르송이나 이하가 그걸 할 거라고 믿기에는 너무 위험도가 높은 작전이었다.

"할 수 있겠소? 안데르송을 믿는 거라면 차라리-"

-안데르송 씨가 뭘 해 주면야 좋겠지만…… 저라고 놀고만 있을 순 없으니까요. 해 봅시다. 놈들을 끌어들인 후, 죽여 보죠.

용궁의 해역 인근으로 갈수록 녀석들과 마주칠 확률은 올라갈 것이다.

그렇다면 차라리 지금이 기회였다.

아주 좋은 실전 테스트를 경험할 수 있는 기회.

이하는 조심스레 방수 처리가 된 가방을 열며 속에 있는 아이템 하나를 살폈다.

"다가옵니다. 앞으로 3분 30초- 이제 하이하 님은 말씀도 조심해 주세요. 정어리 친구들과 호흡이 달라서 걸릴 겁니다."

안데르송의 마지막 주의와 함께, 이하의 시야 저 끝에도 무언가 아른거리는 모습이 들어왔다.

인간형 팔, 다리는 가만히 두고 생선의 몸통만을 움직이며, 어인 세 마리가 헤엄쳐 오고 있었다.

그들의 손에 쥐어진 알 수 없는 뼈 재질의 작살 무기는 바닷속에서도 날카롭게 보였다.

정어리 떼의 움직임도 점점 더 빨라지고 격렬해졌다. 시브림과 안데르송이 정어리 떼 속으로 몸을 숨긴 것은 적절한 선택이었다.

적이 등장하면 뿔뿔이 흩어지거나 도망가는 다른 어류와 달리, 정어리 떼는 그들 스스로 더욱 뭉쳐 움직이기 때문이다.

마치 그들의 집합이 한 개의 생명체로 보이게끔 하는 위장 아닌 위장인 셈.

'하지만 상어는 그것도 알고 한꺼번에 삼켜 버린다지?'

갑자기 다큐에서 봤던 장면이 떠올랐다.

문득 이 정어리들이 조금 불쌍하게 느껴지긴 했지만, 덕분에 자신들의 모습을 더욱 숨길 수 있으니 얼마나 다행인가.

커다란 회오리처럼 유영하는 정어리 떼의 속에서 이하와 안데르송 그리고 시브림은 어인 세 마리를 확실하게 발견했다.

'대장님!'

'아직— 조금만 더 끌어들인다. 안데르송 네가 좌측 녀석을 맡거라.'

안데르송과 시브림의 대화를 들으며 이하도 준비를 마쳤다.

어인 세 마리의 목적은 이 정어리 떼일까?

놈들의 눈알이 굴러가는 게 이하의 위치에서도 확실히 보일 정도였다.

"하킷, 식량이다."

"하쿳, 하쿳. 이곳으로 크라켄을 끌고 와서 먹이면 된다."

"하킷! 돌아가서—"

"〈버블 숏〉" "〈버블 숏〉!"

그리고 마침내 그들이 다가왔을 때, 시브림과 안데르송이 스킬을 사용했다.

인어들의 손에서 쏘아져 나간 공기 방울 덩어리들이 순식간에 어인의 입속으로 빨려 들어갔다.

놀라운 것은 그다음이었다.

그들의 스킬 메커니즘이 어떻게 작동되는지 몰랐던 이하가 보기엔 우스꽝스러운 장면이 연출되고 있었다.

"하큐웁!"

"키입, 키이입—!"

어인 두 마리는 거꾸로 뒤집어진 채 버둥거리며 조금씩, 조금씩 떠오르고 있었기 때문이다.

"꼬록?"

저게 뭐지?, 라는 의문을 가질 새도 없었다.

"지금입니다, 하이하 님! 지속 시간이 길지 않으니 어서!"

시브림은 재빨리 헤엄쳐 나가 뒤집어진 어인 한 마리의 무기를 빼앗고 무력화되지 않은 다른 한 마리의 어인을 상대하기 시작했다.

"꼬록, 꼬록!"

이하는 더 이상 잡아 주는 사람 없이 스스로 헤엄치며 어인들을 향했다.

그러나 뒤집어진 채 버둥거리며 소리 지르는 어인들이 대체 어떻게 된 것인지 이해가 되지 않아 함부로 공격할 수 없었다.

[뀨뀨! 뀨뀨!]

"그냥 공격하시면 돼요, 하이하 님! 저랑 대장님이 녀석들에게 먹인 건 공기예요! 부레를 조절할 수 없어서 물속으로 가라앉는 건 할 수가 없어요! 뒤집어져서 중심도 못 잡는 녀석들이니까, 그냥 죽이시면 돼요!"

뒤에서 안데르송이 소리 지르는 것을 들으며 이하도 이해할 수 있었다.

잔인할 정도로 현실적인 미들 어스는 역시나 이런 곳에서도 그 진가를 드러내고 있었다.

'그런 방법이- 생선이기 때문에 먹히는 건가? 좋아! 그렇다면 나도 가만히 있을 순 없지!'

어인은 인어에 비해 호전적이고 기본적인 육체 전투 능력이 뛰어나다고 했다.

시브림은 해신근위대장급의 인어이므로 어인 한 마리 정도는 금세 죽일 수 있겠지만, 그전에 다른 어인들이 정상화되리라.

시브림과 안데르송이 바라는 것은 그전에 이하가 남은 두 마리 중 한 마리라도 무력화시키는 것이었고, 이하는 그 일에 대한 자신이 있었다.

"꼬로로록, 부그르르륵!"

이하는 가방에 손을 넣어 완드보다 약간 길어 보이는 검은 막대기를 꺼내어 들었다.

[꾯! 뀨꾯! 뀨우우우웅!]

─하핫, 블라우그룬 씨! 그러니까 얼른 어덜트급이라도 되란 말입니다! 그래야 이런 거 더 만들지!

수중에서는 블랙 베스도 무용지물이 되고 만다.

그렇다면 남은 무기는? 화염 방사기를 쓸 것인가? 그것도 말이 안 된다.

불꽃술사 파이로의 특급 스킬 수준이 아닌 이상, 그것도 해수면이 아니라 수중에서라면 화염은 바닷물을 이길 수 없다.

'애당초 이 무기가 없었더라면 인어 퀘스트에 자진하지도 않았을 거라고!'

여태껏 한 번도 사용한 적은 없었다.

말 그대로 '호신'을 위해서, 최후의 무기로 남겨 놓은 것 중 하나였다.

그러나 변변한 날붙이 하나 없는 이하의 막대기가 할 수 있는 것은 대체 무엇인가.

"하킷! 인간- 하쿳!"

"인어들이, 하쿳! 인간을 데리고 왔어! 해수면의 하쿳, 들이 내려왔어!"

뒤집어져 버둥거리던 어인들도 이하를 발견했다.

무기와 팔, 다리를 마구 휘두르며 이하를 견제하려는 녀석들의 행동이 제법 위협적이었지만, 제대로 움직일 수 없었기에 이하의 다소 부족한 수영 솜씨로도 충분히 회피할 수 있었다.

[꾸! 뀨꾸!]

블라우그룬은 이하를 응원하듯 울었다.

그럴 수밖에. 지금 이하가 들고 있는 것이 바로 또 다른 '자신'의 아이템이었기 때문이다.

이스터 에그로 태어나기 전, 어덜트급 브론즈 드래곤일 당시 블라우그룬에게 받았던 드래곤의 비늘은 2개였다.

하나는 화염 방사기를 제작하는 데 쓰였다지만 다른 하나는?

'그리고 드래곤의 비늘은 각 드래곤의 브레스 고유 에너지를 담고 있지! 즉, 이 비늘에 담긴 것은 전뇌 브레스의 힘! 남은 하나로 내가 만들었던 게 바로 이거다!'

근접전에 약한 이하였기에, 그 약점을 보완하고 싶어 만들었던 아이템!

-잘 쓰겠습니다, 블라우그룬 씨! 〈포스 배리어〉 그리고, 스위치 ON!

이하는 스스로를 보호하기 위한 스킬을 발동시키곤 막대기를 어인들을 향해 내밀었다.

짤막한 막대기의 끝에 부착된 블라우그룬의 비늘에서 새파란 스파크가 번쩍였다.

'우하하하핫! 다 튀겨 주마, 어인 새끼들아! 원래 낚시 중에서도 제일 빡센 게 배터리를 사용한 전기 낚시라고!'

파츠츠——————— 츠츠츠츳——————!

"하키이이이잇!"

"하큐웃, 하큭! 쿡!"

그것은 조잡하지만 결코 방출 에너지가 약하지 않은 미들어스 최초의 〈전기 충격기〉였다.

어인들은 번개처럼 뿜어지는 전기 에너지에 기겁하며 발버둥을 치고 있었다.

그러나 그뿐이었다.

"……하킷?"

"아프지 않은 하큣."

어인들은 멀쩡했다.

"꼬록? 부, 부그르르르륵…….."

어라? 그, 그럴 리가 없는데?

이하는 다시 한 번 스위치를 OFF상태로 만들었다가 어인들을 향해 내밀며 ON으로 올렸다.

파칫, 파챠챠챠챡————————!

스파크와 함께 전기 에너지가 뿜어져 나가는 것이 이하에게도 분명하게 느껴졌다.

'우욱, 〈포스 배리어〉를 뚫고 짜릿한 감각이 들어올 정도로 전압은 강해! 분명히 전기는 쏘아진 게 맞는데─'

보틀넥이 안전장치까지 마련했음에도 사용자인 이하에게 반발력이 느껴질 정도로 강한 전뇌 에너지가 있다. 그런데 어째서 어인들은 멀쩡하지?

이하로서는 믿을 수 없는 장면이었다.

자동차 배터리만 한 것만 사용해도 하천 내 광범위의 물고기를 잡을 수 있는 낚시 방법임을 분명히 알고 있다.

'아무리 바다가 넓다지만 이렇게 근거리인데 저기까지 전류가 안 간다고?'

이하도 모르고 있었던 사실 하나.

전기를 사용한 낚시가 통하는 것은 오직 민물뿐이라는 것.

어인이라는 몬스터가 생선과 같은 신체 구조를 갖고 있기에, 그 부레에 공기를 강제로 삽입하는 마법 따위로 녀석들을 뒤집고, 띄울 수 있는 미들 어스다.

따라서 민물과 바닷물, 물고기의 전기전도의 차이 정도를 구현해 놓는 것은 당연했다.

물고기는 전기 전도도가 민물보다 높고 바닷물보다 낮다. 그리고 전기는 전도도가 더 높은 곳을 향하게 되어 있다.

즉, 민물에 전기를 흘리면 전기는 전도도가 더 높고 저항이 낮은 물고기를 향해 쏘아진다는 뜻이다. 그러나 바다에서는?

물고기보다 더 전기 전도가 잘 되며 저항이 낮은, 짙은 소금물의 바다로 향해 버린다!

민물에서 전기가 통하던 물고기는 바닷물에선 반대로 '강한 저항체'가 되어 전기를 흘려보내게 되는 셈!

블라우그룬의 비늘을 사용해 기껏 생성해 낸 전기 에너지는 어인들의 몸을 피해 망망대해로 흘러가다 사라질 뿐이라는 의미였다.

'얼라? 얼라리? 왜?'

이런 사실도 아직 알지 못한 이하였건만, 설상가상 둥실둥실 떠오르며 뒤집어졌던 어인들의 몸이 서서히 바로잡히기 시작했다.

버블 슛의 지속 시간이 끝나 가고 있었다.

"하, 하이하 님! 뭐하세요?! 이제 곧 어인들이 정상으로 돌아올 거라고요!"

"꼬록, 꼬로록, 꼬로록—"

–나도 그건 아는데…… 어, 뭔가 이상한데, 이거? 분명히– 이지원 씨가 어마어마한 번개 마법을 써서 어인들을 태워 죽였다고 기정이가 말한 적이 있는데.

그때의 상황을 이하도 알고 있었다.

아이템 〈전기 충격기〉는 아직 써 본 적 없었지만 수중에서 이동하면서도 은근히 믿음이 있었던 이유도 그것이었다.

그러나 지금 이하의 상황은 그때와 달랐다.

이지원은 그 자신의 검을 피뢰침 삼아 수십 회가 넘는 번개의 에너지를 모은 후, 그것을 해수면에 있는 어인들에게 방출한 것.

따라서 막대한 에너지가 수중으로 퍼지기 전에 어인들에게 닿을 수 있었으며, 압축된 전압과 열 또한 무지막지했다.

만약 블라우그룬이 드래곤의 형태가 되어 전뇌 브레스를 뿜었다면 그와 유사하지 않았을까.

그러나 지금은 그게 아니다.

드래곤의 비늘 고작 한 개에서 나오는 전기 에너지는 바닷속에서 힘을 뿜어내기에 다소 부족한 것이다.

'왜 안 되는 거야? 보틀넥 아저씨가 잘못 만들어 줬나? 다시 ON! ON!'

파칫, 파츠츠츠츠……!

물론 그 차이를 모르는 이하는 자신이 쥐고 있는 막대형 전기 충격기를 보며 황당하기만 했다.

왜? 왜 전기가 안 쏘아지지? 오히려 쥐고 있는 자신에게 찌릿할 정도의 전압이 느껴질 정도인데, 왜 어인들은 멀쩡한 거지?

'아니, 이거– 아이, 보틀넥 아저씨 진짜! 화염 방사기 만든 것처럼 잘 좀 만들지!'

보틀넥이 들었다면 얼마나 억울했을까.

그러나 이제는·그런 생각을 할 시간도 없었다. 안데르송에게 안겨 있던 블라우그룬이 이하를 향해 소리 질렀다.

[뀨옷! 뀨우옷!]

"하킷, 하큐우우웃–! 인간, 무슨 짓인지 몰라도 죽여 주겠어!"

"하큐큿, 복수! 수면에서 도망쳐 내려왔다고 봐주지 않는다! 하킷! 외롭진 않을 거야, 해수면의 동료들도 곧 다 죽을 테니까!"

완전히 배를 까고 뒤집어졌던 어인들은 이제 제대로 돌아왔다.

꼬리지느러미를 몇 번 흔드는 것만으로 순식간에 속도를 내며 그들은 이하에게 다가오기 시작했다.

"부그르르륵!"

이하는 허겁지겁 안데르송을 향해 헤엄을 쳐 나갔으나 인간과 생선이 바닷속에서 속도 경쟁을 할 수 있을 리 없다.

어인들은 순식간에 이하의 등 뒤로 붙어 뼈로 된 무기를 들어 올렸다.

"인가아아안-"

"꾸르르르륵!"

어쩌라는 거야, 이거?!

어떻게든 즉사 포인트만은 피하려 뒤를 흘끗 보는 이하, 그의 시선을 단박에 가린 그림자가 생겼다.

"더러운 불순물들이 어딜!"

"꼬로록!"

터억-!

시브림이 어인 한 마리를 죽이고 이하의 뒤를 보호한 것!

뼈로 된 무기들이 물속에서 부딪치는 소리는 둔탁하고 아주 낮게 울렸다.

"하키킷! 해신근위대장! 하쿳, 해신이 우리 편인데!"

"쿳쿳, 당신도 어인이다! 하쿳! 어인의 부하다! 하킷!"

"너희 같은 생선 대가리와 같은 취급 하지 마라. 나는 운디네 일족의 왕이자 모든 바다의 신을 지키기 위해 태어난 물의 정령이다."

"하큐큐쿳! '하킷 일족의 왕을 하쿳 위해 태어난 물의 하쿳'이다."

"하키킷, 하킷!"

시브림이 그들을 막아서며 근엄하게 말했으나 어인들은 그를 따라하며 비웃을 뿐이었다.

당장이라도 녀석들을 죽이고 싶은 시브림이었으나 아직 물어볼 게 많았다.

"무슨 수를 쓴 건가. 해신님을 어떻게 어인화시킨 거야! 조종술사 라는 것은 어떻게 태어나게 만들었지?!"

물론 그들이 답해 줄 리는 없었지만 말이다.

인어 둘과 인간 하나, 드래곤 하나를 앞에 두고도 어인 두 마리는 겁먹지 않았다.

숫자만 많았지 실제로 전투가 가능한 것은 인어 하나밖에 없다는 것을 아주 잘 알고 있었기 때문이다.

"하쿳, 알고 싶다면."

"너도 어인이 되면 된다. 하킷!"

슈와아아앗————!

어인들은 자신만만하게 시브림을 향해 헤엄쳐 들었다. 보통의 인어라면 어인들과의 1:2 싸움을 결코 이길 수 없다.

어인들의 여유는 바로 그곳에서 나오고 있었다.

'진짜 이거…… 하늘이 도왔다고, 아니, 바다가 도왔다고 해야 하나.'

다만 이하 일행에게 천만다행이자, 어인들의 불행이라면 그들을 상대하는 인어가 해신의 근위대장이라는 것.

어인들은 우습게 생각했지만 시브림 자신이 당당하게 말했듯, 어인 둘 정도는 충분히 상대할 실력이 있었다.

지상의 근접전과는 엄연히 다른 수중의 근접전, 단순 전방과 후방뿐 아니라, 시브림은 능수능란하게 어인들의 '하방'과 '상방'까지 오가며 어인들을 농락했다.

빠른 움직임에 그 힘 또한 엄청난 생선들이었지만 해신근위대장의 이름은 결코 가볍지 않았다.

"흡!"

시브림은 어인 한 마리의 공격을 재빠르게 축을 옮겨 회피하곤 뼈로 된 무기를 휘둘렀다.

찌이이익ㅡ!

날카로운 무기는 어인의 아가미부터 배까지 찢어 내리기 충분했다.

"하키이이이……."

"읍……."

바닷물에 줄줄이 새어 나오는 생선 내장을 보며 이하는 입을 막았다.

시브림은 그것에 멈추지 않았다.

당황한 또 다른 어인이 어설픈 공격을 시도하자 그에 대한 반격으로 재빨리 녀석의 팔, 다리, 꼬리지느러미를 떼어 내 버렸다.

해신근위대장의 수중 검술은 일품이었다.

한 마리를 도망도 갈 수 없는 상태로 만들어 두고는, 녀석이 보는 앞에서 내장을 줄줄 흘리는 어인을 완전히 해체하기 시작했으니까.

회를 떠 버리듯 어인을 해체하며, 그 내장이나 기타 부속물을 시브림은 휘이, 휘이 던져 버렸다.

앞서 도망갔던 정어리 떼가 주변으로 다가와 그것들을 콕, 콕 쪼아 먹기 시작했다.

'굳이 이렇게 하는 이유라면…….'

이하는 어렴풋이 시브림의 목적을 알 것 같았다. 시브림은 어인들로부터 정보를 얻길 원한다.

그러나 생선은?

'통각이 없지. 본인에게 고통을 가하는 것 따위로는 정보를 얻어 낼 수 없을 거야.'

이하는 살아 있지만 도망가지 못하는 어인의 얼굴을 살폈다.

아직 동료의 목숨은 끊어지지 않았다.

그럼에도 살을 발라내고, 내장을 찢어 주변의 물고기에게 먹이로 던져지는 모습이라니…….

통각이 없는 생선에게 먹히는 유일한 고문 방법, 시각적 공포와 상상력을 자극하는 시브림은 과연 '해신근위대장'이라는 보직을 받을 만한 NPC였다.

"후우우우…….."

한참 후에야 시브림은 뼈로 된 무기를 자신의 어깨에 걸치고 아직 살아 있는 어인 한 마리를 향해 물었다.

"다시 한 번 물어보지. 해신님은 어디 계시지? 너희들의 수는? 지금 용궁은 어떻게 됐지? 경계 상황은?"

"하, 하키잇, 하큐……. 해, 해신의 향방은 우리도 모르는 하킷……."

어인이 버틸 수 있는 방법 따위는 없었다.

그 후, 이하는 들은 정보들을 해수면의 A팀에게 모두 전달했다.

물론 그 와중에도 어인이 조금 전 은근슬쩍 내뱉은 키워드를 놓치진 않았다.

–기정아, 어인들 습격 또 있을지도 몰라. '해수면의 동료들도 다 죽여' 주신단다.

–엥? 또? 망할, 드레이크 선장 사라진 걸 눈치챘나…… 하여튼 알았어, 형! 고마워!

"하이하 님! 정신 차리세요!"

"……꾸룩!"

이하는 기포를 내뱉으며 고개를 저었다.

어인들에게 정보를 얻고 휴식을 반복하며 다시 강행군을 한 지 하루 하고도 반나절이 더 지났다.

'잠깐 졸았나?! 후우, 분위기가 몽환적이라 더 졸린 느낌 이군. 안겨만 가는 것도 영 힘 빠지고.'

여전히 시브림에게 안긴 채, 이하는 주변을 살폈다.

어제까지의 어두컴컴한 바다와는 조금 다른 분위기였다. 수심에 따라 조금씩 달랐지만 해저 곳곳에 빛을 발하는 돌들 이 박혀 용궁까지의 길을 이정표처럼 나타내고 있었기 때문 이다.

'앞으로 또 하루 반나절을 더 가면 용궁 근처에 다다른다. 이제 거의 다 왔어.'

거기서 이하는 다시 로그아웃 후 미들 어스 시간으로 하 루, 현실의 5시간가량 취침을 하고 마지막 작전을 위해 로그 인 하게 될 것이다.

시브림에게 안겨서 편안히 이동하는 이하가 졸 정도로 피 로가 누적된 상태였다는 뜻이기도 했다.

이하는 잠시 시간과 친구 창 상태를 확인한 후 기정에게 귓속말을 보냈다.

－기정아, 보여?

이하는 로그아웃을 하며 쉬는 틈이 있었기 때문에, 용궁의 해역 진입 19일 하고 반나절차인 지금까지 용궁 근처를 못 갔지만 A팀은?

유저들이야 로그아웃 로테이션으로 들락날락거렸지만 그들이 밟고 선 선박 자체는 계속해서 나아갔다.

즉, 이제 용궁의 해역의 중심이자 여명의 바다 중심에 세워진 섬, 해신의 권능으로 이루어진 '부표'가 보일 때가 됐다는 뜻!

-아직. 페르낭 님이 계속 망원경으로 살피고 있는데- 어, 어어어! 보인다! 아니, 보인대!

-보여? 섬 보여?

-잠깐만 나도…… 오, 오오! 섬 보여, 형! 크다! 섬이 장난 아냐, 엄청 커!

-마나 중계탑 세울 만하겠어?

-그 정도가 아냐! 뭔 섬이…… 페르낭 씨가 대륙이라고 착각할 만했겠어. 엄청 커. 충분해. 혜인 형님 벌써 준비 들어갔어.

이하는 기정의 귓속말을 들으며 마침내 한시름 놓을 수 있었다.

-오케이, 오케이. 잘됐다. 혜인 씨한테 100시간 타임 리미

트 잊지 않게끔 다시 한 번 당부—

　—아이고, 걱정도 팔자다. 혜인 형님이 그런 건 더 잘 알지. 걱정 마. 형은? 용궁 도착이 내일인가?

　—내일 자정 가깝거나 내일모레 새벽쯤 도착이지. 거기서 로그아웃 잠깐 해야 하고.

　—고생이다, 진짜. 왜 그렇게 고생을 사서 하냐, 바보 엉아.

　—좌식이, 그럼 어쩔래? 나밖에 할 사람이 없는…… 아니다.

　이하는 씁쓸한 뒷맛을 느꼈다. 분명 처음 자원할 때만 해도 그렇게 생각했다.

　'나밖에 할 사람이 없는 것 같았지. 수중 호흡은 물론이고— 바다에서 무적에 가까운 무기가 있다고 믿었으니까.'

　—응? 왜? 무슨 일 있어?

　—아냐, 아냐. 어인들이나 조심해.

　—오케이. 안 그래도 루비니 님 지도에 크라켄 또 떴다. 어인 쉐리들 질리지도 않고 오네. 얼른 정화조 해결해 줘, 형! 애들이 계속 태어나니까 죽여도, 죽여도 끝이 없다.

　—알았어, 인마. 걱정 말고 기다려 봐. 고생해라.

　—응, 엉아도!

　이하는 기정과의 귓속말을 끊고 한숨을 내쉬었다.

블라우그룬의 비늘을 사용해 만든 전기 충격기를 그만큼 철썩같이 믿고 있던 이하였다.

그러나 바다에서 통하지 않는다는 것은 그 이후 몇 번의 실험을 더 거쳐서 이제 완전히 파악한 상태, 무용지물은 아니었지만 사실상의 무용지물 같은 결과였다.

'이게 효과를 내려면…… 근접전으로 붙어야 한다는 건데…… 돌겠네. 저격병이 붙어서 싸워야 한다고?'

물로 인한 광역 데미지를 원했건만, 짧막한 막대기인 전기 충격기와 다르지 않은 상황이다. 이건 붙어서 칼질하는 것보다 위험하다.

어인이라면 인어들조차 1:1로 상대하기가 쉽지 않다. 해신근위대장급이나 되어야 잡을 수 있는 게 어인의 신체 능력이다.

A팀이 어인들을 상대했던 것도 해수면이었기 때문이지 만약 수중이었다면? 같은 결과는 기대하기 힘들었으리라.

하물며 근접 직군도 아닌 이하가, 전기 충격기가 어인의 비늘에 맞닿을 정도로 헤엄쳐 다가가는 것은 어불성설이었다.

'만약 붙는다고 해도 문제야. 〈포스 배리어〉를 써도 나한테 데미지가 들어온단 말이지. 전압이 결코 낮은 게 아니니까. 바닷물이 이렇게 큰 방해가 될 줄 몰랐어.'

이하의 손은 〈전기 충격기〉와 맞닿아 있다.

손잡이 등 전기가 통하지 않게 보틀넥이 충분히 신경을 썼으나, 바닷물로 흘러 나간 전류가 다시 이하의 손을 타고 들어와 감전을 시켜 버리는 경우였으니.

전도도가 높은 바닷물은 어인의 방패가 되어 주며 이하를 방해하는 셈이다.

이쯤 되면 바닷물 속에서의 전기 충격기는 차라리 사용자를 괴롭히는 무기에 가까웠다.

'그렇다고 우물쭈물 대면서 다가갔다간 어인들의 무기에 죽임 당할 거고. 젠장…… 이제 어떡해야 하지? 오염 물질인지 뭔지, 이 전기 충격으로 팍! 해결해 버리려는 계획이었는데…….'

오염물질까지 생각하는 게 사치일 정도로 걱정이었다.

〈정화조〉 주변에는 이미 어인들이 철통 경계를 서고 있는 상황이다.

우선은 그 통과가 첫 번째 관문이다.

'시브림의 예측대로 용궁 내부에 최후의 방어선이 있다지만 그곳 인어들의 도움을 기대할 순 없을 거야. 결국 우리끼리 해결해야 한다는 건데……. 타이밍도 아쉽군. 블라우그룬 씨가 하다못해 쥬브나일급만 되어도-'

[뀨우우…….]

-뭘 또 내 생각을 읽는 척하고 그래요. 블라우그룬 씨 탓하는 거 아니니까, 얼른 무럭무럭 자라기나 해요. 요즘 너무

미역만 먹이면서 할 말은 아닌가?

[꾯! 뀨!]

20일에 가까운 시간 동안 피딩조차 제대로 하기 힘든 환경이었으나 블라우그룬은 어디로 사라지지 않고 잘 버텨 주고 있었다. 이하는 그런 자신의 파트너가 새삼 고마웠다.

'해내야 해.'

A팀은 무사히 가고 있다.

어인들과 크라켄이 나왔다지만 적절하게 대처해 나갈 것이다.

인어 퀘스트를 수락하는 이유는 오직 하나, 마나 중계탑을 세울 장소를 찾기 위함이지 않았던가.

이미 그 장소에 도착 직전인 A팀은, 냉정하게 말하자면 이제 이하가 필요 없어진 셈이나 마찬가지였다.

'누군가를 위해서가 아니다. 나 자신이 살아남기 위해 해내야 하는 거야.'

즉, 남은 시련은 오롯이 이하 자신을 위한 것!

이하는 다시 한 번 각오를 다지며 새로운 개척 방안을 생각하기 시작했다.

A팀의 눈앞에 어인들이 보이기 시작할 때도 그때쯤이었다.

Geschoss 9

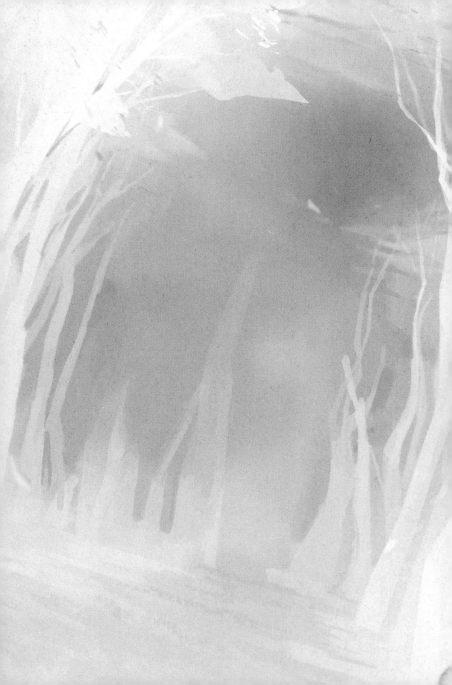

"크라켄이 지난번보다 크고 숫자도 많아요, 조심하셔야
합니다!"

"망할 새끼들, 저번에 이하 형이 말했을 때부터 빼꼼, 빼
꼼 정찰하는 것 같더라니—"

기정이 갑판 너머 바다의 해수면을 보며 욕지거리를 해 댔
다. 이하의 C팀이 어인 세 마리를 상대할 때, 어인들은 A팀
의 인근까지 갔었다.

이하의 주의를 듣고 이미 준비를 하고 있던 A팀이었으나
어찌 된 일인지 어인들은 돌격을 감행하지 않았다.

누가 봐도 신경이 쓰일 정도로 거리만 유지하며 그들을 관
찰만 하고 있었다.

알렉산더와 베일리푸스가 녀석들을 잡으러 잠시 비행으로

이동하면 어인들은 물속으로 사라지고, 또 나타났다가 사라지기를 계속 반복하고 있었다.

어인들이 뭔가를 준비한다는 것은 알았지만, 굳이 배까지 돌려 가며 녀석들을 잡아야 할 정도로 위협이 되는 것도 아니었고, 또 여유도 없었던 A팀은 결국 녀석들을 무시하기로 했다.

"-설마 로그아웃 로테이션에 대한 파악을 하고 있었을 줄이야!"

그 결과가 이것이었다.

알렉산더가 로그아웃 로테이션에 걸린 타이밍에 크라켄들을 대거 데리고 나타나다니!

단순히 타이밍이 좋다, 라고 생각하는 것은 미들 어스를 너무 무시하는 처사였다.

"에이, 말도 안 돼요!"

"하지만 딱이잖아요. 하필이면 알렉산더가 없을 때- 베일리푸스 님도 휴식이 필요하다고 했는데-"

"이제 와서는 뭐가 됐든 상관없습니다. 우리는 다만 녀석들을 상대할 뿐."

리볼버를 돌리는 키드의 말이 옳다.

어인들이 각 유저별 로그아웃 로테이션에 대한 것을 확인했느냐, 못했느냐 따위는 중요한 게 아니었다.

"베일리푸스 님께는 말씀드렸어요! 곧 나오신답니다!"

청새치 호의 신나라가 뉴-서펜트 호의 유저들을 향해 소리 질렀다. 후크도 동시에 소리쳤다.

  "섬 외곽부를 스치며 지나갈 거요! 최 근접점을 지나는 것은 앞으로 40분 후! 세이지! 준비하쇼!"

  "알았어요!"

  이미 뉴-서펜트 호에는 NPC들을 비롯하여 마나 중계탑 건설을 위한 자재들이 옮겨져 있다. 혜인은 잘 고정된 자재들의 주변으로 마법진을 그리기 시작했다.

  "마나 중계탑 건설 인부들은 모두 안으로 들어가 주세요! 나와선 안 됩니다!"

  상당수가 샤즈라시안의 자이언트로 이루어진 인부들이었기에, 마법진을 그려야 하는 면적 또한 컸다.

  "크라켄 접근까지 앞으로 2분!"

  "해수면에 어인들 떴다! 수는- 어…… 많아요! 백 이상- 아니, 백오십 이상?"

  "빌어먹을 놈들, 이번엔 아주 작정을 했군!"

  [크라켄의 크기와 수, 그리고 방향을.]

  화아아아악――――――!

  골드 드래곤은 날개를 펄럭이며 뉴-서펜트 호의 상공에 멈춰 있었다. 루비니는 재빨리 그에게 정보를 일러 줬다.

  "약 50m급 녀석이 네 마리 있어요. 나머지는 저번과 비슷한 30m급, 수는 열. 방향은 저쪽 해저에서부터 올라오고 있습니다. 앞으로 57초 후, 부상, 50m급 한 마리는 뉴−서펜트호의 바로 아래로 올 거예요!"

[알았다. 우선 다수의 접근부터 막도록 하지.]

베일리푸스는 루비니가 가리키는 방향을 향해 날아갔다.

"베일리푸스 님이 다수를 맡으시면 한 마리는? 선박 아래에서 튀어나오는 한 마리는 어떻게 잡아야−"

"어차피 크라켄의 공격 방식은 다리로 선박을 휘감아 부순 후, 수중으로 잡아당기는 패턴입니다. 약점은 미간이지만…… 지금은 우선 다리를 공격하면서 방어에 힘쓰죠."

"좋게 생각하자고요! 좋게! 이번엔 서펜트도 없으니까! 이하 형도 곧 용궁 근처래요! 정화조만 원상 복구 하면 어인들은 더 이상 안 나올 겁니다! 제가 방어해야 하니 태풍을 못 지워서 다시 비바람이 치기 시작하겠지만…… 막을 만해요!"

기정이 방패와 검을 팡− 팡−! 부딪치며 크게 소리쳤다.

예전 같았으면 누구 하나 나서서 핀잔이라도 줄 법했지만, 확실히 신대륙 원정대 안에서 그의 위상을 바뀐 상태였다.

기정의 든든한 뒷모습이 주는 신뢰는 견고했다.

"와라아아아아────────!"

푸화악, 푸화악, 푸화악────!

기정의 고함에 맞춰 크라켄의 거대한 다리가 해수면으로 솟아올랐다. 30m급 전후의 크라켄 다리가 이미 메인마스트급의 굵기였다.

하물며 그 두 배 크기의 크라켄의 다리 굵기는…….

"음…… 여기서 오라고 막 소리 지른 건 약간 허세 같았다. 인정. 안 와도 됐을 것 같은데. 그쵸, 보배 씨?"

"킥, 꼭 한 마디 더 붙여서 사람 힘 빠지게 한다니까. 〈일렉트릭 애로우〉"

"긴장 풀려고 하는 겁니다, 긴장 풀려고. 갑시다!"

부우우우……!

크라켄의 울음소리가 해수면을 진동시켰다.

유저들의 고막이 간지러울 정도의 거대한 진동은 마치 뱃고동과도 같았다.

그 울음과 함께 크라켄의 다리가 뉴-서펜트 호의 갑판으로 떨어지기 시작했다.

"케, 케이!"

"걱정 말고 마법진 계속 그리세요, 혜인 형님! 〈아흘로의 가디언〉, 〈수호 성인의 방패〉!"

혜인이 잠깐 당황했으나 그곳으로 먼저 달려간 기정이 방패를 들어 올렸다. 크라켄의 굵다란 다리를 막기에는 너무나 작은 기정이지만 그는 자신 있었다.

기정의 방패 너머, 반투명한 녹색의 방어막이 갑판을 전부 감쌀 듯 퍼져 나갔다.

광역 범위 방어 스킬, 〈수호 성인의 방패〉.

방어 범위가 넓은 대신 방어력은 낮을 수밖에 없는 스킬이었다.

지금까지는.

콰아아아아앙————————————————!

뉴-서펜트 호의 흘수선이 50cm 이상 물속으로 들어갔다
다시 튀어나올 정도의 강한 압력!

그러나 크라켄의 다리는 뉴-서펜트 호를 감싸지 못했다.
오징어 다리는 당황한 듯 다시 한 번 하늘로 치솟아 올라갔다.

기정의 입가에 미소가 지어졌다.

"새끼, 서펜트보다 약하네?"

[목숨보다 중요한 것]을 지켜 냈던 기정에게 새삼 크라켄
의 공격 따위가 무서울 것은 없었다.

그 말이 시작이었다.

방금 전까지 긴장을 풀지 못했던 유저들에게 활기가 돌
았다.

"오, 오오오, 떨어진다, 떨어진다, 떨어진다-!"

"빌어먹을, 돛 조종 좀 해! 키, 포트! 포트 한다!"

벌목한 나무가 쓰러지듯 크라켄의 다리 하나가 청새치 호
의 키 위를 향해 떨어지고 있었다.

NPC의 상당수는 혜인과 함께 이동을 준비 중이기에 선박

을 운용해야 할 사람은 눈에 띄게 줄어든 상태, 버크가 안간 힘을 돌리며 벗어나려 했지만 이미 늦었다.

"〈순盾, 전격회류電擊回流〉!"

"트, 트랩 가동, 〈깜짝 넉백Knockback〉"

다행이라면 청새치 호에도 선박을 방어할 유저들은 있었다는 것.

주술사 은천이 토템을 꽂고 트랩퍼 스네어가 자신의 함정 장치를 가동시켰다.

크라켄이 다리를 타고 흐르는 강대한 전류, 그리고 방금 전까지 작은 보물 상자 같은 것에서 뿜어져 나가는 압축가스!

청새치 호의 갑판을 부숴 버릴 듯 떨어지던 공격은 공중에서 마비되고, 또 튕겨 나며 다시 바닷속으로 빨려 들어갔다.

"후우, 루비니 님! 크라켄 정리는요?!"

"베일리푸스 님께서 힘쓰고 계시지만 아직— 아직도 5마리 이상 남았어요!"

"지긋지긋한 생선 대가리들! 앞으로 생선 요리 먹나 봐라!"

어인들은 능수능란하게 크라켄을 조종하고 있었다.

드래곤의 공격은 브레스만 잘 피해 내면 나머지는 물속으로 회피하고 다시 부상해서 끌어들일 수 있다는 것도 잘 알고 있다.

그사이 다른 어인들과 초대형급 크라켄 소수가 선박을 빠르게 침몰시키는 게 그들의 작전, 유저들 또한 뻔히 읽을 수 있는 작전이었지만, 그것을 막는 난이도는 결코 쉽지 않았다.

"세이지! 미안하지만 앞으로 5분쯤 후 갈 수 있겠수?"

"네? 하, 하지만 최 근접점을 도는 건– 아직도 한 20분 남았잖아요?"

"나도 그러고 싶은데, 소환사님이 부표 근처에서 해류가 약해진다고 말했수다! 바람도 약해! 무엇보다 드레이크 선장이 없잖수! 저 탱커가 대단하긴 하지만 전투 중에 태풍을 지울 수 있을 정도의 여유는 없다고!"

"그게 무슨–"

어인과 크라켄을 저지하고 있을 때에도 항행은 멈추지 않아야 한다.

따라서 소환사 엘미는 버크와 후크의 부탁을 받고 자신의 소환수로 이미 '부표' 근처를 정찰, 그 정보를 각 선박의 장들에게 전달한 후였다.

"거기까지 갔다간 선박 속도가 급감하는 데다 태풍의 방해까지 받는단 얘기요! 어인들이 우르르 올라타는 상황을 만들고 싶진 않겠지? 키 돌린다! 키, 스타보드! 스타보드!"

후크는 혜인에게 고함치듯 말하며 재빨리 키를 돌렸다.

어인들이 나타나며 생긴 또 하나의 문제였다.

움직이지 않는 섬, '부표'의 외곽을 스쳐 돌아가듯 기동하는 게 당초의 목표였다. 텔레포트는 거리가 가까울수록 성공

확률이 높으니까.

마나 중계탑 건설을 위한 인부와 자재들까지 몽땅 들고 가는 매스 텔레포트를 조금이나마 안전하게 하기 위한 방편이었건만…….

평소라면 속도가 조금 감소하더라도 안전거리 확보를 위해 충분히 접근했을 것이다. 그러나 지금은 비상사태, 그럴 여유는 없었다.

"하여튼 준비하쇼! 3분 후! 3분 후가 아마 저 섬과 가장 가까운 곳이 될 거요!"

"조금만, 하다못해 10분 거리만 더 붙어 줘도—"

"다 같이 죽고 싶으면 더 붙일 수도 있고!"

후크가 소리를 버럭 질렀다.

혜인으로서도 불만이 가득이었지만 더 이상 어쩔 수 없었다. 후크도 후크 나름대로 최선을 다해 기동하고 있다는 것을 혜인도 알고 있기 때문이다.

이제는 착지점을 찾아야만 했다.

'인공적으로 만들어진 섬이야. 백사장 따위는 없다. 개활지가 있어야 안전하게 텔레포트 할 텐데.'

해저의 땅과 이어진 게 아니라 말 그대로 물 위에 둥둥 떠 있는 섬이다.

자연적으로 생긴 게 아니니, 구조상 백사장 같은 해변가 따위가 없는 것이다.

'그런 주제에 섬의 형태는 또 일반 화산섬처럼 가운데가 솟은 형태…… 나무도 많은 것 같은 데다가 섬 근처의 비바람 때문에 시야가 너무 많이 가려져.'

시야의 상당 부분에 섬이 걸칠 정도로 크다. 중심부에 우뚝 솟은 인공 지형에 마나 중계탑을 건설하면 딱 맞을 것이다.

그러나 어떻게 가야 하는가? 텔레포트로 떨어질 만한 장소가 마땅치 않다는 게 혜인과 B팀의 문제였다.

'블링크도 아니고 매스 텔레포트를 이렇게 모험으로ㅡ 어쩔 수 없다. 그래도 해야 해. 최악의 경우 내가 죽을 수도 있지만…… 인부 NPC들이라도 살아남는다면 마나 중계탑은 건설될 거야.'

물론 그 NPC들도 살아서 선박으로 돌아갈 수는 없다. 텔레포트를 시켜 줄 혜인이 없다면 그들도 섬에서 말라 죽어가리라.

하지만 퀘스트의 첫 번째 목표는 달성이 된다.

혜인은 그 정도의 상황까지 대비하며 인부 NPC들에게 지시를 내렸다.

만약 자신이 보이지 않더라도 저 섬의 꼭대기까지 올라가서 마나 중계탑을 건설하라는 것.

자이언트 NPC들은 결연한 태도로 고개를 끄덕였다.

"다 왔다, 다 왔어! 준비이이이━━━━━━!"

후크의 외침에 혜인은 캐스팅을 시작했다. 부디 모두가 무사하기를 바라며.

"지그으으으음!"

"혜인 형님 파이팅입니다!"

"〈매스 텔레포트〉!"

그리곤 힘차게 스킬을 시전하며 자신의 스태프를 마법진
에 내리꽂았다. 연보라빛 광휘가 뉴-서펜트 호에서 공중으
로 쏘아지듯 사라졌다.

B팀의 타임 리미트 100시간짜리 작전이 방금, 용궁의 해
역 진입 20일차에 시작되었다.

'됐어! 갔다! 아무도 귓속말이 없어서 걱정했는데!'

이하는 그 모습을 친구 창의 위치 상황으로 파악하고 있었
다. 귓속말에 대한 답변이 없다는 것은 아직도 전투 중이라
는 뜻.

따라서 혜인의 B팀이 제대로 움직이지 못할 가능성도 고
려했던 이하였다.

'앞으로 100시간, 혜인 씨라면 문제없을 거야.'

무엇보다 친구 창에 그의 이름이 떠 있다는 게 증거였다.
매스 텔레포트의 불안정성으로 시전자가 죽어 버린다는 최
악의 사태만은 피했다는 뜻이니까.

이하의 C팀도 앞으로 하루 반나절 후면 용궁 인근에 도착, 거기서 하루간 로그아웃 후 움직이게 될 것이다.

즉, 용궁의 해역 진입 23일차가 막 시작된다는 뜻이며 그때쯤이면 혜인의 마나 중계탑 건설은 이미 50% 이상의 공정률을 보이고 있으리라.

'인성이야 여전히 물음표지만, 적어도 '실력'이라는 측면에선 흠잡을 데 없는 게 혜인 씨니까. 이제 나만 잘하면 된다, 나만.'

이하는 기포를 부그르륵 내밀며 시브림의 팔을 툭, 툭 쳤다. 속도를 조금 더 내달라는 그 의사 표시를 알아들은 인어들은 꼬리지느러미를 더 힘차게 움직였다.

친구 창으로 유저들의 위치와 상황을 추정하고 있던 이하였기에, 당연히 세부적인 것은 알 수가 없었다.

"하아…… 하아…… 다들 괜찮습니까?! 인원 및 자재 점검부터!"

공간 이동 대상이 되는 질량에 따라 마나의 소모량이 바뀐다.

단 한 번의 이동에 거의 모든 마나를 쏟아부은 혜인은 순간 혈압이 떨어지는 느낌마저 받을 정도였다.

"자재는, 콜록, 콜록, 자재는 괜찮습니다."

"인원은?"

"그게……. 저기……."

"아……."

혜인이 나지막이 신음을 내었다.

마치 나무에 기생하며 자라는 생물처럼, 자이언트 11명의 육신은 나무와 뒤섞인 채 잿빛으로 변해 있었다.

그나마 다행이라면 마나 중계탑 건설 자재는 모두 무사히 옮겨졌다는 것. 그리고 B팀의 지휘자가 혜인이라는 점이었다.

"더 빠르게 움직입시다! 전부 자재 들고, 산 위로! 목표는 산 정상! 마나 중계탑은 산 정상에 지을 겁니다!"

즉각 정신을 차린 혜인은 인부들에게 명령을 내리기 시작했다.

전체 인부 30명이 풀가동되었을 때 마나 중계탑 건설 시간은 96시간, 그러나 그 중 11명을 잃었다.

11명의 인력 손실을 단순 계산하여 건설 시간에 더할 시, 예상 완료 시점은 약 131시간 후다.

사실상 타임 리미트를 넘어선 셈이었다.

'그렇다고 포기할 순 없어. 무기 하나 없이 바닷속으로 뛰어든 사람에 비하면 내 상황이 훨씬 좋아.'

혜인은 자신보다 더 힘든 처지에 놓여 있을 누군가를 생각하며 이를 악물었다.

여러모로 이하는 신대륙 원정대에 영향을 끼치고 있었다.

삐빗- 삐빗- 삐빗-!

"으으으…… 피로가 하나도 안 풀려."

이하는 알람을 끄며 겨우겨우 몸을 일으켰다. 로그아웃 후 쓰러지듯 잠들었건만 그에게 주어진 수면 시간은 고작 다섯 시간, 그나마도 이제 다 끝났다.

'차라리 KCTC 한 번 더 뛰는 게 나을지도 모르겠어. 전투 대기보다 더 힘든 것 같네.'

적어도 뇌에 걸리는 부하량은 그보다 클 것이다. 뇌는 쉴 틈 없이 열흘 어치의 가동을 해 버린 셈이나 마찬가지일 테니까.

그러나 아쉬운 소리를 할 여유도 없었다.

마지막으로 용궁의 모습까지 확인하고 로그아웃을 한 상황이었다. 이제 로그인을 하는 순간부터 작전을 시작해야 할 것이다.

'용궁의 해역 진입 딱 23일이야. 혜인 씨와 나의 타임 리미트가 유사하다고 생각하면 나한테 주어진 것은 28시간 안쪽. 아니, 더 안전빵으로 잡으려면 12시간 안쪽이 될 지도 모르지.'

그나마 혜인은 베일리푸스와 마나 연동에 관한 이야기를 나누고 타임 리미트를 결정했으나, 자신은 어느 정도의 거

리까지 먹힐지 모르는 삼총사 간 체인 텔레포트 스킬밖에
없다.

'최고 수준의 세이지와 에인션트급 골드 드래곤의 연
동…… 그 정도의 위력을 과연 삼총사 체인 텔레포트가 해
줄는지는……. 아냐, 헛생각 말고 얼른 끝내자. 이럴 시간에
접속해서 1시간이라도 앞당겨 끝내야 해.'

몇 번을 접속해도 익숙해지지 않는, 급강하하는 느낌과 함
께 이하는 미들 어스의 세계로 돌아왔다.

"왔군."

"하이하 님!"

[뀨뀨! 뀨뀨뀨!]

시브림과 안데르송 그리고 블라우그룬이 이하를 반겼다.
어인들의 경계 포인트를 이미 알아낸 그들은 용궁을 앞에 두
고도 충분한 휴식 장소를 구할 수 있었다.

−특이 사항은요?

"없소."

−정찰조 세 마리가 돌아오지 않았으니 이상을 느꼈을 법
도 한데……. 아직 그 정도의 체계가 안 잡혔다는 뜻이겠죠.
우리에겐 호재네요.

태어나고, 죽고, 태어나고, 죽고. 신대륙 원정대원들이 용궁의 해역에 들어온 후 어인들의 생명 주기는 지나칠 정도로 짧고 빨라졌으니 완벽한 통제가 될 리 없었다.

"그렇소. 경계 패턴 또한 놈이 이야기했던 것과 같소."

"그래서 문제지요…… 여기까지는 안 걸리고 올 수 있었지만 이제는……. 하아."

안데르송이 한숨을 내쉬었다.

이하가 로그아웃 후 취침하는 동안, 시브림과 안데르송은 자다, 깨다를 반복하며 주변을 살폈었다.

그러나 경계 패턴은 지난번 어인에게 들은 것과 다름이 없었다.

정화조로 내려가는 입구는 단 1분의 비는 시간 없이 철저하게 어인들이 막고 있다는 뜻이었다.

─흐으음……. 쩝, 이럴 때 블랙 베스가 먹힌다면…… 저격으로 끝내고 무사히 잠입할 수 있을 텐데.

이하는 아쉬웠다. 자신의 특기가 가장 필요할 시점에 사용할 수 없는 답답함이 짓눌러 왔다.

'다행이라면 정화조와 용궁은 거리가 꽤 있다는 거다. 그것도 동굴 입구 같은 곳으로 들어가 해저 깊은 곳까지 계속해서 내려가야 한다고 했어.'

한 번 정화조 입구로 들어가기만 한다면 어인들은 알아차릴 수 없을 것이다. 그러나 그럴 수가 없다.

반드시 걸릴 것이다.

'어떻게 해야 지날 수 있지? 무슨 수를 써야—'

"하이하 공이 들려주었던 얘기가 생각나오."

"꼬록?"

주변을 살피던 이하에게 시브림이 뜬금없는 얘기를 꺼낸 것은 그때였다.

"도련님이 직접 인정하고 그 옷을 증표로 건네받았다고 하지 않았소."

"꼬로로록……. 부극?"

그게…… 왜요? 이하는 시브림의 표정을 살폈다. 여기까지 오는 긴 여정 또한 이하는 자신의 이야기를 들려주거나 인어들의 이야기를 듣곤 했다.

단순히 심심해서는 아니었다.

서로 간 신뢰를 더 쌓기 위함이었으며 동시에 다른 업적이나 퀘스트, 또는 신대륙을 향하는 길에 나오는 어떤 힌트가 없을까 생각했기 때문이다.

그러나 인어 NPC의 입장에서 몇몇 이야기는 큰 감동이었던 모양이다. 요컨대 드레이크가 이하를 인정했다는 사실 같은 것 말이다.

"배 위에서도 그랬지. 하물며 도련님이 다시 인어로 돌아오신 것도 선박 위에 있는 하이하 공의 동생 덕분이라고 하지 않았소."

시브림은 마치 옛날이야기를 하듯 푸근한 미소를 짓고 있었다. 곁에 있는 안데르송이 불안한 표정을 짓고 있는 것과는 정반대였다.

[뀨우우…….]

블라우그룬도 마치 한숨을 내쉬는 듯 울음소리를 내었다.

순간, 이하의 뇌리를 스치고 가는 게 있었다.

―직접 미끼가 되려고 하시는군요?

"헛? 하하핫, 역시. 신의만 갖고 도련님의 인정을 받을 순 없지. 그 실력이 뒷받침되기 때문인 것. 아주 잘 보았소."

시브림은 뼈로 된 무기를 자신의 꼬리지느러미 쪽에 대었다. 그곳에서 이하의 허리까지 이어진 반투명의 푸른 끈을, 그는 싹둑 끊어 버렸다.

"부탁하오. 모든 인어를 대표하여, 다시 한 번 부탁드리오, 하이하 공."

거구의 인어 시브림은 이하를 향해 절을 하듯 고개를 숙였다.

어째서 믿는다는 이야기를 계속한 것인가.

'〈물의 고리〉가 해제됐어.'

이동 강제 스킬이 끝났으니까.

믿는다고 말하는 것 외에는 이하를 설득할 방법이 없었기 때문이었다.

이하는 스킬 창을 열어 체인 텔레포트 : 삼총사를 살폈다. 키드는 로그아웃, 루거가 접속 상태. 활성화도 되어 있다.

'지금 당장 스킬을 사용하면? 아직은 100% 먹힐 거야. 거기서 〈파트너-소환〉 스킬까지 쓰면 블라우그룬도 무사히 선박으로 불러들일 수 있다.'

[정화조 청소]
실패 시 : 업적-인어들을 몰살시킨 자
            하워드 드레이크와의 친밀도 -100%

인어 퀘스트 실패 페널티가 다소 뼈아프겠지만 목숨이 더 중요하지 않은가!

드레이크는 심지어 인어가 됐다.

신대륙 원정대원들에게 마지막으로 남긴 말에 의하면 그는 크라벤 왕국으로 다시는 돌아가지 않을 가능성도 컸다. 친밀도가 -100%가 되더라도 부딪칠 일이 없으면 그만이다.

즉, 스킬을 사용해 선박으로 복귀하는 건 합리적이고 안전하고 심지어 효율적이기까지 한 선택이라는 뜻!

신대륙 원정이라는 더 큰 목표를 위해, 소小를 희생하는 건 당연했다.

'젠장…… 젠장, 젠장! 빌어먹을 미들 어스! 꼭 이런 식으로 사람을 가지고 놀려고 한다니까!'

─알았어요. 제가 죽는 한이 있더라도, 정화조만큼은 정상으로 돌려놓겠습니다.

따라서 이하는 그 방법을 취하지 않았다.

'나는 단순히 재미를 위해서만 미들 어스를 하는 게 아니야. 수술비를 벌겠다는 분명한 목적이 있어. 하지만, 그렇다고, 아무리 그래도! 양심까지 팔아 가며 죄책감 묻은 돈을 받고 싶진 않아. 이 인어가 진짜 인간이 아니라 NPC라는 것도 뻔히 알지만!'

착한 척을 한다고 생각하는 걸까. 이하 본인이 위선을 보이는 걸까.

어쩌면 그런 것일지도 모른다. 이하는 자기 자신의 마음조차 제대로 파악할 수 없었다.

중요한 것은 그것이 '미들 어스가 유도하는 방향'이라는 걸 알게 된 이상, 그 길을 선택하는 건 너무 일차원적인 방식이라는 것뿐.

위선이 아니라 단순한 오기일지도 몰랐다.

시브림은 눈물을 흘리고 있었다.

"고맙소. 정말 고맙소. 물의 정령이자 운디네의 일족으로, 이 몸이 거품이 되어 사라진다 해도 이 은혜를 갚겠소."

－거품…… 이 되시면 곤란해요. 시브림 님이 혹 잘못되시면 저도 큰일 나거든요. 하하.

퀘스트 실패 조건 중 하나는 해신근위대장의 사망이다. 이하는 어색한 분위기를 무마시키며 정화조 잠입을 위한 작전을 짜기 시작했다.

시브림이 스스로 미끼가 되겠다고 나선 이상 거리낄 것은 없었다.

용궁의 인근, 어인들의 철통같은 경계에서 뜬금없이 인어 하나가 출몰한 것은 그로부터 약 5분 후였다.

"하킷?"

"하, 하큿! 인어!? 인어가 여길 어떻게?"

"어떻게인지 네 녀석들이 알아서 뭐할 건가. 하압-!"

시브림은 고함을 지르며 보초를 서던 어인 둘과 싸우기 시작했다.

갑작스런 움직임으로 인한 파동은 곧 용궁 인근에 있던 모든 어인들에게 감지되었다.

"하키키키!"

"하큐, 하큐!"

슈와아아아아악—!

어인들이 빠르게 헤엄치는 모습을 확인한 후에야, 시브림은 상대하던 어인 둘을 가볍게 베어 넘기고 도망치기 시작했다.

"이놈들! 해신님의 근위대장, 시브림이 몸소 상대해 주겠다!"

하큐큐큐큐큐————!

시브림을 따라가는 어인들의 행렬은 끊이지 않았다.

처음 열이 이십, 사십, 팔십까지 늘어날 때쯤, 바위 뒤에 숨어 있던 안데르송과 이하 그리고 블라우그룬은 파동이 감지되지 않도록 천천히 정화조의 입구로 이동했다.

'생선 대가리는 생선 대가리야.'

정화조의 입구를 지키는 보초까지 모조리 쫓아가 버리다니. 이하는 새삼 그들의 놀라운 지능에 감탄했다.

"역시 제가 갔어야 했는데…… 대장님은 괜찮으시겠죠?"

—그런 생각하지 말아요, 안데르송 씨. 이미 시작한 이상 우리는 우리 일에 집중해야 해요.

"그, 그렇죠. 네. 알겠습니다."

안데르송은 자신이 미끼가 되겠다고 나서지 못해 아쉬워하고 있었다. 이하로선 이해하지 못할 것도 아니었으나 여러모로 늦은 감이 있었다.

'안데르송이 시브림보단 속도가 빨라. 그러나 체력적 여건이나 비상사태에 대비하기엔 조금 무리지.'

시브림이라면 어느 정도의 포위망까지도 교란하고 헤쳐나가며 시간을 끌 것이다.

그러나 안데르송은?

무기를 제대로 다루지 못하는 그는, 소수의 어인들이 포위망만 짜도 탈출하지 못할 가능성이 있다.

'아니지, 그 전에 포위망 같은 개념이나 약점에 대한 전술적 이해도 없을 테니까……. 시브림이 해신근위대에 넣어 준다곤 했지만 말 그대로 가능성만 보여서 그런 것이지, 아직 성장하려면 좀…….'

안데르송 자신이 말한 것처럼 '하급'의 물의 정령인 그에게 이번 미끼 역할은 너무 과하다는 게 이하의 판단이었다.

"저기에요!"

"꼬록……."

정화조의 입구는 뻥 뚫린 구멍이었다.

작아 보였으나 그건 비교 대상이 '바다'였기 때문이지, 실제론 웬만한 축구 경기장 크기만큼 큰 구멍이었다.

'얼마나 깊은 건지 감도 안 잡히는군.'

드넓은 바다를 헤엄쳐 다니던 이하에겐 새삼 폐쇄공포증이라도 일으킬 것 같았다.

빛이 제대로 들어오지 않아 마냥 새카맣기만 한 구멍 속에는 한줄기의 빛도 없었고 당연히 그 끝은 보이지 않았다.

─얼마나 가야 하죠?

"저도 깊은 곳까지는 가 본 적이 없지만 정화조는 바로 알 수 있을 거라고 했어요. 가장 깊은 곳에서 스스로 빛을 낸다고 했으니까."

[뀨우우…….]

이하에게 안긴 블라우그룬이 불안한 표정을 지어 보였다.

이젠 시브림이 없었기에 안데르송이 이하를 안고, 이하가 블라우그룬을 안아 나아가는 상황, 이하 또한 블라우그룬의 울음소리를 들으며 주변을 둘러보았다.

'그래 봤자 보이는 건 없군. 빛이라……. 이 정도 어둠이라면 작은 빛도 분명 눈에 띌 텐데.'

이제 막 입구에서 하강 중이었기에 아직은 머리 위의 빛들이 조금 남아 있는 상황이었다.

그러나 수심이 내려갈수록, 조금 더 내려갈수록 이하의 시야는 까맣게 물들어 갔다.

"구루룩……."

기포가 내뱉어져 올라간다. 이제 공기 방울은 보이지 않았다.

'캐릭터 창을 열어도 아무것도 안 보여. 대박인데?'

시스템 창의 밝기를 사용하면 뭔가 되지 않을까 싶었으나 그 어떤 것도 먹히지 않았다.

내려가고, 또 내려가며 이하는 감각이 무뎌지는 것을 느꼈다.

"하, 하이하 님, 잘 계신 거죠?"

[ㅠ?]

그것은 인어인 안데르송 또한 마찬가지였다.

눈이 보이지 않는다. 바닷속에선 소리도 제대로 퍼지지 않는다.

인어조차 불안감을 느낄 정도의 공간이었다.

"부그르륵."

이하는 자신을 감싼 안데르송의 손길과 자신이 안고 있는 블라우그룬의 비늘 감각을 떠올리며 겨우겨우 정신을 차렸다.

그러나 그것은 오래 가지 않았다.

눈을 뜬 것인지, 감은 것인지조차 알 수 없는 어둠은 촉각마저 빼앗아 가려 하고 있었다.

이하는 새삼 안데르송과 블라우그룬이 있어 다행이라고

생각했다.

'위험해. 위험한 곳이야.'

만약 혼자였다면 방향 감각마저 잃고, 이곳에서 미아가 되어 버렸을지도 모르겠다는 생각이 이하의 머릿속을 스쳤다.

'몬스터가 나타난다 한들 보이지 않겠지. 예전에는 몬스터가 없다고 했지만…….'

해신이 어인화 되어 버린 이상 그 무엇도 장담할 수 없었다.

해저의 공포, 보이지도 않는 이 순간, 만약 아래에서 아가리를 벌리며 거대 곰치라도 올라온다면?

안데르송과 이하, 블라우그룬은 그대로 삼켜져 사망하게 될 것이다. 삼켜지는 그 순간까지도 거대 곰치의 존재조차 인식하지 못한 채.

꿀꺽.

이하는 침을 삼켰다.

워록이나 쓸 법한 정신 공격 마법의 효과가 이런 것이지 않을까.

자신이 자신을 압박하는 어두운 상상력을 자극하는 곳. 가장 깊은 해저는 우주 이상의 공포를 지니고 있었다.

공포를 없애기 위해서라도 현실적인 생각들을 해야만 했다.

'퀘스트 실패 알람 같은 건 울리지 않았어. 보이지 않아도 소리는 들리니까 시브림이 죽었다면 바로 알 수 있을 거야.

아직은 괜찮다.'

그러나 언제까지 괜찮을지 모른다. 이미 포위가 된 채 죽기 직전의 상황일지도 모른다. 서둘러야 한다.

하지만 끝없는 어둠은 안데르송이 속도를 내는 것조차 방해하고 있었다. 아니, 속도를 낸다?

'속도? 지금 속도가 어떻게 되는 거지? 움직이고 있는 건가?'

이하는 후우우우— 숨을 내뱉어 보았다.

부그르륵……. 기포가 발생하는 소리가 들렸다. 그러나 지금 자신이 얼마나 움직이고 있는지, 어디까지 움직였는지 알 수 있는 방법은 없었다.

안구의 암순응 따위조차 될 수 없는, 빛 한 점 없는 어둠 속에서 무언가를 볼 수 있는 방법 따위는 없었다.

사고가 쪼그라든다.

해저로 내려갈수록 거대한 수압이 생각의 범위를 넓히지 못하게 만드는 것만 같았다.

큰 그림에 대해 생각하기보단 당장의 감각, 손가락, 발가락의 움직임에 더 집중하게 만드는 것이 끝도 없는 어둠의 힘이었다.

이하는 고개를 세차게 저으며 생각을 뒤집었다. 이럴 때일수록 침착해야 한다. 여유를 가져야 한다.

'힘 빼. 허리에 힘 빼고. 나는 정화조를 청소하러 가는 것뿐이야. 말하자면 배관공이지. 쫄지 마. 원래 지구를 지키는

건 배관공이니까. 마 씨 성을 가진 리오, 리지 형제가 그랬듯 말이야.'

부그르륵…….

기정이나 이하나 별다를 바 없었다. 그러나 효과는 확실했다. 방금 전까지 확장을 거부하던 사고가 점점 트이기 시작했다.

농담은 긴장을 풀기 위해 있는 것, 따라서 가장 중요한 순간에 농담을 해야 한다는 기정의 지론은 적어도 지금 이 순간, 이하에겐 확실히 통했다.

'킥킥, 그 만화 영화를 볼 때만 해도 한국 사람이라고 생각했는데. 배신감이 엄청 컸다니까. 루이지라는 멀쩡한 이름을 두고 굳이 마리지 같은–'

이런 생각까지 하고 있을 때쯤, 정화조로 들어온 지 얼마나 되었는지 시간 개념도 무뎌질 때쯤, 마침내 아래쪽 먼 곳에서 희미한 빛이 보였다.

–어! 어! 안데르송 씨, 저거 빛이죠? 내가 잘못 보는 거 아니죠?

"마, 맞는 것 같아요. 빛이– 맞는 것 같아요! 정화조인가 봐요!"

너무 오랫동안 빛에서 벗어나 있어 제대로 보고 있는지도 모를 정도였다.

블라우그룬이 빠르게 뀨, 뀨, 뀨 소리를 내었다.

"부그르륵, 부그륵?!"

블라우그룬 씨도 기쁘죠? 라는 말을 이하는 하려고 했다. 그러나 달랐다. 아직 안데르송이나 블라우그룬의 얼굴이 보이지 않아 몰랐다.

이하의 품에 안겨 있는 블라우그룬의 울음소리가 점점 빨라지고 있었다.

–안데르송 씨! 탐–

"어? 뭐가– 뭐가 움직이는데요? 근데 뭐…… 지? 뭔지 모르겠어요. 헤엄치는 파동이 완전히 처음 보는– 저게 뭐지? 오징어 다리처럼 여러 개의 파동이 느껴지긴 하는데 크라켄이나 오징어랑은 또 달라요. 그 오징어 다리 사이로 거대한 꼬리가 있는 것 같은데……."

이하가 말을 마치기 전, 안데르송은 탐지를 끝냈다.

하급이라지만 그는 인어이자 물의 정령이다. 크라켄의 움직임을 파동으로 선별할 수 있을 정도의 능력은 있다.

거대 곰치나 지금껏 오며 봐 왔던 수많은 물고기, 고래 등도 거뜬히 분류해 냈다. 그런 안데르송이 완전히 처음 느껴보는 파동이라면?

'설마······.'

[뀨! 뀨뀨뀨! 뀨!]

불안했다. 멀찍이 보이던 희미한 빛이 일렁, 일렁 춤을 추는 것처럼 보인 것은 더욱 이하를 불안하게 만들었다.

슈우우······ 빛은 점점 이하를 향해 다가오고 있었다.

"아, 처음 느끼면서도- 뭔가 익숙한 파동 같은데······ 이걸 어디서 느껴 봤지?"

슈우우우우····· 빛은 계속해서 다가왔다.

이하는 안데르송의 혼잣말과 다가오는 빛을 근거로 불안을 확신으로 바꿀 수 있었다.

그러나 그것은 안도의 확신이 아니었다.

'해신은 인어다. 인어는 거대한 꼬리가 있다. 그리고 그 해신은? 현재 오염되어 어인이 되었지.'

익숙하면서 낯설 만하다. 게다가 시브림이 뭐라고 말했던가.

해신의 권능을 증명하는 두 가지.

'그중 하나가 무엇이라고 했더라?'

그리고 또 있다. 정보를 토해 냈던 어인이 했던 말. 어인들조차 해신의 위치에 대해서 알 수가 없다고 말했다.

이하는 그 두 가지를 순식간에 생각해 낼 수 있었다.

'해신의 권능 중 하나, 스스로 빛을 발하는 왕관으로 자신의 권능을 보인다! 심지어 그 위치는 현재 불명! 그렇다면

저건-'

[뀨우! 뀨우!]

부그르르륵-!

이하는 기포를 토해 내며 소리쳤다.

─해신이다아아아아아아!!!!

"어, 해신님?! 우와, 우와아아아아악!"

슈와아아아악───────────!

이젠 이하의 눈에도 확실히 보였다.

그리고 안데르송이 해신의 파동을 알아챌 수 없었음을 이해해야만 했다.

시브림에 비하면 체구는 세 배 이상일까?

인어라고 보기엔 터무니없이 큰 해신의 허리춤에선 마치 치마 자락처럼 촉수들이 사방팔방으로 뻗어 있었기 때문이다.

안데르송은 이하와 블라우그룬을 안은 채, 꼬리가 떨어져라 헤엄치기 시작했다.

《마탄의 사수》 18권에서 계속…….

토이카_ 나홀로 로그인

〈환생은 괜히 해 가지고〉, 〈나 빼고 다 귀환자〉의 작가 토이카.
그의 좌충우돌 이야기가 시작된다.

11살 정시우는 항상 체육 시간에 혼자 노는 수밖에 없었다.

"난 구기 열외야."
"왜 너만 열외야? 장난하냐?"
"내가 나가면 나머지 인원이 전부 열외되거든. 물리적으로."

정시우에게 있어 힘이란 갈고닦는 것이 아닌 타고나는 것이었다.

누구보다 특별하다!
지금, 현대 역발산기개세 정시우의 화려한 던전 공략 플레이가 시작된다.

새벽은 재미와 감동으로 엄선된 장르소설 전문 출판 브랜드입니다.

한여울 _ 요리하는 소드마스터

《레이드 인 코리아》, 《범죄의 신》
항상 참신한 재미로 승부하는 작가, 한여울.
그가 요리하는 새로운 판타지 세계 《요리하는 소드마스터!》

[7성급 요리 '영혼을 위한 닭고기 수프'가 완성 되었습니다.]
[오러블레이드의 숙련도가 대폭 상승합니다.]

남들의 조롱을 뒤로한 그가 우연찮게 식칼을 쥔 순간,
인연이 없는 줄 알았던 기연이 폭발하기 시작했다!

최고의 미식과, 최강의 무력을 함께 추구하는 기사여,
어지러운 판타지를 평정하라!

새벽은 재미와 감동으로 엄선된 장르소설 전문 출판 브랜드입니다.

토이카_ 환생은 괜히 해가지고

《나 빼고 다 귀환자》의 작가, 토이카
그가 선보이는 퓨전 판타지 《환생은 괜히 해가지고》!

"마생(魔生), 아니지. 인생(人生) 진짜……."

마왕군 서열 4위에 빛나야 할 삶을 용사의 칼 끝에 날려버린 아르페.
죽고나서 눈을 떠 보니 인간으로 되살아 났다.
전생의 기억으로 다시 사는 삶 속에서 아르페의 지략과 배짱은 천하무적!

인간 아르페의 인생에서 짐짝, 아니 동반자인 메테르.
적이라면 앞뒤 가리지 않고 베었기에 전생의 아르페도 거침없이 베었다!

너무 어울리지 않기에 가장 잘 어울리는 마법사와 용사의 동반모험 개시!

새벽은 재미와 감동으로 엄선된 장르소설 전문 출판 브랜드입니다.